AF289765

Hilly Ulrika en filares dotter...

LARS C HOLMBERG

Hilly Ulrika, en filares dotter...

en roman

Av Lars C Holmberg har tidigare utgivits:

Hilly Ulrika, en filares dotter … 2012
Kråkan, mellan minne och verklighet… 2019
SPÅR 1 en kriminalroman… 2020

© Lars C Holmberg 2020
Omslagsbild: Mimmi Gustavsson
Text omslagets baksida: F. Löte
Författarbild: Fredrik Holmberg
Förlag: BoD – Books on Demand, Stockholm Sverige
Tryck: BoD – Books on Demand, Nordstedt Tyskland
Detta är andra upplagan av, Hilly Ulrika, en filares dotter…

ISBN 978-91-7969-578-1

FÖRETAL

Boken tillägnas, även i denna andra upplaga, alla med anfäder som lämnade landsbygden och for till storstaden med förhoppningar om ett bättre liv en gång i tiden.

Alla eventuella liknelser med verkliga personer i boken är troligen helt avsiktliga eller en ren tillfällighet. Men händelserna i denna roman, är naturligtvis sannfärdiga eller även de en ren och förbannad dikt, dock med bästa uppsåt.

Med romanens början i slutet av 1800 talet, är det väldigt länge sedan om man är ung och läser boken. Om man däremot är äldre, kan man tänka – jag var nästan med då och känner därför igen platser och historiska händelser som tidstroget dyker upp i boken.

Nils B Holmberg
släkting

1

Anna vaknade en morgon med en underlig känsla i sin späda kropp. Det stod tisdag i hennes almanacka, och det var svenska flaggans dag. En stor dag för henne. Betydelsefull på alla de sätt och vis, tänkte hon där hon satt på sängkanten med nakna fötter på de solvarma golvplankorna. Solen sken genom de skira björkarna, de ljusa linnegardinerna svängde lätt vid det öppna fönstret och hon ställde sig upp vid sängen och sträckte på sig i sin fulla längd så hennes små fötter syntes under hennes långa nattlinne.

Hon flyttade pelargonen i fönstret så den inte skulle trilla ner av de fläktande gardinerna, hörde mjölkkusken komma på sin vagn med skramlande plåtkrukor. Med en blick mot det öppna fönstret, såg hon hur han gled förbi. Klapprandet av hovar och gnisslandet från vagnshjulen blandade sig med kyrkklockans klämtande som slog sina löftesrika, sex slag.

Sex slag i dur. Allt var ett bekant inslag i den inrutade rutinen, så även denna tidiga morgontimme. Idag var det äntligen Annas 21 årsdag och sekelskiftet det närmade sig och hon var äntligen - äntligen myndig! Hennes planer på att ge sig av från denna stad och bege sig till Stockholm, var långt framskridna. Men det skulle dröja ytterligare ett år innan planen kunde genomföras. Idag tänkte hon dock bara njuta av denna sin födelsedag, sin myndighetsdag, befrielsedagen, hela långa dagen. Även om hon, även denna dag, skulle sitta och karda lin, och lära sig mer om spinneri och vävnad under herr Lindgrens lära. Det lilla rummet hon hyrde genom säteriet, hade hon gjort pyssligt och hemtrevligt, golvtiljorna luktade friskt av såpa och hennes näsvingar skälvde av välbehag. Anna såg numera endast framåt och tiden bara rusade iväg i ett lyckligt rus. De vitsippor hon nyligen hade haft i en liten glasvas på nattygsbordet, var blott ett minne, ett minne dock som var henne kärt för hon älskade vitsippor. Tiden på säteriet och faktor Lindgren, var snart över och hon skulle få anställning vid den nya fabriken för vävning och spinneri som skulle byggas nära järnvägen. Hon såg fram emot denna tid då även hennes slantar skulle bli lite fler att bära i börsen. Idag, på sin stora dag, skulle hon ge sig själv en dagbok i present. Hon ville så gärna ha något att anteckna i, den skulle bli någon att liksom samtala med, föra en dialog med. Hon skulle nämna de fosterföräldrar, Erika och Jöns Jönsson i Bäckaryd utanför Kristianstad, där hon bott som liten. Men hon skulle aldrig annotera de hugg och slag och annat hon fått utstå som fattigbarn, utackorderad, värnlös bland de andra fattigbarnen. Det var något bakom henne som hon inte för allt smör i Augerum, tänkte dra fram igen bland alla sina minnen. Att resa ifrån denna plats, skulle vara att sudda ut en del av sin uppväxt, hoppades hon.

Men samtidigt kände hon ändå hur taggen satt kvar där och den gjorde ont. Det skulle nog bli svårt att få bort törnet, funderade hon medan hon stängde fönstret och hennes näsa fylldes av lukten från färsk hästspillning. Dags att skynda iväg så inte herr Lindgren skulle grymta om sen ankomst. Hon snodde om sig sin schalett, snörde kängorna, och såg till att fönstret var ordentligt stängt. Så reglade hon dörren och klev ut på stenläggningen framför husets port och tog tacksamt emot den ljuvliga värmen som strålade emot henne. Stod ett tag på kullerstenarna med ansiktet vänt mot den blå himlen och blundande, bara njöt hon. Så med ens, fick hon snabba på runt knuten. Fick kliva åt sidan för hästspillning, troligen från mjölkkuskens häst och med kjolen fladdrande kring benen bar det av mot säteriet och herr Lindgren. Anna var noga med tider samt ordning och reda. När hon passerade Lilla Torg på hemvägen från sitt arbete, skulle hon köpa sig en anteckningsbok hos hökare Öhman, var hennes tanke. Där kunde hon föra sina anteckningar om smått och stort, ilade hennes tankar vidare.

Med en sirlig handstil, skrev Anna på de ljust blå linjerna i sin dagbok –

Även denna min tjugoandra födelsedag, möter mig med strålande sol och min andra arbetsdag på Yllan, mina arbetskamrater är både glada och trevliga.

Så slog hon ihop dagboken.

Redan efter ett år, var där ganska mycket nedpräntat. Tur att boken var så pass tjock som den var, sa hon högt för sig själv, men synd på de tråkiga svarta pärmarna. Den hade i alla fall kostat henne 97 öre hos Öhmans, men var ändå väl

använda slantar tyckte hon. Oj, nu måste hon skynda sig.
Hon hade närmare till Yllan, som kallades så i folkmun re-
dan, men hette Skånska Yllefabriken AB, än hennes väg till
säteriet och herr Lindgren hade varit. Yllan låg invid järnvä-
gen och tågstationen, Södra Station. Bara några kvarter från
Västra Smalgatan, där hon bodde.
Hon ökade på sina steg utefter Gjuterigatan och passerade
hästskosmedjan där det stod ett par hästar och väntade. Tro-
ligen var det på en eller ett par nya skor, man väntade. Sme-
den, en grov karl med yvigt skägg, följde Annas väg med
blicken förbi honom.
Smeden stod med lysten blick och dreglande käft då hon
kom förbi. Han hade en stor tång i ena handen med en häst-
sko i. En smal strimma blåvit rök ringlade upp ifrån skon,
och ifrån ässjan steg ett gnistregn då han lade hästskon på
glöden igen. Nästan så Anna kände hettan ifrån härden då
hon passerade smedjan. Hon pilade vidare på Gjuterigatan
och kom så fram till, Lilla Torg.
– Anna! hörde hon någon ropa och vände sig om.
– Åh, hej Kersten, ropade Anna glatt tillbaka och stannade
för att vänta in sin nyfunna väninna.
  Kersten, var en av hennes nya arbetskamrater på Yllan.
Och det var en av hennes gladaste och trevligaste väninnor i
den nya fabriken som hon kom väl överens med. Kersten,
Kersten Ulrika, som hon egentligen hette bodde också i ett
litet rum hon hyrt, men närmare Yllan än vad Anna gjorde,
invid den gamla garvare gården. Gården, som låg vid Lilla
Torg, var ett trevligt korsvirkeshus med rankor av vildvin
och klängrosor över fasaden. Annars var det mera vanligt att

många av de arbetande kvinnorna på fabriken bodde samlat i ridhuset, som det skämtsamt kallades i staden bland ungherrarna. Det var en barack med små enkla rum och ett stort gemensamt kök och matrum där de boende kunde tillaga och äta sin mat.

– Har den äran på födelsedagen Anna, sa hon när de möttes på Lilla Torg.

En löddrig häst med vagn kom i ryslig fart förbi dem så de skrikande kastade sig raskt åt sidan för att inte bli överkörda av ekipaget. De såg länge efter det flyende spannet och till slut började det fnissa medan det sprang iväg mot den lilla hissbron som gick över Helgeå, innan man kom fram till Yllan.

Hissbron användes om det kom någon båt eller segelpråm som skulle upp ett stycke i den trånga ån. Hissbron var annars bara en smal ranglig gångbro, men det var närmare till Yllan den vägen.

Kersten berättade vad hennes mor sagt då hon sett annonsen i, Nyaste Kristiandsbladet, om arbete på den nya fabriken.

– Bara du fått arbete och kan tjäna pengar, kommer du lära dig att trivas också. Det var det sista jag hörde hemifrån innan gårdsdrängen smackade med tömmarna och jag fick resa till Yllefabriken.

På Yllan hade funnits plats för många flinka och raska flickor till en början och några manspersoner också för den delen, men mest kvinnfolk, det var de. Det var lätt att få arbete på Yllefabriken. Så de som ville, fick arbete.

– Kommer du långt härifrån, undrade Anna?

– Nää, jag kommer ifrån Huaröd, som ligger ett par mil söderut, sa hon och pekade med tummen över axeln. Där fanns inget arbete att få, man måste söka sig till en större stad. Jag hade egentligen tänkt resa upp till Stockholm, gifta mig, kanske skaffa barn och få det bra, skrattade Kersten.

Härligt hade solen sakta och obönhörligt stigit upp bortom den höga sälgen på andra sidan Helgeån där de nyss tagit sig över på den vingliga gångbron. Där kivades nu både sländor och fjärilar om solstrålarna tillsammans med andra arbetskamrater som kom skyndande för att hinna innanför porten innan klockan var sju slagen.

– Men du själv då, varifrån kommer du?

– Äsch, ifrån Blekinge, i Augerum. Mölletorp, heter det närmare bestämt. Det trodde jag du hörde på min dialekt. Jag har också haft mina funderingar på att resa till Stockholm, det har jag bestämt, sa Anna entusiastiskt.

De knuffade upp den stora porten och klev in på Yllan. Klockan ovanför den stora porten, visade på fem minuter före sju. Där stod vaktmästare Möller som vanligt och synade dem uppifrån och ned innan han fann dem hemmahörande som väverskor på fabriken.

Redan låg dammet högt i tak och ulltottar virvlade i luften, medan kardmaskinen dunkade och vävstolarna dånade. Här tillverkades korderojer, kamgarner, dofflar, kommistyger och allehanda konfektionsvaror.

Men Anna var ännu bara en vanlig väverska och jobbade på ackord. Det gällde att vara snabb och flink när en tråd gick av. Snabbt knyta den samman igen så inte dyrbar tid gick till spillo.

Och det gällde att knyta på rätt sätt. Räkneverket uppe till höger på maskinen, var den visare som berättade hur många meter vävstol nummer 37A hade tillverkat sagda dag, och man fick betalt därefter. Ju mer Anna kunde hålla maskinen igång och väva, ju mer fick hon ut för att lägga i portmonnän.

Hon försökte se till att maskinen aldrig skulle stå still, men utöver detta, måste Anna också ständigt sköta städning runt sin maskin. Garnerna dammar och luggar av sig, och då kan det både trassla in sig i vävnaderna och förorsaka stopp i den känsliga maskinen om där är skräpigt. Hon hade förstått att vävstolen var viktig, både för Skånska Yllefabriken och för henne själv och därför måste ständigt ha sin översyn. Varannan vecka, skulle alla kolvar, spindlar, hjul och vred torkas rena från olja och ludd. Rengörandet av maskinerna var ett smutsigt jobb, som ingen gillade.

Anna och Kersten skyndade iväg till sina anvisade maskiner, Anna till vävstol 37A och Kersten till stol, nummer 2. De började med att smörja alla spolar där tråd och garn skulle löpa, och de skulle oljas noga. Det var flera hundra spolar att droppa med kannan, innan hon kunde starta sitt räkneverk för dagen. Anna var redan blank i pannan och rosig om kinderna av värmen, men hon visste vad dagens slit skulle ge i reda slantar, så hon bet ihop.

Vissheten att vid denna tidpunkt nästa år, var hon på väg därifrån.

Anna hade fått reda på genom Kersten att det fanns bra jobb i Norrköping, en textilstad som låg på vägen mot Stockholm, hade Kersten glatt berättat. Man sökte väverskor på Ströms

Yllefabrik visste hon och dit ärnade de sig, båda två. Troligen skulle inte Kersten bli så gammal på Yllan, nä hon ville vidare upp mot den stora staden, Stockholm. Bullret, dunkandet, det virvlande dammet var besvärande, man kunde knappt tänka klart, än mindre prata. Yllan var egentligen en ganska trist gråsvart fabriksbyggnad i putsslammat tegel. Nedtill hade fönstren målats vita med krita. Varför då Anna, hade Kersten undrat och nickat mot fönstren?

– Jag blir tokig om jag ska gå här länge till, sa Kersten på matrasten. Det är nog inte bra för lungorna, det här dammet! För att inte tala om att man nog blir döv av allt oväsen, fortsatte hon och nickade in mot maskinhallen. Man kanske blir darrhänt också, sa hon och skrattade igen.

Marken kändes som den vibrerade fortfarande trots att maskinerna nu stannat av då det var rast. Men där inne var det såklart ännu värre. Där skakar golv och väggar när maskinerna är igång.

Vävstolarna slog, hjul och trissor snurrade, kardmaskinerna dunkade, olja droppade och luften var kvav och full av dammigt trådstoft. De unga kvinnorna såg varma och tilltufsade ut där de satt på bänken och åt sin medhavda matsäck.

– Jag är nog redan tokig, sa Anna efter ett tag. Så skrattade de båda två.

Runt om dem satt deras arbetskamrater, lika varma, svettiga och tilltufsade, en del av dem skulle bli kvar på Yllan, andra skulle troligen söka sig vidare.

2

Blekinge Bataljon ställde upp sig med armlängds lucka, rättning vänster! Orden skreks ut av en fänrik som var bataljonens trupputbildare och som nu, sprättigt, spatserade framför dem och samtidigt mönstrade dem uppifrån och ner. Nils knuffades med sina bataljonsbeväringar för att snabbt falla in i, rättning vänster.

Som beväring var det dag ut och dag in ett väldigt marscherande fram och tillbaka över den soldränkta heden ute vid Bredåkra. Det var höger om, vänster om och rättning vänster. Alltid, rättning vänster! Exercisen var ett drillande som antagligen var ett nödvändigt ont, vad visste en ung Karlshamns spoling som Nils, om sådant? Kragen skavde under hans haka, och det gällde att hålla huvudet högt för att det inte skulle göra för ont. Den militära utbildningen bestod som sagts, mest av rutinmässiga övningar, enskilt som i trupp. Det var nu som det skulle göras karlar av drängarna. Förläggningen, som var förlagd vid heden under detta exercerande, var stora tält som stod i ena sluttningen med järnvägen som avgränsning. En dräng och en piga kom på en vagn dragen av två hästar, med utspisning.

Kokvagnen kom två gånger om dagen och var beväringarnas och dagens höjdpunkter. Hade man haft det knalt med mat hemma innan man blev inkallad, så hade man det gott nu.

Drängen och pigan kom ifrån Ronneby ut till heden med sin gnisslande fora. Ett av vagnshjulen skevade och knirkade uppgivande där de kom nedför sluttningen mot manskapstälten. Idag var det värre än vanligt med det där hjulet. Det här var också ett av de få tillfällen som gavs för att kunna få språka med andra än sina bataljonskamrater vid utspisningen, när pigan behändigt öste upp soppa i deras plåtkärl.

En piga att raljera med, var man inte sen att utnyttja och var och en av mannarna försökte finna det raljantaste att kunna yttra. Pigan var dock rapp i käften och spisade av någon närgången drasut fräckt och galant, så ung hon ändå var och inkasserade stora skrattsalvor som följd, av de andra beväringarna.

– Är det hennes fästman, hade en beväring undrat och nickade åt drängen till, som hade kommit med foran?

– Vad angår det dig, din långe drasut, undrade pigan som motfråga, har du mamma med dig? Men hon log samtidigt och skopade upp soppa i den långe drasutens bleckkärl som han höll fram, innan han lommade tillbaka till sina muntra bataljonskamrater.

Beväringarna gillade soppan över lag, men man hade små funderingar vad den kunde innehålla.

– Potäter är di allt, sa den långe drasuten och smackade med tungan. Potäter, jo men, di är jag säker på.

– Du är rolig du, Mobacka Jöns! Men jag lägger till guleröt-
ter. Är di nån som håller emotat?

– Fläsk, sa en liten satt rekryt ifrån Sjöbo. Fläskebitar är di i
alle fall!

– Jag tror de är grisapitt, grymtade Mobacka Jöns. De sma-
kar så, fortsatte han och så grymtade han igen.

Manskapet skrattade och tjoade.

– Jaha du Jöns, så du vet hur grisapitt smakar, undrade vagn-
smakaren Hjort?

Det blev stora gapskratt ifrån mannarna igen, medan nå-
gon nu såg fundersam ut och rörde betänksamt i soppan. Ja,
sisådär höll man på för att orka med att krypa omkring på
magen medelst hasning och ålning, under veckorna.

Det var kommenderat uppställning och givakt! Manskapet
rättade in sig med den evinnerliga armlängdsluckan och rätt-
ning, vänster. Fänriken spatserade framför sin bataljon och
inspekterade.

Vrålade några okvädningsord om oknäppta knappar och
löst spända patronbälten, samt kommendering av två man.

– Har vi vagnmakare Henrik Olsson Hjort i truppen? I så
fall med ett steg framåt marsch!

– Hjort, anmäler sig, fänrik!

– Och filaren, Nils Ingvar Nilsson, med likaledes ett steg
framåt, marsch!

– Nilsson anmäler sig, fänrik!

Två man, ur bataljonen hade tagit ett steg framåt och be-
ordrades nu av fänriken att se till att matvagnens ena hjul
reparerades innan foran kunde återvända in till Ronneby.
Hjort var en stor rågblond, kraftig karl som gjord för vagn-

makeri. Han kunde säkert hålla upp vagnar med ena handen och skifta hjul med den andra. Filare Nilsson, egentligen bara filarlärling, var mer spenslig och hade uppåtvridna mustascher, så kallade, knävelborrar.

– Är detta för manskapet möjligt att genomföra reparationen, skrek fänriken?

Han spände blicken i de båda beväringarna som svarade samfällt medan de stod sträckta i givakt.

– Ja, fänrik!

– Utmärkt, utgå till tygförrådet för anskaffning av materiel och verktyg. Anmäl återkomst i bataljon efter utförd reparation, verkställ!

– Ja fänrik!

– Höger vänster om, marsch!

De båda beväringarna tittade på varandra, log och vandrade upp mot vagnen som stod lite snett och såg ut som den haltade. De hängde av sig gevär och patronbälten, lossade på kragarna och tog sig en första titt på forans vagnshjul. Hjort lade in en pris snus och spottade, det här var lagom jobb resten av dagen tänkte han.

– Ska du ha? sa han och höll fram dosan mot Nils, ja det är äkta Daléns snus ifrån Karlshamn!

Nils hade tittat på dosan, men avböjt genom att skaka på huvudet.

Manskapet fann ganska omgående att där bara saknades en vagnsbult och att de tre andra bultarna som höll hjulet, bara skulle dras åt ordentligt. Man fick se till att skaffa fram en vagnsbult och brickor plus lite smörja för axeln och verktyg, förstås.

– Mot tygförrådet, sa Nilsson och pekade med hela handen och vred till sina knävelborrar med den andra, för att försöka se struntviktig ut som någon fänrik, eller annan officersperson!

– Uppfattat, menige filare grinade Hjort och gjorde honnör medan dom började gå mot tygförrådet.

– Ska ni gå redan, ropade pigan lite förtvivlat efter dom medan drängen nöjde sig med en trött blick över axeln där han satt lutat mot vagnen.

– Annelie behöver inte vara orolig, jag kommer strax tillbaka, hon kan längta efter mig under tiden.

Hjort tittade beundrande på sin bataljonskamrat och log.

– Du är nog en jäkel på fruntimmer du, sa han och spottade ut snuset han nyss lagt in.

3

Tiden gick även i Bredåkra och det blev dags att lämna in de militära kläderna och annan utrustning i Hässleholm. Man hade exercerat ute vid heden i Ronneby innan det blev annan utbildning i Kristianstad och nu alltså tåg till Hässleholm för att lämna in gevär, uniform och andra persedlar på intendenturen. Nilsson satt i en 3:e klass vagn med tre andra beväringar för transporten till Hässleholm. Hans bataljonskamrat vagnmakare Hjort, var en av dem.

– Nilsson, hur gick de med den där pigan du kurtiserade ute på heden, du var ju ivrig som hundan varendaste dag di kom med vagnen?

Man skrattade och glammade om Nilssons äventyr med pigan. Hon hette Annelie, hade Nilsson berättat. Hjort hängde upp sin uniformsjacka på en krok vid taket där den svängde fram och åter vid knyckarna ifrån vagnen. Tog sig en pris snus och satte sig så åter under skratt och stoj.

– Jo, Anneli for ju till Stockholm för ett tag sedan kunde Nils berätta. Hon skulle få arbete vig Svenska Vapenfabriken, någon pigsyssla på deras kontor. Vid Lästmakargatan, tror jag gatan hette. Jag har fått hennes adress så jag kan hälsa på när jag kommer upp till Stockholm. Jag var hjärtligt välkommen, hade hon sagt!

Nya skratt bröt ut bland kamraterna och Gottfrid Thern, en som Nilsson känt tidigare hemifrån Karlshamn, tände en cigarr, hasade ner i bänken och sköt fram uniformsmössan över näsroten.

Båda hade gått som lärlingar på August Johanssons Gjuteri och Mekaniska Verkstad, där Thern blivit verktygsmakare och Nilsson utbildats till filare.

– Nilsson, han är på allt som rör sig, fortsatte Thern under den nedhasade uniformsmössan. Ja, jag tror han filar lite både här och där!

Ett ryck kändes i vagnen när tåget sakta började rulla ut ifrån stationen. Ut mot förhoppningar, ut mot något som skulle bli en ny värld, som skulle bli Annas nya värld, en värld i frihet. Ur ånglokets skorsten vällde svart rök och kring hjul och pistonger, pustade vit ånga. Ångvisslan genljöd hjärtskärande och hon böjde sig fram för att titta ut genom fönstret och det såg ut som om den lilla stationshallen sakta gled iväg bakåt och att det var hon själv som satt kvar. Någon vid järnvägen stod där och verkade se till att allt gick som det skulle, medan han puffade på en cigarr, trodde hon. Klocka hade han i alla fall i en kedja över västen. Människor stod och vinkade eller viftade med näsdukar. Några stationskarlar drog en vagn med några lådor och en häst med vagn, stod bunden vid staketet. Ångvisslan ljöd så igen och farten ökades något. Träden beslöjades för en stund av den frustande ångan och det blev till ett vackert skådespel när solens strålar bröt igenom lövverk och ångdimmor. Anna hade varit ängslig för att hennes uppbrott och avresa skulle kännas vemodigt, sorgesamt och tomt, men hon kände inget av detta. På andra sidan av vagnen såg hon den stora gråsvarta fabriksbyggnaden som hon ägnat ett år åt, sakta glida iväg ur hennes synfält och så var den borta! Nu skulle det bli något nytt hon förhoppningsfullt skulle fyllas av. Tjugotvå år av hennes liv hade passerat och äntligen skulle hon få bestämma över sitt eget liv, trodde och tänkte hon. När den sista stationsskylten med ordet, Kristianstad Södra, försvann utom synhåll för henne, var det de sista hon skulle se av denna stad. Anna skulle aldrig mer återse Kristianstad, hon sörjde inte platsen och några fosterföräldrar stod heller inte och vinkade henne adjö. Någon skuld eller samvete plågade henne inte. Det kändes som avskedet var ömsesidigt befriande. Hennes biologiska föräldrar hade för flera år sedan lämnat Blekinge, det visste hon, men var eller vart de tagit vägen, kände hon inte riktigt till. Man hade nämnt Stockholm, men föräldrarna hade lämnat Augerum och Mölletorp bakom sig, utan att säga någonting till henne. Troligen hade hon då varit alldeles för liten, tänkte hon. Anna drog åt sig korgen närmare, såg efter att kofferten med sina tillhörigheter fanns med och bestämde sig för att njuta av tågresan.

Det var hennes livs första resa med tåg. Hon tänkte på Kersten som för några månader sedan hade suttit där precis som hon nu gjorde. Var det kanske nu livet började?

Och medan hon tog upp sin dagbok ur korgen för att skriva några rader i den, såg hon sig om på sina medresenärer.

Hennes blick föll genast på en mindre grupp med beväringar i stiliga uniformer. Det satt och pratade och skrattade och någon av dem hade hängt upp sin jacka i en krok i taket där den vajade fram och åter efter den knyckiga framfarten. Ja, Anna hade sett manfolk tidigare och var ganska van vid dem, om inte annat så ifrån Yllan, men de här såg stiliga ut och välputsade mer i hennes egen ålder trodde hon.

Anna räknade till fyra unga soldater och kunde inte låta bli att nämna det i de anteckningar hon gjorde. De satt två bänkrader snett framför henne. Till höger om henne, på andra sidan av tågvagnen, satt en mor med två små barn. Barnen satt lutade mot sin mor och det verkade som om de sov. Det luktade lite cigarr i vagnen blandat med målarfärg eller om det kunde vara fernissa, för det var blankt på väggar och i tak. Det luktade ganska hemtrevligt, tänkte Anna och trivdes. Det blev inte sämre för att det satt fyra stiliga solda- ter där framme, det kändes tryggt. Två av dem hade sådana där, knävelborrar.

Anna skrev i sin dagbok om de trevliga herrarna som var muntra och glada, riktigt ordentliga i sitt sinne. Hon tittade åt mamman till med sina små barn, men de verkade inte be- röras av glammandet som spreds i vagnen. Några rader skrev hon om den härliga naturen som svepte förbi vagnens föns- ter, även om det bara var åkrar och hedar med många möl- lor. Strax skulle det stanna vid en station som hette Ön- nestad och sedan var nästa stopp, Vinslöv innan Hässle- holm. Där visste hon att det skulle bli till att byta tåg. Hon måste fundera ut något sätt att få med sig sina tillhörigheter, kanske någon tjänsteman vid stationen kunde vara henne behjälplig, funderade hon.

De doftade gott från cigarren, och hon trivdes på ett härligt vis och suckade nöjd, ljudligt. Tydligen så pass högt, att de båda beväringarna som satt med ryggen mot henne, vände sig om för att titta på henne. Hon log förläget, nästan skämdes. Den ena av beväringarna, en trevlig ung man med uppvridna knävelborrar, ägnade henne större uppmärksamhet än de andra. Han verkade riktigt ung och spänstig, yngre än henne själv tänkte hon, medan hon skämdes igen inför sina tankar. Beväringen med knävelborrarna, vände sig om flera gånger och log åt hennes håll.

Plötsligt hade han rest sig och kom bakåt i vagnen mot henne, det gick en rysning genom hennes kropp. Vad vill han, tänkte hon och kramade sin lilla kappsäck hårdare.

Så stod han plötsligt framför henne och log.

– Vicekorpral Nilsson, sa han, slog ihop klackarna och gjorde honnör. Snart bara, Nilsson. Jag ber om ursäkt för att vi stojar en del, sa han och gjorde en enkel honnör denna gång. Vi har klargjort vår militärutbildning och ska till Hässleholm för att lämna in gevär och sådant, fortsatte ha. Det är inte vår mening att störa hennes tågresa.

Hon nickade och log, men sa ingenting bara irrade med blicken från det förbiglidande landskapet utanför kupéfönstret, till hans blankputsade svarta läderstövlar och blanka knappar. Han var nog yngre än henne själv, tänkte Anna igen, undrar vad han vill egentligen?

– Ska hon långt

– Hässleholm, berättade hon. Ja, sedan till Norrköping.

Plötsligt hade som om nervositeten släppte.

Mamman på andra sidan gången hade vaknat med sina barn nu och följde intresserat samspråket.

– Det låter på hennes dialekt som om hon kommer ifrån Blekinge fortfor han?

Inte påfluget alls, mera artigt. Hon hade bara nickat och kände sig olustig. Mamman tittade nyfiket hela tiden så Anna skämdes.

– Jag är själv ifrån Blekinge, Karlshamn.

Anna nöjde sig åter med att bara nicka till svar, och tittade ut genom fönstret igen, hennes enda tillflyktsplats. Att han inte kan gå tillbaka till de andra, tänkte hon. Hon såg hur hans kamrater hade vänt sig om för att följa sin kamrats framfusighet.

Så gjorde han plötsligt åter honnör och slog ihop klackarna samtidigt. Så stiligt, så ung han var. Vilken kavaljer!

– Ja, trevlig resa då sa han och vände om mot kamraterna.

Mamman med sina barn, gav Anna en kort blick men hann ändå mönstra henne uppifrån och ner samt fnysa lätt, innan hon åter drog sina barn omkring sig, rättade till sitt huckle och så föll hon i slummer igen.

Själv satt hon där med bultande hjärta. Den där Nilsson, som han rekryten tydligen hette, var ju stilig, men så framfusig tänkte hon, medan hon åter ägnade sig åt att beskåda det som for förbi utanför fönstret. Ibland var det en gård med något vagnslider och flera uthus som det såg ut. Flera gårdar. Ett litet samhälle kanske rent av och så naturligtvis fanns där en kvarn. Konduktören kom åter klampande och gastade – Nästa Hässleholm, Hässleholm!

Byte mot Norrköping, Helsingborg och Halmstad!

Nästa Hässleholm, hördes konduktören mässa vidare i vagnen.

Väl i Hässleholm, på järnvägsstationen, hade Nilsson insisterat på att hjälpa Anna med hennes tillhörigheter. En större väska och en koffert, så hennes bagage kom ombord ordentligt på tåget mot Norrköping. Det var dock en god stund innan det tåget skulle avgå. Anna och vicekorpralen Nilsson hann bekanta sig med varandra, riktigt ordentligt.

Det hade slutat med att Nilsson lovade söka upp Anna i Norrköping, om hon fanns kvar där, och han hade vägarna till den staden.

Båda insåg innerst inne att det var bara ett tomt löfte, men det var ett generöst och fint avsked. Löftet värmde henne och hon kunde bara hoppas.

Tåget knyckte igång och Nilsson stod kvar på perrongen och vinkade farväl. Anna hade lutat sig ut vid det öppna kupéfönstret och vinkat med en näsduk. Trots deras korta bekantskap, kändes där något i hennes bröst som hon inte trodde fanns.

4

På perrongen hade Nilsson sakta gått efter tågets sista slängande godsfinka, en gråmålad vagn med en röd lykta längst bak. Han stannade och tittade långt efter det avlägsnande tågsättet där de bolmande stånkade iväg mellan grönskande björkar och lummig hasselvegetation, bort ifrån honom. Till slut såg han bara hur den svarta röken steg mot himlen, som om den gjorde röksignaler, farväl! Tåget var strax borta både ur syn och hörhåll, borta med den ljusa behagliga kvinnan med sin bestämda uppfattning, med det stora varma leendet, det nästan prudentliga sättet och mogna beslutsfattandet i hennes väsen. Borta med något han redan fäst sig vid.

I vagnen hade Anna använt näsduken för att torka en tår ur ögonvrån som hon inte låtsades om för sig själv var den kom ifrån. Jo, naturligtvis föll hon till föga och erkände för sig själv.

Hon saknade redan hans entusiastiska, sprudlande ansikte. Hans glada, pigga skratt och glimten i ögat, knävelborrarna och den stiliga uniformen han bar upp så manligt. I sin dagbok skrev hon Nils… Hon stoppade snabbt ner dagbok och sin näsduk när hon hörde någon längre bort gick omkring och uppfodrande ropade efter, biljetten! Hon fick fram sin biljett…

Tåget hon just kommit med, ett ånglok, två personvagnar och tre godsfinkor, stod pustande vid perrongen. Väsande vit ånga pyste ut runt rödmålade koppelstänger som sammanlänkade hjulen, och förhöjde känslan av att det haft en jobbig, ansträngande resa upp ifrån Hässleholm. Bilden förtätades av att det luktade bränd olja och kolstybb blandad med tjära ifrån slipers och stoppbommar.

Stationsbyggnaden var väldigt stor, och det låg flera spår invid varandra, såg hon. Godsfinkor och vanliga öppna godsvagnar stod uppställda på alla de håll, en del för sig, andra sammankopplade flera stycken. Där ilade manskap omkring mellan skenorna, ångvisslor tjöt, vagnshjul och bromsklotsar gnisslade, buffertar törnade emot varandra, dunkande, knuffande. Det var som en het, feberaktig verksamhet. Konduktören från hennes tåg kom gående mot godsfinkorna, med en samling papper i sin hand. Där var liv och rörelse, något barn gnydde någonstans och en klocka klämtade. Hon böjde huvudet bakåt och läste den sirliga texten på skylten precis ovanför hennes huvud, Norrköping Central, stod det. Så hade hon i alla fall kommit rätt. En ångvissla ljöd någonstans bortifrån andra sidan på det stora, lite pampiga, stationshuset och ytterligare ett lok med svartbolmande skorsten tuffade in på stationen med många vagnar kopplade bakom sig. Det gnisslade mellan vagnar, ryckte och slet i koppel och buffertar när det bytte spår genom flera spårväxlar och närmade sig området där Anna stod. Där fanns både personvagnar och godsfinkor blandat, och tåget kom ifrån någon annan stad som Anna nyfiket undrade vad de kunde vara för stad. I kupéfönstren hängde skyltar där det stod, Stockholm C – Norrköping C. Hon kände en ilning nedför ryggraden när hon såg det stod *Stockholm*, det var ju dit Kersten velat bege sig för att gifta sig ståndsmässigt och bilda familj. Ja, själv närde hon en dröm att ta sig till Stockholm, för den delen. I övrigt hade Anna betydligt blygsammare tankar, men det skulle nog reda sig tänkte hon.

Anna hade för någon vecka sedan, närmare bestämt den 25 juli, skrivit ett brev till Kersten, från sin lilla bostad på Västra Smalgatan i Kristianstad, och angivet med vilket tåg hon skulle ankomma Norrköping. Anställning hos Ströms, ja de hade hon ju fått löfte om av fabrikörn sedan tiden på Yllan, och Kersten hade lovat ordna med boende. Hon vankade av och an, fram och åter, orolig för att inte hennes käcka, glada kamrat, syntes till. Det gick inte för sig att lämna kofferten utom synhåll medan hon såg sig omkring efter Kersten. Tanken uppstod av naturen att hon kanske inte fått hennes skrivelse, kanske hade hon haft fel adress och därmed inte skulle bli välkomnad vid järnvägsstationen? Oron gnagde i henne och hon satte sig på en bänk. Människorna hon såg, som ilade från tågen åt alla de håll, var vackert klädda för det mesta och hon kände sig som en riktig bondpiga utifrån landet, och tog av sig schaletten. Genast kändes det bättre, men det kan ju också berott på den tryckande värmen. Här var vackert tyckte hon medan hennes djupblå ögon sökte sig nyfiket runt blommande buskar och anlagda rabatter, allt var så nytt. Hennes djupblå iris var fokuserad på en yngre kvinna, också hon i fina stadskläder. Hon verkade inte mycket yngre än hon själv, men yngre var hon allt. Hon halvsatt på en mindre dragkärra en bit bort på perrongen där man tydligen sålde tidningar och annat i en liten kiosk. Anna såg att den unga kvinnan tittade på henne med glad min. Något verkade bekant över henne, sa Anna till sig själv innan hon plötsligt reste sig och vinkade ivrigt med båda händerna lyckligt glad och höll nästan på att brista i gråt.

Men, det var ju Kersten, som bara hade suttit på sin lilla dragkärra och väntat att Anna skulle se henne. Nu tog Kersten kärran och sprang sin kära väninna och kamrat, till mötes.

– Anna, ropade hon glatt under tiden hon sprang. Anna!

Anna tyckte meddetsamma det var lite genant, för folk tittade ju! Men så, slog hon bort den fåniga tvångstanken.

– Kersten!

5

Från Karlshamn, vid samma tid, eller kanske någon dag senare, stävade en sotig gammal lastångare ut med destination Portsmouth i södra England. Ombord befann sig bland andra Nils Nilsson, som tagit hyra som eldarlärling.

Nils hade mönstrat på så fort han kommit hem ifrån det militära. Något arbete på broderns båtvarv i Karlshamn, var han inte intresserad av denna gång. Nu ville han se lite av världen hade han tänkt. Det var ett hårt liv för en nymönstrad ombord på ett fartyg. Det hade han fått veta av både brodern och sin far, ännu värre om man bara var lärling. Livet ombord på S/S Maldon of Hastings var inte, och antogs heller inte bli, något glamoröst liv för Nils. Det skulle mest präglas av sot, svett och tårar. Hyran han tagit som lämpare, var som närmast eldarlärling ombord. Det skulle ge honom tjugonio kronor i månaden, i bästa fall trettiotre kronor. Han kunde spara det mesta av lönen, även om det inte var det guld och rikedomar som hans farfars bror hade vaskat fram en gång i tiden i Mörrumsån, tänkte han. Hans far-fars bror, Eugen Nilsson, som var en enstöring, rund och god unnade sig det mesta av livets fröjder. Han förfogade över en stor rikedom och ägde bland annat halva Mörrum-sån, och var därmed en förmögen man. Men Nils far Sven Oskar, hade grymtat något om att när spriten rinner in, så rinner förbaske mig förståndet ut.

Det var ett gammalt talesätt, men det hade stämt väl in på Eugene. Så hade tydligen förekommit, ty Eugene hade blivit av med hela sin egendom och alla inmutade guldfyndigheter och man hade senare hittat honom i ån neråt Hästaryd, fly-tande på sin tjocka mage. Skrönor och myter går raskt när folk vill, så man inte känner till verklighetsförankringen i allt vad som sägs. Men Nils hade i alla fall fått en guldvåg av sin far som skulle vara ett minne från Eugene och hans guldkan-tade tid vid Mörrumsån och dess socken. Man skulle varit med på den tiden, fortsatte funderingen där han hängde över relingen. Nils var eländig av den gungande svarta sjön som Maldon dök ner i med fören och spred en kaskad av fräsande skum och vatten över däck och Nils. Så dök hon igen, under ett dånande och med Nordsjön stänkande över sig gång på gång. Eländig, huttrande och blöt, klamrade han sig fast vid relingen.

Nils hade aldrig trott han skulle bli så sjösjuk, men nu var han det till skeppskamraters synliga glädje. Ingen på fartyget brydde sig dock om honom mer än att de skrattade. Han fick klara sig bäst han ville själv och det var han fast beslutsam att också göra. Han skulle rida ut stormen, precis som farty-get. Redan innan äventyret börjat, hade han beslutat sig för att mönstra av då fartyget senare under året skulle angöra hamnen i Norrköping.

Det fanns ingenstans att torka sina kläder, blev man blöt, så blev man. Det gällde att försöka byta till något man hade som var torrare. Oftast fick man törna in i skansen hungrig, blöt och trött.

Hade man tur, kunde man vara med på en mugg the och ett par knallar, eller rågskorpor. Den här torsdagen hade det varit ärtsoppa med fläsk, något som Nils hade längtat efter, men som han nu inte ville höra talas om. Han hade vissheten om att var man ordentligt sjösjuk, så hade man klarat av den delen och behövde inte oroas för denna åkomma mer. Så sades det och det var hans ljusglimt i det eländiga tillstånd han befann sig i för tillfället. En mässpojke kom till honom vid relingen och ropade att Nilsson genast skulle gå till eldaren för han behövdes där, omedelbart!

Så fortgick den första resan över Nordsjön, men sjösjukan gav vika och det var bättre att jobba med den tunga tändveden och skyffla stenkol till pannorna, än att stå och ömka sig själv vid relingen. Ja, det var vad eldaren hade sagt åt honom och det stämde.

Nils gillade ordentligt kroppsarbete och var inte rädd för att hugga i.

Småningom närmade sig S/S Maldon sig de södra delarna av England och vi såg Portsmouth breda ut sig efter kusten. När de gled in mot kajplatsen de blivit anvisade stod Nils åter vid relingen, men den här gången följde hans blick all rörelse på land. Kranar slängde med sina krokar, lastvagnar rullade fram och åter, hamnarbetare rörde sig pilande över hamnplattan och rader av fartyg låg för tross.

Han såg även en del fartyg som troligtvis tillhörde en del av marinen samt en hel del smäckra segelskutor. Han kunde knappt styra sin iver att komma iland och titta på de fina segelfartygen och se om de var i klass med dem hemma i Karlshamn.

S/S Maldons matroser såg till att angöra fartyget och landgång och trapp firades ut. Nils hade dock fått order av eldaren att pannorna skulles rengöras och slagg skulle rakas ut, sedan hade han sin frivakt. Aldrig hade dessa eldningspannors slagg rakats ut så fort som under Nils starka armar och han tog därmed sin frivakt i anspråk.

Några lättmatroser som hade vakten, såg avundsjukt efter Nils då han äntrade landgången för att kliva iland.

Det var ett tag sedan han hade fast mark under fötterna och han bara njöt av varje steg han tog. Han följde kajen bort mot skogen av master han tidigare urskilt för att se vad de kunde vara för skepp. Fler sotiga gamla ångare av typen han kommit med låg förtöjda, längre bort där såg han stiliga smäckra segelfartyg. Dom var väl hållna, vitmålade och med blankfernissade mahognydäck och mässingsdetaljer vid ventiler och luckor.

Han kom att uppehålla sig vid en vit smäcker slätskonert. Vit som oskulden, smidig som en gasell där hon sakta neg i dyningarna. Han förstod varför man alltid sa *hon*, om en båt, för en sådan låg här framför honom på kajplats 22 i Portsmouth. Han släntrade bort mot aktern och försökte se om det stod vad hon hette och var hon kom ifrån. Han läste, Hilly aus Zeebrugge och där hängde också en Belgisk flagga. Han blev förälskad i segelfartyget fort och lätt så som han blir i allt kvinnfolk. Hilly aus Zeebrugge, läste han igen då han var tvungen att återvända till den gamla skorven han anlänt med. På tillbakavägen vände han sig om flera gånger för en sista skymt av denna smäckra skapelse.

Hur man kan kalla S/S Maldon för *hon*, hade han svårt att förstå. Stort, kantigt, svartsotigt stålskrov med en sotig bolmande skorsten och namnet, namnet Maldon…

Mörka skyar hade åter tornat upp sig på himlen och Nils anade oväder igen. Han mindes det gungande helvetet allt för väl, och hoppades det skulle vara slut på allt elände nu.

Väl ombord igen på fartyget fick han dock veta att han levde. Han fick eldaren på sig, en lång senig karl med kraftiga armar, för att han inte rakat ut slagg och aska ifrån pannorna innan han sprang iväg på frivakten som han fått order om?

– Men jag rakade ur alla pipor från slagg, försökte Nils förklara för sin boss, med säkert en förvånads min målad i ansiktet!

– I helvete heller gormade Persson, den gamle skånske eldaren.

Då skulle det väl inte för gudars skymning ligga slagg i pannorna idag?

– Jamen jag…

– Det är ju fullt i varenda panna som om du skyfflat in, istället för att rakat ut! Innan det blir kojen, har du ett skapligt kvällsarbete framför dig Nilsson. Tidigt i morron bittida, ska

vi ha full fyr under alla pannor. Då ska det fan i mig inte var
något slagg i en enda jäkla pipa! Sätt fart nu din jävla filare!

6

Nils förstod ingenting, utan började förtvivlad med gråten i halsen, åter raka ut slagg och aska ur pannorna. Det blev därför en mycket sen kojning för honom och få timmars sömn innan han blev purrad av en mässpojke. Och i arla morgonstund hade eldare Persson, kallat på sin uppmärksamhet. Det var en regnig och mörkt molnig morgon där regnet hördes smattra på byssans plåtskodda tak. Genom ventilerna såg man inget ty där rann det bara vatten. Det värmde skönt med frukost i byssan där det var lite varmare och kaffet har aldrig smakat så gott tidigare som denna morgon. Där satt ett par mässpojkar och flinade åt Nils håll.
Mässpojkarna, några matroser och förste styrman, var engelsmän, övriga i besättningen var svenskar. Mässpojkarna sa något åt Nils som han förstod var engelska, men han begrep inte vad de sa, eller menade. Han hostade lite och huttrade, medan han nickade till svar. Byxorna hade fortfarande inte torkat riktigt, nu kändes de bara råa och kalla.
Han hade hoppats komma upp på kajen innan de avseglade

för att se henne igen, den smäckra Hilly aus Zeebrugge. Och i ovädret, med uppfälld krage på oljerocken, stretade han mot regnet som letade sig in överallt på hans kropp. Styrde sina steg bort mot slätskonerten, den linjesköna segelskutan vid kajplats 22. Kepsen var ett klent skydd mot regnet, men han kämpade på oförtrutet utefter kajen mot den sköna. Hon låg där längre bort, vit och blankpolerad. Javisst, där fick han nu återse sin käresta. Hon neg lätt och ryckte försynt i tross och förtöjning av hans uppskattning.

Det mörknade ytterligare över himlen, och vinden ven i de tårpilar som avslutade kajen. Få segelfartyg hade fängslat Nils så som Hilly aus Zeebrugge. Få hade varit så välskötta som hon var. Tiden rann ikapp med pölarna på kajen och med ens förstod han att det var dags att ta sig tillbaka till sin gamla plåtskorv igen, för i dag skulle de avsegla så fort man lastat. Det skvalade ifrån magasinförrådens tak och plaskade där han gick. Himlen var dystert blygrå och vatten sipprar in genom hålet i den vänstra skon. Nils hostar tungt och rossligt där han stretar mot de fartyg som likt ett spökskepp är fjättrat vid sin kajplats där han har sin hyra. Det lyser i några ventiler ombord och akteröver har en blinkfyr börjat sända sina varnande blinkningar trots att det är morgon, om än väldigt tidig morgon, men det är mörkt på himlen.

Nils hade nu varit ombord på S/S Maldon närmare ett år och det var först nu som man hade vänt kursen mot hans fosterland igen.

Från grevskapet Herfordshire inåt det brittiska landskapet, skulle man frakta bland annat fårull som man tog ombord i hamnen vid Southend, till Norrköping. Nils drog sig plötsligt till minnes, på tal om lasten med fårull, en fröken Westergren han träffade på tåget mellan Kristianstad och Hässleholm. Anna hette hon, mindes han. Hon hade arbetat på den stora nyuppförda textilfabriken, Yllan i Kristianstad. Han blev genast mer upprymd för han hade ju redan meddelat fartygschefen att han ämnade mönstra av i Norrköping när man så småningom gått i hamn. Han skulle söka i sin väska efter det han noterat om adress så han kunde söka upp Anna i denna stad. Hon skulle ju jobba på en textilfabrik där och nu kom han med råvarorna till fabriken, där hon hade sin anställning. Han kunde kosta på sig att le. Det var ett tag sedan, både åt minnet av Anna, och förhoppningen att återse henne igen efter nästan ett år. Denna ljusa behagliga kvinna med sin bestämda uppfattning, med det stora varma leendet, det nästan prudentliga sättet och hennes säkert mjuka varma famn. Så slets hans glada lynne i två delar. Tänk om hon inte var kvar i Norrköping, vart hade hon farit då? Han slets mellan hopp och förtvivlan denna natt i kojen, medan det snarkades på alla håll i skansen och vädersläppningarna var ett legio. Färden var annars lugn och när det slog tre glas på hundvakten, rundade S/S Maldon, Skagens fyr på Danmarks norra udde och fick lugnare sjö i Kattegatt på väg ner mot Helsingborg. Nils kände sig febrig och hade svårt att törna in, han låg och räknade hur många glas man slog. Han huttrade till och hostade, tre glas tänkte han och huttrade igen, klockan är bara halv två, och jag kan inte sova! Hans tankar var bara hos Anna hela tiden. Men vad stod det nu på den andra papperslappen, vad var det för skrivning? Annelie Viktoria Olsson, Nybrogatan 40, Stockholm.

Han och såg plötsligt riktigt nöjd ut.

Det var nog ett villigt fruntimmer, tänkte han. Just de, det var ju pigan ute vid Ronneby jag lovat hälsa på i Stockholm, det får jag inte glömma, sa han och livade upp minnet igen och smackade med läpparna. Någon i skansen hyssjade, och Nils drog filten tätare omkring sig och somnade, precis då det slog fyra glas.

”Vi spelade cricket eller om det var brännboll. Det var cricket, det kommer jag ihåg nu. Jag fick på en bra träff och bollen seglade iväg, inte i en båge som annars var normalt, utan mera rakt, och fort som en projektil. Den fortsatte, förbi och långt utanför planens gräns. Den for vidare iväg över ett fårstängsel och det sluttande hägnet på fårhagen. Det var som att se en kanonkula försvinna innan den småningom sänkte sig i en snygg parabel, tappade fart och seglade ner i dalen drygt en kilometer bort. Mina lagkamrater jublade och laget fick automatiskt sex runs, utan att någon behövde springa. Fåren hade sett förvånade ut när bollen kommit farande strax ovanför deras huvuden, om nu får kan se förvånade ut. Vi fick senare gå bort och fråga i ett hus som låg nära cricketplanen och antagligen var någon lokal för cricketklubben med tillhörande pub.

Ovanför dörren till lokalen hängde också en skylt med som jag antog pubens namn, Royal Duck. Vår undran var ju hur man kom ner i dalen för att hämta bollen. En man hade öppnat dörren till puben då jag knackat ett antal gånger. Det var min farfars bror Eugene Nilsson, ifrån Mörrum! Han hade frågat om vi också skulle ha mat. Lammragu eller död gris, var det man serverade.

Han hade utan att vänta på svar, delade ut tallrikar till oss.

Men det var inga vanliga tallrikar, det var vaskpannor, sådana man har för att vaska guld. Lycka till, sa han bara där han stod med en blåvit rök omkring sig och i ett långt vitt skägg över sin rundade mage. Lycka till!"

Nils vände sig om i kojen och kände sig alldeles varm, en kort stund undrade han var han befann sig. Den välbekanta doften i skansen av väderspänningar, sura strumpor och cigarr, fick honom att ganska snabbt återföras till verkligheten.

Nu gällde det bara att försöka somna om igen, nästa hamn var ju Norrköping. Det skulle bli svensk mark under fötterna och kanske, kanske skulle han träffa Anna.

Nils traskade vilsen uppför något som tydligen hette, Sjötullsgatan och verkade leda inåt själva staden. Han vände sig om och kastade en sista blick mot den stålskorv till fartyg där han nyss mönstrat av och som nu låg för tross vid hamnen i Norrköping. Hans jobb som eldarlärling ombord, hade varat i ganska exakt ett år. Nils stod kvar med en lätt vind i ansiktet och hans ögon följde fartygsrelingen akterut och så fram mot fören igen. Det var ett ganska klumpigt, svartgrått, sotigt och kantigt fraktfartyg som stampat Nordsjön i hård sjö. Det rök lätt ur den svarta fula skorstenen med den breda, rödbruna randen runt om. Hela skorven var mörk, murrig och spöklikt dyster.

En lyftkran svängde sin långa arm över S/S Maldon of Hastings och sänkte någon form av gods ner genom den förliga lastluckan. Han höjde handen och vinkade en sista gång innan han så vände sig om igen och fortsatte vandringen in mot staden. Han hade sjösäcken över axeln med sina ägodelar. Pengarna han tjänat under året, var nästan ograverade och därför hade han en ansenlig slant på fickan.

Han tittade på papperslappen han hade i handen och läste, Norra Grytsgatan, Ströms Yllefabrik! Han skyndade på stegen och nådde snart en större gata. En spårvagn kom skramlande på den stenlagda gatan. Han vek av och fortsatte raskt uppåt på den gatan där spårvagnen, en nyblank glänsande vagn kommit farande. Människor runt om hade stannat och tittat på vagnen, liksom Nils hade gjort. Trots vår i luften hade det kommit lite snö någon dag tidigare, det såg han runt omkring sig. Nästan alla i staden han mötte var stiligt klädda, precis som han sett i vissa större städer i England.

Det var stadsmänniskor, inte som de i Ronneby eller hemma i Karlshamn.

7

Anna och Kersten stod vid sina maskiner och uppvisade ett flinkt handlag med trådar, spolar och spännband. Oväsendet var inte lika påträngande och förskräckligt som det varit vid Yllan, men inte var det långt ifrån inte.

– En timma kvar, nickade Kersten mot den stora klockan som fanns i fabrikslokalen på ena långväggen.

Den visade att den sista arbetstimman var spräckt.

– Femtio minuter, ropade Anna tillbaka och log medan hon föste undan en hårslinga från sin kind och spottade ut något garnludd ifrån mungipan.

– Det ska bli roligt i morron kväll, hojtade Kersten tillbaka trots att en förman blängde bort mot dem. Pelle Sotar, har ett handklaver han ska ta med sig!

– Vad trevligt, nickade Anna medan hon förde en ny tråd genom alla öglor, runt hjul och genom en vipparm och så ner genom ett par öglor igen innan hon med ena handen knöt fast tråden i änden från den tidigare, det skedde flinkt och snabbt och förmannen såg gillande ut.

– Hon är snabb i fingrarna som en lärkas vingar, berömde
förmannen och blinkade åt Anna.
– Äsch, så han raljerar. Det är väl alla, snabba i fingrarna och
med ett gott handlag?
Runt henne flög ull i luften genom stora takfläktar som
sakta vevade runt ulltottar och garndamm. Fläktarna var
egentligen till för att få en arbetsvänligare temperatur.
Man fick ta det onda med det goda.
Pelle Sotar var en arbetskamrat till Kerstens egen sotare
Axel, men som kallades för Acke. Kersten och Acke var ett
par, så den utstakade vägen Kersten gjort upp, grusades re-
dan i Norrköping av den trevlige, glade Axel Söderberg.
Sotare kanske inte var de yrke hon hade hoppats på hennes
man skulle ha, men Kersten var lycklig i sin Acke. Så vid
lördagens vårfest, skulle Acke ta med sig Pelle Sotar om
Anna kände sig utanför, och Pelle han kunde hantera ett
handklaver han. Flera av flickorna på fabriken skulle också
vara med och man hade ordnat ett knytkalas. Alla var de
upprymda och fnittriga.
Nils beslöt att finna något natthärbärge, så han hade tak över
huvudet medan han befann sig i Norrköping för att söka
efter Anna och innan han skulle ta tåget mot Stockholm. På
en gata som hette… Repslagargatan, tyckte han sig se att det
stod på en vitemaljerad plåtskylt med blå text som satt i hör-
net på ett stort hus. Han stannade och såg sig omkring. Rum
att hyra, stod det!
I bottenvåningen låg ett skrädderi.
Där fanns en liten dörr invid ett smalt skyltfönster, precis
där han stod. Dörren till skrädderiet stod på glänt och han

kände en doft av kaffe slingra sig ut och reta hans näsborrar. Doften blandade sig med cigarr från en herre som gick förbi och som hade tittat misstänksamt och nedlåtande på Nils, det kände han. Ja, jag måste nog ekipera mig och inte se ut som den bonddräng jag likväl är. Men till professionen både filare, eldare och vicekorpral. Nils hade blivit befordrad då han hade fullgjort sin värnplikt med beröm. Där, bredvid husets bastanta port, fanns också en liten skylt där det stod, Rum uthyres! Huset var ett stort, flera våningar högt stenhus som såg elegant ut och låg inte långt ifrån något som såg ut som ett litet torg. Bortom torget, blänkte vatten.

Han beslöt att kliva på, för där kanske han också kunde få en upplysning om var Ströms Yllefabrik, låg.

Det doftade nyskurat i farstun och Nils var noga att torka av sig om skorna på tamburmattan. Det ekade kusligt i tamburen och det var högt i tak med ljusa väggar avdelade med en vinröd handmålad vinranka. Det stod en kvast innanför porten och vid kvasten såg han skylten igen som visade med en pil: Rum att hyra!

Med sin väl tilltagna portmonnä i fickan och nu med hyra för ett rum, tog han sig så åter ut på Repslagargatan genom den pampiga porten för att handla sig ett par byxor, skor och lite andra persedlar. Sjösäcken lämnade han kvar på sitt rum, ett litet rum som låg över gården.

Men han hade tak över huvudet och en säng att sova i samt frukost på morgonen. Han hade också fått reda på att Ströms Yllefabrik, inte alls låg så långt ifrån hans hyresrum.

Det var soligt varmt fortfarande trots att klockan börjat dra sig mot middag. En frän lukt av hästurin och spillning, blandade sig med doften av hägg som var på väg att spricka ut. Det brusade om det strömmande, skummande vattnet då han passerade en bro ut till en trädbevuxen liten holme mitt ute i strömmen. Laxholmsbron, tyckte han sig se att den hette. Han var riktigt vill i staden och försökte minnas de platser och namn han passerade för att senare kunna lokalisera sig själv. Här, äntligen började så Norra Grytsgatan! Fler stora fabriksbyggnader trängdes invid det brusande vattnet. Nils stannade och tände en cigarr för att samla tankarna och bygga upp lite pondus. Tänk om nu inte Anna arbetade här längre, funderade han när han såg en stor skylt som förkunnade att han nu var framme.

Ströms Yllefabrik AB, stod det med stora blåsvarta bokstäver på en husgavel i tegel. Klockan var halv fem på eftermiddagen och kanske hade alla väverskor redan slutat för dagen, då har han förlorat henne om hon nu arbetade kvar var hans lite förtvivlade tanke. Men det är ju ett år sedan, hon kanske har fästman till och med, grusade Nils sina tankar.

Kvart i fem, var klockan såg han på en stor urtavla vid något som såg ut som en tupp. Han vandrade fram och åter utanför den stora grinden till fabriken. Nya skor, som skavde lite, snygga byxor, så fina har han aldrig ägt. En bländvit skjorta med hög krage och en kravatt, som expediten i klädaffären tyckte han skulle ha. Nils hade valt en röd kravatt den hade känts rätt i all den övriga högdragenheten. Man fick ta det goda med det onda, funderade han.

Han passade nu väl in i den övriga stadsbefolkningen och ingen ägnade honom nu en blick av den orsaken. Nils lät ett rökmoln lämna sina läppar med en aromatisk puff och han vred upp sina knävelborrar stiligt som han brukade. Han var riktigt nöjd med sig själv, och kände sig som en herreman. Nu hoppades han bara också på att få träffa Anna. Varför hade han nog egentligen inte riktigt klart för sig, det var bara något som drog.

En man kom dragandes med en kärra och nickade hälsande på honom.

– Herrn har en fin häst berömde Nils då mannen passerade medan han vinkade hälsande tillbaka. Det tyder på gott handlag!

– Handlag, undrade mannen?

– Säg, är det bekant när man stänger fabriken idag, fortsatte han och pekade på Ströms Yllefabrik?

– Vi slutar klockan fem, sa mannen och hastade vidare med sin kärra och svängde in genom grindarna.

Nils tittade upp på den stora klockan vid tuppen, det fattades fem minuter, konstaterade han. Puffade ut ett rökmoln igen på sin cigarr som höll på att slockna för att han inte höll igång glöden.

Han satte tummarna i västen och böjde sig bakåt för att titta på den där tuppklockan. Jag undrar om hon gal när klockan är fem, tänkte han lite humoristiskt. Nej, tuppen sa inte kuckelikuuu. Inte ens pip, när klockan var fem.

Ingenting hände! Det gick nästan till fem över fem, innan det som en myrstack började kryllra med arbetare från alla håll och kanter. Både från Ströms Yllefabrik och ifrån andra textilfabriker, kom folk myllrande som runt en myrstack. Nils stod dock strategiskt placerad och hade bra överblick på de som kom ut ifrån fabriken. Det var mest unga kvinnor, en del samlade i klungor, andra for iväg ensamma åt sitt. Hur ska jag kunna hitta Anna här tänkte han. Alla ser ju ut som stadsmänniskor, snyggt klädda och välskötta. Det var ett stort hav av guppande små svarta hattar, som Svarta havet, som närmade sig honom. Det gick knappt att urskilja något ansikte från ett annat. Inte något som skulle kunna tillhöra fröken Anna Westergren.

Han stod liksom på tå och försökte överblicka myrstacken med blicken fäst borta vid grindarna där det fortfarande kom unga kvinnor, men nu mera sporadiskt dock.

– Nils, hörde han någon säga på blekingska?

Han vände sig om och såg en tjusig ung mörkhårig kvinna med väldigt bekanta drag och brett leende! Smal om midjan med en snyggt passande långkjol och en kort jackett. Uppsatt hår med en liten hatt elegant som rosen i en marsipantårta. Han blev alldeles varm inombords och fick inte fram ett ord, bara stirrade förvånad.

– Nils, sa så kvinnan igen lite mjukt men frågande med huvudet lite på sned?

– Ja, så är mitt namn! Men är det Anna, sa han så och sken ikapp med den dalande solen?

Anna nickade, och nickandet kunde även innefatta det hennes djupblå ögon sett. För hon gillade det hon såg, trots att personen som stod framför henne inte hade någon uniform. Men, hon hade känt igen hans knävelborrar, den forskande blicken, hans ståtliga hållning och han hade utstrålat den auktoritet hon mindes. Tänk log hon, han hade kommit i alla fall.

Det hade hon möjligen drömt om, och hoppats på, men aldrig riktigt trott skulle ske.

Hon slog generat ner blicken och tog ett steg närmare honom.

– Vad glad jag är för att du kom, försökte hon säga medan en tår banade sig nedför hennes rosiga kind. Vad glad jag blev, sa hon igen och vände upp sitt ansikte och möttes av hans varma leende som inte gick att ta miste på. Hon torkade bort tåren då hon såg hans tjusiga knävelborrar så perfekt uppvridna och som nu, liksom skälvde.

– Anna, hörde hon Kersten ropa en bit ifrån, jag förstår vem som kommit på den vita springaren. Du kommer efter, vad?

Anna vände sig om och log mot sin bästa väninna som var hennes stora pådrivare för att få henne att leva, glädjas och njuta. Så lade hon armarna om Nils och gav honom en välkomnande kram.

– Välkommen till Norrköping Nils, sa hon så på den bredaste blekingska hon kunde.

Hon berättade om morgondagens knytkalas och vårfest och undrade om han ville komma, det skulle vara så trevligt. Han hade svarat ja utan betänketid och fått förslag på vad han kunde ha med sig till knytkalaset. Så skildes Anna och Nils för att ses igen redan dagen därpå som man nu hade bestämt.

Så fick hon springa några korta steg för att hinna ifatt de andra som sakta börjat vandrat hemåt när hon stannat för att tala med Nils, eller "riddaren på den vita springaren" som Kersten sagt.

– Kommer han med, undrade Kersten?

Kersten verkade lika glad som Anna och nyfiken.

– Ja, han skulle komma. Redan i övermorgon reser han upp till Stockholm med tåg.

– Stockholm, sa Kersten drömmande medan hon hostade lätt... till Stockholm, dit kommer jag nog aldrig.

8

Klockan var tjugo över tre på natten när Nils vandrade hem från kalaset, hem mot sitt hyresrum på Repslagargatan. Det duggregnade lite lätt där han gick, men Nils kände det bara som uppfriskande. Han var lycklig inombords på något konstigt sätt, den där känslan han haft en gång tidigare när Anna for med tåget mot Norrköping och han stod kvar på järnvägsstationens perrong i Hässleholm.

Under gårdagskvällens festligheter hade han kontrollerat hennes adress igen så han kunde sända henne ett brev då han funnit bostad i Stockholm åt henne.

Nu var det bara att sova några få timmar innan hans tåg skulle ta honom hela vägen till huvudstaden. Han kände sig fortfarande lätt berusad av den trevliga kvällen där svagdricka och öl, var det starkaste vad gäller dryckjom.

Han passerade över torget, som han nu såg hette Gamla Torget, och kom in på Repslagargatan och gick backen upp till den stora grönmålade porten och in till sitt hyresrum för några timmar.

51

Sedan så skulle det minsann bära av med tåg till den kungliga
huvudstaden.

Innan han fick sig några timmars sömn, låg han och funde-
rade på de där versarna han inte kom ihåg. Det var en visa
han hade sjungit på kalaset, men glömt bort minst hälften av
alla versar som gav till glada skratt. Även Anna hade skrattat
och hon hade varit så söt när hon skrattade mindes han. Han
nynnade några rader som han nu plötsligt kom ihåg.

Om den strålande solen visste
Om hon visste mitt hjärtas håg
Allt sitt rosensken hon miste
Skulle sjunka i kvällens våg...

... innan han sjönk in i ett behagligt dunkel.

En ångvissla tjöt hjärtskärande, en dörr slogs igen och en lätt
knyck kändes i vagnen när färden så antagligen startade mot
den stora staden. Nils såg sig intresserat omkring hela tiden.
Det gnisslade om hjulen när det bar av eller om det var när-
kontakten med rälen, tänkte han.

Vagnen var nästan fullsatt denna morgon, men det kanske
var så här många resenärer vid varje avgång, tänkte han. Hur
det var i den andra delen av hans vagn kände han inte till lika
lite som den andra vagnen, som var tredjeklass helt igenom.
Sådant visste han ju inte förstås.

Nils hade färdats med tåg tidigare då de angjort en hamn i
England där det fanns en järnväg in till staden ifrån hamn-
området där dom legat med båten.

Så någon nybörjare att resa med tåg, se det var han då rakt inte, om än ingen berest person.

Nils skulle egentligen velat bli något vid järnvägen, lokförare kanske eller någonting sådant. Ett ånglok, eldades ju på samma vis som han hade eldat S/S Maldon of Hastings, det stora kantiga gamla fartyget. Han var intresserad av mekanik och hade inspekterat lok och vagnskoppel, vilka han fann tillverkade med omsorg och gediget kunnande enligt hans måttstock, innan han klev ombord på sin vagn. Vagnen var blankt mörkblå med gula bokstäver där det stod målat II klass i ena änden av vagnen och III klass vid den andra. Vagnen var avdelad på mitten, men där fanns en dörr för konduktören att passera igenom. Här, i denna fina vagnsdel där han satt, var det gardiner vid fönstren och stoppade säten samt askkopp under fönstret.

Fönstret gick för övrigt att öppna, som det såg ut. Det var bara att dra ner fönstret med ett handtag.

Man satt helt enkelt bekvämt och det var ju tacknämligt om man skulle resa långt.

Konduktören kom, tittade på biljetten och sa, avstigning vid Stockholm Central. Klippte ett hål i hans biljett och gjorde honnör.

Nils hörde hur konduktören talade med de andra resenärerna och vid vilken station de skulle stiga av eller göra något tågbyte, det var spännande. Det var Jönåker, Tystberga, Västerljung och Liljehomen. Ja det var säkert några ytterligare avstigningar också, men som han inte uppfattade. Mitt emot honom i vagnen satt en provinsialläkare Hertzberg, hade han uppfattat. Han samspråkade med en välklädd herre i stop och med klockkedja i västen. Han hade en brun läderväska bredvid sig på sätet, ganska väl använd och som han öppnade gång efter annan under färden för en liten sup, eller styrketår, som han hade sagt, Hertzberg.

Utanför kupéfönstret virvlade det böljande landskapet förbi i alla dess gröna, bruna och gula nyanser, blandat med svart rök från lokets skorsten och vit ånga från ventiler som släppte ut övertryck eller ifrån ångvisslan när man signalerade. Så avtog farten och Nils förstod att tåget närmade sig någon station och konduktören kom traskande i vagnen och ropade, "nästa Enstaberg... Enstaberg!" och snart skulle vi troligen stanna vid denna station.

Mycket riktigt, stationshuset dök upp i hans fönster och där stod på en skylt vid banvallen, Enstaberg. Flera stationer hade man redan gjort uppehåll vid, men nu var det alltså Enstaberg. En idyllisk liten station ute på den absoluta landsbygden. Förutom stationsbyggnaden, med en låg perrong snickrad av tjocka plankor, fanns där några lider med ett par vagnar utanför och en kyrka avslutade en kortare allé. Där låg en gulmålad gård med troligen fruktträd i de långa raderna som blommande tog första platsen på orten. Det var en fantastisk syn med dessa mängder av vita blommor. Och idylliskt verkade det allt.

Så ryckte det till igen och tåget var åter satt i rörelse.

Motsträvigt till en början, pustande och högljutt stånkande på de blanka skenorna på väg mot huvudstaden. Nils förstod att man nu närmade sig den stora staden för varje varv länkarmarna till pistongerna gjorde, för varje ång pust som frigjordes ur ventiler, för varje varv ett hjul snurrade och för

varje sövande dunk från rälsskarvarna som hördes rytmiskt
som en melodi, som en vaggsång.

Nils hade slumrat till men kom genast till sans då det takt-
fasta dunkandet avtagit och till slut tystnat helt då tåget stod
still igen.

Han försökte se vad stationen hette, om det nu var vid en
station tåget stod. Konduktören öppnade dörren från tredje-
klassvagnen och kom gående genom kupén ropandes, "Älv-
sjö… Älvsjö, nästa Liljeholmen!"

Nils hann se att det stod Elfsjö uppe vid taket på sta-
tionshuset.

Ännu var han uppenbarligen kvar ute på landsbygden.

Några andra hus kunde han inte se från den sidan han satt i
kupén, när man nu åter började rulla. Det var mest åkrar och
ängar samt en hel del skog samt naturligtvis, en ganska stor
kyrka vid något som liknande en sjö.

Nästa station, var alltså Liljeholmen. Där han skulle stiga av,
var vid Stockholm Central, i huvudstaden. Han började
närma sig resans slutmål förstod han. Nils kände en pirrande
magkänsla, en kittlande spänning och nyfikenhet som spred
sig i hans kropp och han blev fuktig i handflatorna. Han såg
sig spänt omkring. Provinsialläkaren och hans medresenär,
samspråkade fortfarande i lugn och ro.

Mannen med stopet, såg dock ganska röd ut om näsa och
kinder.

Han anade att de varit i Stockholm tidigare, men för Nils var
det ju första gången. Han visste inte vad han kunde vänta
sig. Han var hela tiden på väg att resa sig och gå mot dörrar-
na trots att tåget ännu inte stannat, stationen hade heller

ännu inte blivit utropad av konduktören. Det här var värre än hans stormiga överfärd på Nordsjön, för nästan ett år sedan. Men nu skulle Nils bara över Mälaren också på någon järnvägsbro innan resan hade nått sitt mål.

Han färdades på bron över vattnet med den glittrande Riddarfjärden på sin vänstra sida. Det här var Stockholm när det var som vackrast med sin bästa sida vänd åt Nils Ingvar Nilsson. En filares färd till sin huvudstad.

Han skuggade med handen för ögonen.

Med kartan i sin hand hade han traskat igenom kvarteren vid Klara och över det stora salutorget fram till Oxtorgsgatan 10 där han hade ett rum att hyra, ett tak över huvudet. Där fanns en säng, ett bord, ett handfat och en hink för vatten. Det fanns en pump på gården liksom husets avträde. Om han hade sett Stockholm när det var som vackrast, då han kom med tåget över vattnet vid Riddarfjärden med blick från betraktarens sida, så var detta baksidan.

Det finns alltid en baksida tänkte Nils utan att egentligen förstå varför han tänkte så.

Livet är oftast som en baksida, mer baksida än framsida, men där man livet igenom försöker kämpa för att få ta del av framsidan också, funderade han så igen, trots sina unga år.

Han var ju inte mer än myndig.

Han satte sig vid det lilla bord som fanns på rummet och tog fram de anteckningar han gjort om Annas adress i Norrköping.

Han hade fått tips om ett fint rum på Brännkyrkagatan 177, ett litet rum med kokvrå. Han hade tingat på det och fått betala hyra för tre månader i förskott, men det hade han pengar till. Därför satt han nu och skrev ett varmt brev till sin kära Anna i Norrköping.

En fluga surrade invid hans öra och han viftade med handen. Tuggade på pennskaftet för att fundera ut ett fint språk till en fin dam.

Han tittade ut över gården när han funderade. Tittade utan att bry sig om vad han såg. En pump har han ju sett förr liksom skraltiga dasslängor. Men han var nöjd att ha en säng att sova i och ett tak över huvudet.

9

– Titta Kersten, ropade Anna så fort de sågs på morgonen då de åt sin gemensamma frukost, tillsammans med alla de som bodde vid förläggningen på Norra Grytsgatan. Titta sa hon igen och viftade med ett kuvert!

– Ja, jag både ser och hör skrattade Kersten. Jag är inte döv än!

Men hon tänkte, vad är det om? Hon hade sina aningar att Anna hade fått ett brev från den där riddaren på den vite springaren. Hästgardisten, eller vad han nu var.

Varför tänker jag så, sa hon så till sig själv. Jag är väl inte avundsjuk?

Men visst var det så. Kersten var avundsjuk på Anna som funnit sin riddare och nu antagligen skulle vidare till Stockholm, medan hon skulle få gå kvar i Norrköping med sin sotare. Det var ju inte vad hon hade tänkt sig där nere i Kristianstad en gång. Men Acke var Acke. En fin kille tänkte hon, men kände ändå ett styng av avundsjuka.

– Jag har fått ett brev från Nils, jublade Anna vidare.

Han har skickat tågbiljett och har ordnat boende i Stockholm åt mig sa hon förtjust där hennes glädje inte visste några gränser. Annas arbetskamrater var ovana att se henne på detta sprudlande glada humör. Anna var ju annars ganska tillbakadragen, försiktig med stora ord och gester. Nu var dock alla fördämningar jämnade med kjolfållen.

– Men vad roligt! Så nu ska du överge oss, fortsatte hon när hon menade sig själv?

– Överge, hur menar du Kersten?

– Äsch, lycka till vet ja!

Man bröt upp från sin frukost, plockade undan och tog med sig det man skulle i sin lilla handväska. Blandade sig med alla andra ute på gatan som skulle till sitt väveri, sitt binderi eller färgarverkstad. Där låg ju förutom Ströms yllefabrik, även Drags yllefabrik, Bergsbro yllefabrik liksom Norrköpings bomullsväferi och Holmens spinneri och pappersbruk. Den som var en noga iakttagare, kunde även se sockerbruket Gripen och Motala Varv.

– Tack, sa hon lite frånvarande, efter det blicken stannat!

Anna hade låtit blicken svepa över området en sista gång. Det smutsgula barackerna, de tegeltravar till fabriker med stora takfönster för ljuset, och som utmärkt skulle fungera som växthus.

Den brusande, löddriga Motala Ström med ett spektrum av palettens många nyanser från yllefärgeriet. Allt som fanns inom området på södra sidan av vattnet var henne bekant och avsynades nu en sista gång. Anna skulle inte heller återse detta område, hon skulle heller inte återvända till Norrköping, men det visste hon naturligtvis inte då. Hon hade fått hjälp av sin ständiga följeslagerska Kersten, som med lånad vagn ifrån sockerbruket Gripen, drog Annas tillhörigheter ner till Norrköping Centralstation. Nu skulle de åter skiljas. Finns det något svårare än att skiljas, funderade Anna? Någon har sagt, att skiljas är att dö lite grann. En mycket träffande tanke tänkte hon där Kersten drog vagnen med tillkämpade glada kommentarer och minnen nerifrån Kristianstad och Yllan, deras första möte...

– Vi måste hålla kontakten sa plötsligt Kersten, nästan lite förtvivlat. Lova det Anna, lova att du hör av dig så jag får veta hur det är i Stockholm?

– Såklart! Jag lovar skriva till dig så fort jag kommit i ordning, sa hon. Kanske kommer du efter, en vacker dag, fortsatte hon lite tröstande.

Kersten hade tittat ner på kullerstenarna och skakat på huvudet samtidigt som där kom en spårvagn skramlande nerför Drottninggatan. Hon följde spårvagnen med blicken där den fortsatte ner mot järnvägsstationen och så skakade hon på huvudet igen.

– Nää Anna, jag kommer bli kvar här sa hon med tårfyllda ögon.

Jag blir här, kanske kan Acke och jag skaffa oss något eget krypin, snart.

– Inte sura nu, sa Anna och torkade en tår som kom rullande på Kerstens kind med baksidan av sin hand. Inte sura, då blir allt bara svårare. Jag skriver så fort jag bara hinner, sa Anna övertygande och fick Kersten att se lite gladare ut igen. Såg du förresten hur han som kontrollerade min biljett inne på stationen, tittade efter dig med lystna blickar?

– Vad? Nä det såg jag inte sa hon förvånad?

Hon vände sig om mot biljettluckan nyfiket och med ett roat drag kring munnen, precis som man var van att se Kersten. Vid biljettluckan satt mycket riktigt en ung man från järnvägen och han kastade långa blickar leende efter Kersten.

– Ja, det gjorde han, sa hon lite muntrare?

10

På Stockholms Centralstation går Nils och väntar på persontåget ifrån Norrköping som ska ankomma klockan 14.10 enligt den skylt som hänger vid spår 8 plattform 5.

Nils är ute i god tid, han är en hel timma före ankomsttiden. Nu gäller det bara att se var plattform fem finns. Han lät blicken svepa över alla spår som spred ut sig framför honom. Vagnar av alla de slag skymtade även om personvagnarna var otaliga. Här kunde han se vagnar märkta 1:a klass, postvagnar och godsfinkor. Han fick hålla sig undan för här kom en tågarbetare med två smala vagnar kopplade efter varandra med väskor på. Han drog vagnarna till änden av plattformen där det var som en ramp ner till spåren och han svängde vagnarna över spåren där det var en gångväg och så upp på plattformen efter. Nils stod just vid resgodsavdelningen som höll till i den södra änden av stationen och det var där man kunde gå över till andra plattformar med vagnar. Denna väg var endast för personal från järnvägen. Där var ett larm och rörelse av sällan skådat slag. Hela tiden var det

något lok som stånkade sig fram några meter dragandes på
några vagnar. Lok som knuffade någon vagn, kom rullande
för att stanna upp vid en stoppkloss som låg på spåret. Ånga
väste, koppel dinglade som klockspel, skorstenar spydde ut
svart stenkolsrök och som vålmat hö lade sig under taken
ovanför där de rullade ut i väntan på nästa rökpuff. Ofta var
det rök från fler lok, vit ånga och så alla dessa tågvagnar för
persontrafik och resgodshantering, som i ett inferno. De
kallades godsfinkor, hade Nils lärt sig. I all denna kakofo-
niska röra såg han ett lok komma in söder ifrån, mot den
plattform han nu tagit sig till, plattform fem. Han tog upp
sin rova ur västfickan och såg att tåget var omkring en halv-
timma försenat. Det gnisslade oerhört från hjul och buffertar
som pressades att göra en snäv förflyttning i en växel så det
kom över på rätt spår in mot plattformen.
Dörrar öppnades på flera håll nästan samtidigt, när väl tåget
stannat. Folk klev av, en del på ostadiga ben förmodligen
efter den långa tågresan, andra vinglade av annan orsak. Det
klev av folk från alla dörrar men Anna, kunde han inte se. Så
skingrades rök och ånga och som solen gled hon fram
bakom alla molntussar. Där stod hon nu på det översta
trappsteget på sin vagn rakt framför honom.
Anna log mot honom med sitt varmaste, vackraste, leende.
Varmt och tacksamt! Varmt för återseendet, tacksamt för att
han ordnat med hennes boende och möte av henne på järn-
vägsstationen. När de efter ömsesidiga ömhetsbetygelser
omfamnat varandra, tagit hand om Annas resgods, började
de ta sig från spårområdet och allt oväsen in i den kolossalt
fina och pampigt stora stationsbyggnaden.

– Det är som att komma in i ett stort slott, sa Anna där hon med stora ögon försökte fånga in alla upplevelser. Oj vad fint och så många snygga människor, vad välordnat det verkar vara…

– Egentligen avbröt Nils, skulle Anna stigit av tidigare. Redan vid stationen vid Liljeholmen, för det hade varit mycket närmare till Brännkyrkagatan där jag ju ordnat med rum. Ja, jag tog reda på det igår. Nästan promenadväg!

– Men, om jag stigit av i Liljeholmen då skulle jag ju inte fått träffa dig, log Anna raljerande. Och du får väldigt gärna säga du till mig!

Nils log lite bortkommet förläget och tittade ner och nickade.

– Jodå, i så fall hade jag mött dig på Liljeholmens station! Men Nils såg ändå lite fundersam ut och kände sig inte riktigt bekväm.

Hur hade hon menat egentligen? Han tog sig om hakan.

– Ja, du är då så praktiskt lagd Nils, så finurlig log hon sådär inåtvänt igen. Hittar du så bra redan i den här stora staden?

Nils funderade fortfarande vad hon hade menat. Han såg antagligen en aning grubblande ut då han tittade frågande på sin saknade kärlek, nu återfunnen.

Anna själv, hade bara stått där och lett med hela ansiktet. Hon var i Stockholm, hon var med Nils. Här kände hon att hon ville vara, här ville hon bo. Det var något tryggt något ombonat, och så hade hon ju Nils. Trots att han bara var en ung dumbom!

Det var första gången hon tänkte på att Nils faktiskt var fem år yngre än hon själv!

Ålder vad är det, undrade hon för sig själv? Några siffor...

När de senare kurade i trillan bakom hyrkusken på väg mot Brännkyrkagatan, satt de tätt intill varandra som fästefolk. Den småländska trillan vaggade och skumpade oförtrutet vidare uppför Hornsgatans gatsten, söderut.

Dom passerade Maria Saluhall där en polis var i lätt handgemäng med en omsorgsfullt berusad buse, vilket samlat en del nyfikna stadsbor. Där mötte deras spann en spårvagn som var på väg ner mot Södermalmstorg och en bit längre fram, kom ytterligare en spårvagn. Men den vagnen växlades in av föraren på spåret in på Rosenlundsgatan, som det stod på gatuskylten. Nils försökte följa med och bli bekant med området, med den stad han skulle bli en del av tillsammans med sin Anna.

Han tänkte i de termerna nu, Anna var han starkt fäst vid.

Annars var det mest skjutsar man mötte på Hornsgatan.

Nils tog upp och tände en cigarr, det kändes lite festligt och manligt. Han såg ut som en liten spenslig tupp som fångat in en god värphöna, en leghorn kanske, med sina lockrop. Han sjönk ner i sätet och såg riktigt nöjd ut, om någon hade sett honom. Anna var också nyfiken på vad som passerades utanför vagnen och samtidigt glad att det inte regnade.

Han tänkte på de oförrätter han fick utstå på fartyget han hade haft sin hyra, och blev svart till sinnes.

– Tvi, sa han och spottade ut en tobaksflaga!

– Vad då, undrade Anna och vände sig mot Nils?

– Äsch, en tobaksflaga bara. Man skulle nog inte röka muttrade han, och såg glad ut igen vid synen av Anna.

Plötsligt stannade kusken.

Anna konstaterade att det stod 177 ovanför porten efter en snabb blick upp över husfasaden. Så var ekipaget väl äntligen framme.

Några barfota ungar kom springande upp för gatan för att titta vilka som kommit till denna avkrok av Brännkyrkagatan.

Ja inte långt ifrån Bergsund, förresten.

Men huset såg fint ut liksom husen närmast omkring.

Längre ner på gatan, mot en park eller vad det kunde vara, fanns några mindre träkåkar som klättrade efter berghällen. Bakom berghällen och kåkarna låg vatten, antagligen Mälaren.

Här måste vara de sydvästligaste delarna av Södermalm?

På morgonen vaknade Nils av att han hörde Anna rumstera med något ute i den lilla kokvrå som fanns. Kvällen innan, hade han spänt upp ett snöre i rummet där han fäst en filt som en avskiljare då han känt sig en aning generad.

Anna hade skrattat åt hans insisterande, innan hon krupit ner i pinnsoffan som ingick i den möblerade hyran.

Men hon hade varit glad att han sovit över första natten hon bodde i rummet, för det var så mycket okänt runt om.

På golvet hade Nils lagt sig, han hade ju trots allt varit med om värre. Fuktiga tält ute på heden vid Barkåkra, ohyra i kojerna ombord på ångfartyget, Maldon.

– Har det varit obekvämt på golvet undrade Anna efter ett hjärtligt, god morgon?

– Oh, god morgon Anna! Nils sträckte på sig och trevade efter sin rova för att se hur mycket klockan kunde vara. Nej då sa han, jag har ju varit beväring och legat i tält ett helt år ute vid Ronneby, och sedan har jag bott i en hängmatta när jag var eldare på en gammal sotig ångare på Nordsjön. Det här var rena hotellstandarden, sa han och reste sig för att massera ryggen och sträckte på sig med en grimas. Det här gick fint fortsatte han medan han tog ner det uppspända snöret och filten han hade ordnat med kvällen innan. Finfint! Och det har varit lugnt i huset under kvällen och natten, jag har inte märkt någonting.

En kyrkklocka någonstans som Nils inte visste vilken det var men som måste ligga ganska nära, slog sitt dubbelslag för hel timma. Klockan var sju. Det stämde bra med Nils rova, som dock gick tre minuter före.

– Det här ska nog gå att få fint sa hon så, medan man frukosterade på några skorpor och en bit rågbröd. Jag ska leta upp syfabriken där jag har löfte om arbete idag, så ska du se att det här kommer bli så bra så, Nils.

Under dagen skulle Anna också hinna posta ett brev till Kersten i Norrköping som hon hade lovat. Det fick hon absolut inte glömma.

Bästa vänner ska man vara rädd om.

– Bli bra, sa Nils efter en stund? Det *är* redan bra!

I slutet av oktober firar man halvårsjubileum i Annas lilla 1:a med kokvrå.

11

Allt hade gått dem väl i händerna även om de strävar och sliter ont, var på sitt håll. Nils bor kvar i Klarakvarteren i stadens kärna, men möter Anna var dag och sover över allt oftare på Söder hos henne. Vid det lilla jubileumskalaset i Annas bäddsoffa, blir hon gravid.

Nils klarade av sitt mandomsprov, så som han kände det. Snöret med filten han sedan tidigare hade hängt upp, var en milstolpe.

— Blir det en pojke sa Anna plötsligt ett par månader senare, så ska han heta Nils! Lill-Nils, förtydligade hon och log ovanför sin bulliga mage.

— Jag tror det blir en flicka, och i så fall skall hon heta Hilly eller Maria, efter sin mor.

— Hilly! Varför, Hilly?

— Det är en lång historia, men jag såg ett fint smäckert segelfartyg med mjuka linjer i England som hette, Hilly aus Zeebrugge. Och man säger *hon* om en båt. Det segelfartyget skulle jag velat äga. Hon påminde om de segelfartyg min bror bygger på sitt båtvarv hemma i Karlshamn, fortsatte han.

Så, Hilly, är alltså mitt förslag eftersom det blir en flicka, fortsatte han förvissningsfullt.

– Det blir det, log Anna? Hon kanske ska heta Kersten, eller Ulrika, efter min bästa vän i Norrköping, du vet. Men det var länge sedan jag hörde av henne nu, funderade hon medan hon rynkade pannan bedrövat. Hon donade med några strumpor och ett linne medan rynkan ännu fanns kvar som ett bekymmer.

Hoppas allt är bra med henne for en tanke igenom hennes huvud, men passade ändå på att njuta av den härliga vårdagen. En jobbig vinter var lagd till historien och man kunde vända blad. En vår slog upp ett nytt kapitel med vällust och fägring stor.

Anna gick på undersökning nu vid Södra Barnbördshuset där man bestämde att hon skulle föda i juli, någon dryg vecka in i juli skulle undret ske.

Det blev också den 10 juli Anna nedkom med en liten dotter.

Nils hade fått vetskapen i väntrummet där han vankat fram och åter tillsammans med två andra blivande fäder, en gatuarbetare och en timmerman. Senare på dagen skulle han få träffa modern och se det lilla flickebarnet.

Han fick vara så vänlig att återkomma, hade en sköterska barskt förklarat för honom. Både moder och barn befinner sig väl, fick han också veta på sin förfrågan.

Nils tog en promenad ner till hörnan av Ringvägen – Hornsgatan där han visste det fanns en tobaksbutik. Han måste fira för sig själv så länge med en cigarr. Det blev en flicka tänkte han. Det blev en flicka! Filaren ifrån Blekinge hade fått en dotter, han smakade på ordet. En filares dotter... Han var nästan rusig vid den blottade tanken, och blåste ut ett rökmoln rakt upp i luften. Ytterligare en rökring följde därpå, och så en till.

Överallt byggde man nya hus i staden inte minst på Södermalm.

Precis vid korsningen innan Hornsgatan, uppförde man ett ståtligt hus på nummer 19. Kanske man skulle kunna se sig om efter en lägenhet där, funderade han.

Ganska centralt var det. Nära till spårvagnshållplats och Konsumtionsvarubutiken i hörnan på andra sidan gatan.

Stora grönområden åt Tantolunden, såg han också. Han rundade kvarteret och kom småningom till Timmermansgatan, han började bli bekant med Söder och fann sig bekväm och väl tillrätta i stadsdelen.

Här fanns det rum att hyra, såg han. Egentligen fanns det rum att hyra lite varstans. Ofta var det att dela rum med någon annan.

Utbudet var stort och möjligheterna flera. Allt berodde på vad man var villig att betala, eller beredd att betala för ett tak över huvudet, en säng att sova i.

Anna var åter hemma hos sig med sitt lilla knyte, och hos hyresvärden kunde man nu läsa, *"wäferska, inneboende, anställd, ensamstående med barn"* med spretig handstil antecknat i liggaren över hyresgäster. Och på golvet nedanför brevinkastet, låg ett litet vitt kuvert. Frimärket 2 öre, visade ett kopparstick på Oscar II med poststämpel, Norrköping!

Äntligen, tänkte hon. Ett brev ifrån sin bästa vän från tiden både nere i Kristianstad och Yllan, som Ströms Yllefabrik i Norrköping, Kersten. Oh vad roligt! Hon lade brevet ute i kokvrån medan hon pysslade med den lilla nyligen hemkomna, krabaten som sedan fick sova vidare i bäddsoffan. Allt annat fick vara så länge, för nu var hon glad över brevet ifrån Kersten. Hon sprättade snabbt upp kuvertet och fann de få raderna och läste…

… svarar på ditt brev Anna med sorg i hjärtat. Jag får meddela dig att Kersten är död. Vi hade begravning av henne för en månad sedan nu. Tuberkulosen och allt vävdamm blev för mycket för hennes lungor, hade läkaren berättat.
Hälsningar Axel

Anna hade bara suttit och stirrat tomt, rakt fram. Rakt in i den småblommiga tapeten utan att förstå. Hon läste de få orden igen, som i ett chocktillstånd. Kersten är död!
– Nej! Det kan inte vara sant, det måste vara något missförstånd eller så.
Nils som precis kom in genom dörren, såg förskräckt på sin Anna och undrade vad som hade hänt.
– Anna sansa dig, vad är det som har hänt?
Hon satte sig på soffkanten och smekte varligt med handen över den lillas hjässa medan hennes tårar rullade över kinden. Skakade långsamt på huvudet och försökte samla sig.
– Läs, sa hon och sträckte brevet mot Nils som med darrande fingrar tummade på brevet för att läsa de få raderna.
Nedstämd lade han sina armar om Anna när han läst.

Han kramade henne tröstande. Så sa han, herren ger och herren tar, Anna. Kersten dog, men vårt lilla liv kom till världen i stället. Sisådär är det i livet, sa han på ett haltande blekingemål!

– Men Kersten, lilla Kersten som var så glad, alltid så sprudlande, hon var den som stöttade mig som mest när det var som svårast i Kristianstad. Hon hade sådan livsglädje sådan positiv anda, hon kunde om någon, färga alla runt sig med sitt glada humör. Anna suckade tungt och torkade åter sina tårar. Jag förstod nästan att det inte kunde vara bra med den där luften på Yllan. Bara man öppnade mun, fylldes lungorna av ullstoftet som virvlade runt i lokalen hela dagarna från morgon till kväll. Ja, ja… suckade hon igen och tittade ner på sin lilla dotter som snusade i soffan. Ditt lilla knyte sa hon och log. Lilla lilla, Ulrika!

– Ulrika, undrade Nils?

– Ja, Kersten hette så. Kersten Ulrika, så jag har bestämt att vår lilla flicka ska heta Ulrika efter min fina vän Kersten, sa Anna med eftertryck.

12

Det är vinter, det är nyårsafton och man firar det lite trevligt hemma hos Anna. Nils har handlat en flaska punsch på magasinet som de nu sitter och smuttar på. Carlshamns Flaggpunsch, för fint ska det vara. Deras förstfödda är nu döpt och heter, Hilly Ulrika. Nils fick sin vilja igenom efter segelfartygets namn och Anna sin önskan, med ett namn efter Kersten. Så fick det bli och så blev det. Nils log, Hilly Ulrika, en filares dotter…

De flingor som kom neddansande över Högalid denna afton var stora och rikliga till antalet. Gaslyktorna var tända nere på gatan, och det var en vacker stämningsfylld bild att se i det gulaktiga skenet från lyktorna.

Otrampad snö, en stadsbild dekorerad som av ett tjockt lager böljande vispgrädde. Kvarnen uppe på Högalidsberget, var höljd som av ett vitt bolstervar och den såg spöklik ut. Kyrkklockorna skulle ringa in det nya året, allt var arrangerat för en högtidsstund. För fattig som för rik!

– Han höjde sin lilla kopp, gott nytt år Anna!

Nils pyste och myste, nu skulle han säkert bli far igen och tanken var njutbar. Ett nytt rökmoln lämnade hans plutande läppar. Nils ville gärna prova om det var en engångsföreteelse det där med mandomsprovet i pinnsoffan så på detta års sista skälvande timmar skälver även Nils, och därmed är Anna åter i ett välsignat tillstånd skulle det visa sig. Det kan låta patetiskt att skriva att klockorna började ringa in det nya året runt om i staden just i denna stund, men precis så var det!

Nils kravlade sig upp ur den kantiga pinnsoffan och satte sig på en stol invid fönstret. Det drog kallt, men i sitt lyckliga tillstånd fick det väl göra så. Han tände en ny cigarr och puffade en snygg rökring som sakta steg mot taket. Precis som den där gången då han som stolt fader, spatserade runt några kvarter efter den lyckliga tilldragelsen. Då på en tjock Havanna, nu med en enklare Bellman cigarr i sin hand, men rökringarna var det samma och tuppkammen lika ståtlig.

Kammen växte sig hög!

Både Nils och Anna hade arbete och allt såg ut att arta sig på det bästa vis. Nils läste i gårdagens Stockholms Tidningen att allt verkade ha en positiv utveckling i staden. De gamla kåkarna försvann allt eftersom och de nya bostadshusen växte upp med ett bättre, hälsosammare boende. Den första fasta biografen öppnades i Blanche Teatern vid Västra Trädgårdsgatan och vid den gamla avhållna nöjeslokalen Folkan, vid Ladugårdstorg, gick ridån ner efter genomförd brandsyn.

– Det står här att vi ska få bättre dricksvatten, sa Nils där han satt och läste. Det ska komma ifrån Norsborg var det nu ligger, fortsatte han grumsande.

– Men vad bra, sa Anna lite frånvarande. Vad bra!

– Nils skrattade, tur man inte jobbar på en restaurang, för då hade jag fått raka av mig mustaschen. Det står här att kyparna strejkade, det gjorde man tusan så rätt i om de var tvungna att raka av skägg och mustasch för att få arbeta med serveringen.

– Men Nils, vilket språkbruk! Tänk om lilla Hillan hörde?

– Hillan?

– Ja, jag brukar kalla henne för, Hillan. Det låter så mjukt och lätt.

– Hillan provade han, men såg ut som om det var att häda det gamla fina segelfartyget. Hillan sa han så igen, för att provsmaka vidare på smeknamnet!

Man vred ner veken i fotogenlampan och släckte.

Sommaren var till ända och Anna har tankarna runt sin mor, för hon var ändå hennes mor även om Anna hade blivit bortlämnad som spädbarn till en helt främmande familj utanför Kristianstad.

Blod är tjockare än vatten och banden fanns där, det kände hon starkt. Sedan några år hade hon och Amalia brevledes haft en viss kontakt. Anna hade ju fått veta från början att hennes mor Amalia, hade rest till Stockholm för att söka arbete och bosätta sig. I Augerum hade det varit svårt med arbete och bostad. Allt hade andats fattigdom.

Nu hade hon alltså adressen till sin mor som naturligtvis borde gå att söka upp eller om Amalia kunde besöka henne på Brännkyrkagatan. Var Tomtebogatan i Karlberg låg visste hon inte. Karlberg, det lät inte som om det låg i Stockholm. Nåja, kommer tid, kommer råd som man sa!

Hon hade fått veta av sin mor Amalia att hon hade två halv-systrar, Viktoria och Toni, vilket var lite omtumlande.

Det var också dessa syskon som gjorde Anna lite mer ange-lägen att råka sin mor och höra sig för om sina syskon. Båda två, skulle dessutom bo i Stockholm.

Lilla Hillan, som Anna ofta kallade sin dotter, lekte mest med den tygdocka Anna hade sytt åt henne och gjorde inte särskilt stort väsen av sig trots att hon ändå var mer än 1 år gammal. Nils hade sagt då han var på ett skämtsamt humör, Hilly aus Zeebrugge, och klappat henne över håret!

Då tittade Hilly upp ifrån golvet på sin pappa med en und-rande min och glatt skratt!

Ganska precis en vecka efter Annas tankar om och på sin mor, en kväll då hösten så försiktigt började visa sitt trista anlete med mörka skymmande kvällar i lampornas sken och regn som smattrande piskade fönsterblecket, då hade det knackat försynt på hennes dörr.

Anna vänder sig undrande mot dörren. Vem kan det vara tänker hon och går för att öppna med en undrande rynka mellan ögonen.

Utanför dörren står en stilig dam som nickar artigt och ler samtidigt som hon tittar på Annas väl rundade mage.

Hon är välklädd och alltså ingen som ska tigga, tänkte hon.

– Jag söker en fröken Anna Westergren, hade hon sagt.

– Ja, det är jag det svarade Anna, men med ett något drö-jande svar och med den fortfarande undran målad i sitt an-sikte.

– Då är vi släkt, hade damen sagt och presenterade sig som, Amalia Håkansson - Norling.

– Är vi? sa Anna frågande medan hennes tårar rullade nedför kinden. Dom ville inte ta slut, liksom. Min mor, tänkte hon!

En granne hade öppnat sin dörr lite på glänt för att man antagligen hört något sorl där ute i farstun och var nyfiken på vad som avhandlades vid Westergrens dörr. Ett matos av stekt fläsk spred sig i trapphuset och det var inte utan Anna blev en aning hungrig igen trots att de tidigare ätit raggmunk, men utan fläsket.

– Men varsågod och stig på vet ja, sa hon så till sin besökare vid dörren när hon skymtade grannen i dörrspringan.

Amalia nickade vänligt och klev in medan Anna nickade i sin tur åt grannen och stängde dörren.

– Oj, vilket regnväder vi har. Men det är väl inget annat att vänta så här års. Var kan jag ställa mitt paraply?

Grannen var den nyfikna smedgesällsänkan Lilja, hennes gubbe hade supit ihjäl sig. Han hade varit vapensmed i Eskilstuna innan de kom upp till stan. De hade flyttat till Stockholm innan Anna, men troligen skulle nu änkan och hennes tre barn snart bli vräkta för hon låg efter med hyran. Vicevärden hade varit och domderat, hotat och svurit så ingen i huset hade undgått höra vad som försiggick, troligen inte i huset intill heller. Man sa att vicevärden egentligen var en polis, en så kallad pickelhuva!

– Välkommen då, sa Anna och neg utan att tänka på det.

Hilly hade kommit tultande och greppade sin mors kjoltyg och tittade upp på den nya gästen med stora ögon.

– Oj, sa Amalia och slog ihop sin händer lite försiktigt. Vad kan det här vara för liten flicka då, undrade hon medan hon log sitt bästa leende och böjde sig ner mot den lilla flickan?

– Det här är min dotter Hilly, det. Henne jag berättat för mor om i ett flertal brev.

– Jaha, detta är alltså mitt lilla barnbarn?

– Är det, kom Annas blixtsnabba lite bitska undran. Är det, sa hon igen?

– Men Anna, jag kan inte mer än be om förlåtelse. Att förlåta det är något fint som kan ske från en människa med ett stort hjärta, för det är väl i alla fall tjugofem år sedan?

– Det var tjugoåtta i mars, sa Anna lite trotsigt trumpet.

Amalia böjde sig ner och lyfte upp Hilly som bara kvittrade förtjust att bli buren och att få se sig om i den vida världen som uppstod.

Anna såg genast att det fanns fina drag i Hilly, från hennes mormor! Plötsligt hade Hillan fått en mormor, tänkte hon. En mormor som har paraply!

– Jodå, Anna hade en halvsyster som heter Emilia Viktoria Danielsson hade Amalia berättat. Som kallas allmänt bara Tora, har jag hört, sa hon! Vår kontakt med varandra är väldigt dålig, eller ingen alls om jag ska vara ärlig. Och så är det din yngsta syster, Toni Hedvig Håkansson som ett tag växte upp hos en arkitekt Ullrich, som jag arbetade hos ett tag innan Toni föddes. Usch ja, det är en lång historia förstår du Anna. Men hennes fader Ullrich tog ju sig an sin del eftersom han var besutten och förde med sig flickan då hon var nyfödd till Norrköping, dit han flyttade för att arbeta. Ja, ja, han hade en barnflicka med sig som skötte Toni. När han så återkom till Stockholm, ja se då var det jag som tog hand om lilla Toni, det finns gränser förstår du. Männen ska inte tro de kan få göra hur som helst, fråga mig. Jag vet nog hur di är, fortsatte hon med högburet huvud och lite förnärmad. En mor är ändå en mor, det är därför jag står här nu. Och som sagt, jag kan inte mer än be om förlåtelse då du blev utackorderad som nyfödd och varken jag eller Westergren hade det ställt så vi hade möjligheter att ta hand om dig. Ja Westergren, är din faders efternamn. Per Magnus, heter han. Men så är karlarna Anna, krypa till kojs med pigan i huset det går an, det är deras förmån de har. Ja det anser de, annars kunde man lika gärna se sig om efter en annan plats som piga, men att sedan stå till svars, vet de inget om.

Hilly trivdes väldigt bra så här högt upp ovan golvet, hon kom åt att gunga på fotogenlampan i taket och kvittrade förtjust när den svängde av och an. Men en kolossalt ledsen liten flicka blev det då hon nu sattes åter på golvet, så Anna tog upp henne i famn.

– Nej, här står jag och pratar, jag ska hem och se till Claes. Han är inte så kurant, han. Jobbet i glashyttan är ansträngande för lungorna, tror jag. Ja som sagt, då ska jag väl dra mig hemåt till Claes, Anna. Nu har vi så äntligen råkats och språkats, jag har fått träffa mitt lilla barnbarn och min dotter! Det ser för övrigt ut som jag ska få ett barnbarn till, hoppas vi kan ses igen. Kanske kan syster Toni hälsa på dig, sa hon medan hon lade handen på dörrhandtaget för att öppna dörren.

– Hon skulle nog kunna passa den här lilla, det skulle i så fall bli moster Toni för Hillan, skrattade Anna! Det var förlösande att få skratta. Leendet hängde kvar då hon höll Hilly i famnen och gungade henne lätt. Nu har du plötsligt två mostrar och en mormor!

Hon kanske har några fler mostrar tänkte hon så i samma leende?

– Men Anna, vet hon inte sju sorter sa Amalia och sträckte sig efter sitt paraply medan hon försökte dölja den muntra munvinkeln.

– Kan du säga adjö till mormor, undrade Anna och tittade på sin dotter? Och så log hon mot sin mor och förlåtelsen var en realitet.

Amalia klappade Anna på magen och log sitt bästa leende.

– Säg till om du behöver hjälp, Anna! Nickade så åt grannen som åter nyfiket kikade i sin dörrspringa och tog ett steg ner i trappen och vände sig om. Lova att du ber mig, sa hon viskande i trapphuset som verkade både ha ögon och öron på skaft. Jag tar mer en gärna hand om lilla Hilly när Claes är på sitt arbete och jag är ledig från mitt.

Anna såg glad och lättad ut nickade tacksamt och neg, medan hennes mor fortsatte nedför trapporna.

Någon hade gjort sig omaket att såpskura i trappen för det luktade rent. Att det skulle vara portvakten, ja se det trodde hon då rakt inte. Portvakten var en låghalt och ofta nogsamt berusad ensamboende gubbe som sällan eller aldrig uppfyllde de sysslor som ålades honom för uppbärande av bekvämare hyra. Nää, det var säkert någon annan och inte var det någon karl inte. Nåväl, det luktade rent!

Och vilken god välsignelse att ha Amalia som stöd och mor!

13

Så var det dags att flytta. Ja, den nyfikna grannen Lilja med sina tre ungar, de blev mycket riktigt vräkta den sista i månaden. Vart de skulle ta vägen visste Anna inte och troligen inte änkan själv.

Men kommer dag, kommer råd.

Själv skulle Anna bara flytta runt på andra sidan kvarteret till Hornsgatan, precis bredvid ett litet bageri som sköttes av bagaren, Jochum Småhl. Doften över bakgården var därför alltid angenämt god. Hillans glada sprittande skratt inkasserade inte sällan, ett bröd av bagare Småhl och en klapp på hennes huvud. Tidigt började alltså Hillan bidra till hushållet på sitt lite omedvetna sätt.

Det var en trevlig liten lägenhet Anna nu hade, om ett rum med en kokvrå, precis så som hon hade haft.

Och Nils hade kommit till hennes hjälp även om det inte var särskilt mycket hon skulle ta med sig vid flytten. Anna oroade sig för hur det skulle bli då det skulle bära iväg till barnbördshuset, en dag. Hon skulle tala vid Amalia om detta nu, hon kunde ju inte ta hand om vårdnaden av Hillan och samtidigt föda barn. Nils fanns ju långt ifrån och var bortkommen med små barn. Det mesta föll på hennes lott, det kände hon. Styra och ställa det var hon ju å andra sidan duktig på och van vid.

För Nils hade det blivit ensamt och trist att sitta på sitt rum vid Oxtorgsgatan då han inte var hos Anna på Söder.

Nu hade han åter väckt minnet och erinrat sig att han ju hade adressen till Annelie, den där pigan han kurtiserat nere på Bredåkraheden då de exercerade. Ja, han hade ju hälsat på henne även här uppe i Stockholm tidigare, då hon vänligen förhört sig för på fabriken om arbete åt Nils.

Han fann så sin anteckning om hennes adress. Nybrogatan 40 stod det lite spretigt skrivet på den lilla papperslappen. Han hade nog hittat ändå, men nu var det ju nästan ett halvår sedan. Nedre botten över gården, mindes han också att det var.

Det fanns bara den porten och det hade stått Olsson på dörren.

Han tittade på adressen, tog några steg i rummet och var en smula tveksam. Vad skulle han till den där pigan Olsson att göra igen? Han knycklade ihop papperslappen med adressen, men så ångrade han sig och vecklade upp lappen igen.

Kanske ändå funderade han och satte sig på sängkanten, nu mer villrådig än vanligt. Han hade hört rykten om att hon var gravid.

Men så föll valet på hans utmärkta ursäkt. Han skulle framföra ett tack för det där arbetet på vapenfabriken som hon hade frågat om åt honom. Kanske kunde han få ett arbete som filare, hade han då tänkt? Och så blev det, tack vare Annelie.

Nu fanns där orsak att besöka fröken Olsson på Nybrogatan.

Villrådigheten var som bortblåst. Det måste väl anses som ett oskyldigt äventyr. Ett taktiskt genidrag att tacka för hjälpen när han ändå hade vägarna förbi, försökte han banka in i sin skalle.

Även om det nu var på någon helt annan plats det bankade som mest. Hemma var Anna lite opasslig och Amalia rände nästan som en inneboende, var hans försvar för sig själv.

Han hade för avsikt att göra ett besök redan nästa dag hos Annelie och framföra sin tacksamhet.

Hösten hade gjort sitt intåg i staden. Löv virvlade runt i gathörn och portprång. Människor man mötte hastade snabbt vidare, ofta med ena handen på sin hatt för att inte blåsten skulle ta den. Träden som stod vid torg och gatstump, var snabbt avlövade. Förändringen i staden skedde sakta och försiktigt men samtidigt stadigt och målmedvetet framfusigt. Spårvagnar kom pinglande, gnisslande och dundrande förbi honom med tända lyktor där han nu närmade sig port nummer fyrtio. Hans rova visade på kvart i sju då han med andra handen beslutsamt knuffade upp porten. Det lyste hemtrevligt ifrån en del fönster där inne på gården och han sökte med blicken över soptunnor gamla avträden och pisktällningar, efter den port som skulle leda honom vidare. Nils läste namnet Olsson, på en liten skylt han sett tidigare på dörren men då hade det varit en enkel papperslapp bara.

Men där stod ett namn till nu. Löfqvist?

Vem fan är Löfqvist, funderade Nils med lite svartsjuka i tanken?

Han visste ju vart Annelie bodde. Det var ju redan i början av maj som Nils gjorde det första besöket, ett besök han hade i starkt minne. Nu stod han där igen på den där gården och tittade uppåt efter husfasaden. Såg de varma ljusen ifrån fönstergluggarna och han hörde nu till skillnad från förra gången, några steg som kom ekande i gårdsvalvet bakom honom.

– Vi vill varken ha bettlare eller tiggare här på gården, min bäste herre. Men har ni ett handklaver, så spel opp!

Mannen som kommit genom valvet ut på gården, var tämligen välklädd och hade en portfölj under armen samt stop. Han stod där lite bakåtlutad och betraktade Nils uppifrån och ner.

– Nils ursäktade sig med att han varken var en tiggare eller kunde hantera ett klaver, samt att han var på fel gård.

Han nickat och önskade go kväll, vände om och gick. Skyndade på stegen i mörkret och hastade iväg mot närmaste spårvagnshållplats på Nybrogatan som låg vid Ladugårdslandet. Hållplatsen låg vid det gemytliga torget med saluhall, torghandel och teater. Nu brydde sig Nils varken om torghandel eller någon teater, nu ville han bara fly. Men, vem var figuren som kom, funderade han. Hade Annelie flyttat? Det fanns ju bara den lägenheten på gården och nu kom en herre och tog honom för tiggare och simpel nasare.

Nils var minst sagt upprörd. Men varför då, funderade han så igen? Han hade ju Anna, och detta var ju bara ett skamligt äventyr något förhastat. Han hade fått veta att Annelie var gravid i femte månaden och det stämmer ju precis in vid den tiden de haft lite kuttrasju på kammaren.

Hon hade öppnat dörren lite frågande då han knackat på, den där varma försommardagen i juni. Vridit upp sina knävelborrar då han såg henne yppig och grann i dörren och sagt på en någorlunda god skånsk dialekt, god dag Annelie! Och hon hade genast känt igen Nils och kastat sig om halsen på honom. Hon hade varit både överraskad och väldigt glad för hans besök på eftermiddagen. Man hade språkat om gamla minnen och det hade blivit sent så Annelie hade erbjudit nattkvarter. Ja, så hade det ena följt det andra, liksom. Han mindes även ångern arla morgon efter, då han tidigt tagit spårvagnen till sitt arbete. Han hade inte mått bra, inte lika bra som under kvällen och natten i alla fall.

Han hade känt sig usel och riktigt sjaskig och bestämde sig för att besöka varmbadhuset på Sturegatan under dagen.

Nils hade nu med svansen mer eller mindre mellan benen, tagit sina få tillhörigheter han hade på sitt rum vid Oxtorgsgatan och sökt nattkvarter på Södermalm.

Någonstans kände han en skuld en orättfärd, en fåfänglighet för sin köttsliga lusta och ville bara fly. Fly bort från sitt skamliga felsteg. Den ståtliga tuppkam han tidigare prytt sig i slokade nu tilltufsad och solkig. Minnet av att bli tagen för bettlare och tiggare, rent av gårdsmusikant, tyngde hans sinne.

Han hade tidigare sett att rum kunde hyras på Söder och det var ju ganska nära Hornstullen, det område Anna bodde på nu. Timmermansgatan blev hans nya tillfälliga bostad, i krokarna där förövrigt Södra Barnbördshuset var beläget.

Det bästa, avlägset från Nybrogatan.

Men arbetet på Stockholms Vapenfabrik som filare, det hade han kvar fortfarande.

Annelie hade ju i våras hört sig för hos förman Kjellman på det kontor hon arbetade vid som piga, om arbete för en rask ung man utbildad till filare. Nils hade också de bästa rekommendationer ifrån August Johanssons Gjuteri och Mekaniska Verkstad i Karlshamn. Nu fick han längre till sitt arbete då han bodde på söder och vapenfabriken låg på Kungsholmen. Men han kunde ta en båt som gick mellan Södermälarstrand och Norrmälarstrand på Kungsholmssidan. Fabrik och kontor låg inte på samma plats. Inte detta kontor som fröken Olsson arbetade vid. Man kom därför inte heller att ses, vilket för Nils del kändes som en lättnad. Strax efter det han börjat sin anställning vid vapenfabriken, fick han åka till Barnbördshuset för andra gången.

– Det blev ett gossebarn herr Nilsson, sa en sköterska då han anmälde sin ankomst och hon höll upp ett litet inlindat skrikande spädbarn framför honom.

– Tackar, sa Nils!

– Ja tacka inte mig, hade hon sagt. Detta är guds försyn!

– Jaha, jovisst. Hur är det med modern?

– Modern mår bra och har väntat på herrn! Den här vägen sa hon och tågade iväg rak i ryggen som en spjälad pinnstol och med det stärkta vita förklädet fladdrande om fotknölarna.

Nils följde sköterskan med hans skrikande son i hennes famn. Det bar iväg mot en sal med ett myller av skärmar kring varje säng där bakom en nybliven moder låg för att ta igen sig. Trista gråvita väggar vart de gick. Den grå linoleummattan på golvet, som hade sin sammansättning av linolja, kork, trämjöl och juteväv där Nils fick för sig att det var juteväven som gav den särpräglade lukten man aldrig glömmer. Den var till och med nära att ta överhand från den karaktäristiska sjukhuslukten av rengöringsmedel, eter och desinfektionsvätskor. Allt verkade så sterilt, så tillrättalagt och så entonigt deprimerande.

Han visades in bakom en skärm där Anna låg. Hon hade legat och halvsovit, men piggnade genast till då hon hörde Nils röst.

– Hur mår du?

– Bra! Vi fick en son, sa hon i nästa andetag och log igen. En liten Ingvar!

– Ingvar, sa Nils liksom för att smaka på ordet?

– Ja efter pappa, det är väl ett fint namn? Att ära sin fader, sa hon för att försöka övertyga Nils.

– Ära sin fader, upprepade han och tänkte på Annelie Olsson, pigan från Ronneby han närgånget kurtiserat i våras

– Hillan är hos mormor Amalia. Nu kan vi ägna all tid åt den här lilla parveln. Hillan har det väldigt bra hos Amalia, så det kommer inte gå någon nöd på henne.

– Men Ingvar ska väl heta något mer. Henry, kanske? Jag hade en kamrat i värnplikten nere i Bredåkra som hette Henry. Han var förresten ifrån Vettekulla vill jag minnas, av alla de ställen. Han kan väl heta Henry Ingvar, eller Harry Ingvar?

14

– Ingen båt du vill döpa honom efter, log Anna pillemariskt?

– Båtar kallas för *hon*, sa Nils eftertryckligt. Vi har fått en son!

– Härligt, nu känner jag igen dig, Nils!

– Blir man pigg av att föda barn? Du verkar ju väldigt pigg och glad, i så fall ska vi ha många barn.

– Det ska vi också! Dom säger här att jag har en ung vältränad kropp, därför går födandet lätt!

Någon talar på andra sidan skärmarna och plötsligt stiger en sköterska in mellan dem och ler lite lätt, faktiskt.

– Jaha och så var besökstiden slut, sa sköterskan som tagit emot Nils då han kom. Nu får herrn vara så artig att följa med fortsatte hon med samma raka, stela hållning i ryggen och visade med handen mot utgången. Besök kan åter ske i morgon eftermiddag mellan klockan tretton och trettio och klockan fjorton och fyrtiofem. Adjö, Herr Nilsson!

Nu skulle han gå på café och äta middag hade han bestämt. Han låter stegen gå ut mot Ringvägen och så höger mot korsningen, Hornsgatan. Precis i hörnan på andra sidan Hornsgatan, vet han att caféet "Hundtvåan" ligger.

Där kan han säkert få sig lite isterband och stuvad potatis och en pilsner, kaffe och en Carlshamns Flagg.

Mätt och belåten efter sin måltid som dock blev stekt potatis och bräckkorv istället för isterbandet, beslöt han upprätta en tradition. Alltså, precis som förra gången då Hillan hade kommit till världen. Men vad i hela friden är det jag säger! Hilly menar jag, så tog han och korsade Ringvägen för att köpa sig en cigarr hos tobakshandlaren på Ringvägen, upp mot Brännkyrkagatan.

Hennings Tidning & Tobak, stod det i skyltfönstret. Bredvid tobaksaffären låg en herrfrisör och en bagarbod.

Henning, så ska den lille heta naturligtvis. Henning Ingvar! Han tänkte genast återvända till barnbördshuset för att tala med Anna om namnet, men insåg att det skulle bli kalla handen av den där sköterskan. Undrar om hon arbetar extra som utkastare på något café?

Nils blåste ut en snyggt formad rökring och sa för sig själv, välkommen Henning Ingvar, varpå ytterligare en saluterande ring lämnade hans läppar. Nils var nöjd med sig själv och nio öre som cigarren kostat, var väl använda pengar ansåg han medan han började spatsera ner på Hornsgatan mot Timmermansgatan. En spårvagn kom krängande ner mot Södermalmstorg, bromsade in för att stanna vid hållplatsen Rosenlundsgatan, där det kom en vagn åt motsatta hållet och man möttes nästan samtidigt vid hållplatsen. Här fanns det flera linjer nu att välja bland om man ville använda sig av spårvagnarna istället för att använda apostlahästarna. I höjd med Torkel Knutssonsgatan, stannade han och läste på en skylt om rum att hyra.

Nils huttrade till och vände in på gatan av nyfikenhet, passerade så Brännkyrkagatan som tydligen var en riktigt lång gata och så kom han till en väg han inte sett tidigare, Tavastgatan! Åt väster, höll man på att riva gamla kvarter och kåkar och hade börjat bygga modernare hus i flera våningar. Öster ut på gatan där han själv stod just nu, var fortfarande gamla kåkar kvar men väntade antagligen på sin tur att rivas. Just nu såg kåkarna ut att desperat stötta varandra. Hustyperna var som byggda på varandra, i varandra, för varandra. Där fanns en del kåkar i tegel, rappade, men med flagnad puts där vassmattor spretade ut bakom putsen. Taken var nödtorftigt reparerade med de tegel man fått tag i, annars var det enkupigt taktegel som skyddade husen mot regn. Skorstenar var vittrade och sotiga. Nils hade blick för det praktiska liksom det rent tekniska, därför var han också filare till yrket. Nu lyste det arbetarkvarter för att inte säga fattigkvarter, om denna del av Tavastgatan! Så mycket kunde han se och förstå.

Brädkåkar som en gång antagligen varit rödfärgslammade stod nu med avflagnade husknutar som troligen varit vitmålade tidigare. Där stod de stretande skevt vindande och med stöd av de få stenhusen för att inte vika ihop sig.

Ungar rände omkring barfota i dammet och det kändes som om detta var en fattigmans livsände, bakgård eller återvändsgränd. På en del kåkar kunde man se skylten han sett tidigare ute vid Hornsgatan om rum att hyra. Nils hörde sig för med en karl i 55:an där han just nu stod, om kondition på en hyra.

Karlen visade sig vara något år äldre än Nils själv och var åkeriarbetare med namnet, Henning Jonsson... Henning, tänkte Nils igen. Visst så får det bli, så måste det bli.

Jag får tala med Anna i morgon om detta.

Henning Jonsson hade kommit uppför gatan släpande på en mindre dragkärra, den var fullastad med ved som både skulle sågas och huggas. Nils hade kommit i samspråk med vedkarlen och möjligheten att hyra något där i husen på gatan och fått sig berättat att han säkert kunde få hyra en etta längst ner i hörnan mot hundratrettio kronor om året, här på Tavastgatan 55.

Hundratrettio kronor, det var verkligen billigt. Dom var ju vana att betala det dubbla borta på Hornsgatan. Henning Jonsson bröt på dalmål, och kom ifrån Rättvik. Ungdomar som sökte sig in till den stora staden, hade det inte så lätt. De fick ofta stryka på foten för uppfödda stadsbor, så där var många hinder på vägen. Redan de som hade sina rötter och fötter i Stockholm, hade det inte alltför lätt. Så en landsortsbo, fick armbåga sig fram ganska ordentligt utan stöd av vare sig släkt eller bekanta. Hennings kvinna hette Lovisa Andersson och var fästekvinna, de var alltså inte gifta men hade två barn. Hon var mer än tio år äldre än Henning. Precis som Nils där Anna var fem år äldre än han själv.

Nils verkade nöjd med titten på Tavastgatan. Där hade funnits ett ganska stort rum, säkert på femton kvadratmeter med två bäddsoffor och ett bord med ett par stolar.

Intill, fanns ett litet kök med vedspis. Bäddsofforna såg ut att behöva lagas, men det var småsaker. Ett fönster fanns från rummet som ledde ut mot Tavastgatan till vänster om gårdsporten. Men han var förstås tvungen att städa upp.

Fönstret såg förskräckligt smutsigt ut, men det skulle gå att ordna till, det var han säker på. Det hade ju blivit ganska dyrt att bo borta på Hornsgatan, när Nils hade en inkomst han inte visste hur länge den varade. Han fick nästan ta dagarna en i sänder, och det var inte många kronor kvar nu efter hans år på sjön. Det började bli korsdrag i pungen, så både han och Anna blev nog nya ansikten på Tavastgatan. Fortare än åkeriarbetaren och han själv kanske hade väntat sig.

Åkeriarbetaren tog så åter sin vagn och drog vidare in genom plankporten in på gården där ungar stojade omkring och han nickade mot Nils på vägen in vid planköppningen.

– Go afton!

Nils lyfte handen till hälsning, vände om och strosade åter ner för gatan.

– Go afton!

15

Hösten gjorde sig påmind i den lite för tunna kavajen, men det var ju snart november. Vid korsningen Hornsgatan och Timmermansgatan, stannade han och blickade ner mot Rosenlundsgatan.

På håll såg han en spårvagns lysen komma upp mot honom som ett par eldflugor dansande i höstlöven. Det var ändå ganska mycket människor i rörelse utefter en av stadens paradgator, Hornsgatan. Smakar det att bo där, kostade det också multum. Han fyllde sina lungor med den friska luften där den fuktiga stenläggningen med en lätt doft av tjära, blandade sig med förmultnade löv och hästspillning och troligen även sönderfallna drömmar. Den förhållandevis friska luften var mer än fuktigt mättad, den liksom kröp in i kläder, innanför och under huden. Nils ryste lätt där han nu vandrade hemåt med händerna djupt nerkörda i fickorna. Axlarna lätt men ändå spänt uppdragna och den sista stumpen av cigarren vippade i mungipan under hans vegamössa.

Påföljande dag som var en måndag, klev Nils åter innanför porten på Södra barnbördshuset för att besöka sin Anna och den nyfödde sonen. Den kväljande doften av eter och sjukhusmiljö, slog åter emot honom med kraft.

Nåja, blunda för det och tala med Anna om en ny bostad istället, var det nu som gällde.

En timma senare, kunde han åter dra in ett djupt andetag av frisk luft då han stod på Wollmar Yxkullsgatan utanför inrättningens portar. Anna skulle få komma hem om en dryg vecka när gossen skulle vara besiktigad av överläkare. Anna hade blivit glad över namnet Nils funnit, Henning! Henning Ingvar, så skulle han heta det var man överens om. Men Anna var bekymrad över Henning, för han var tydligen lite klen, hade man påtalat för henne.

Nåja, han tar sig nog hade Nils tröstat. Jag var visst också ganska klen en gång i tiden, hade han sagt. Nils skulle göra klart med hyra på Tavastgatan åt Anna, det hade man också varit ense om. Han skulle själv snarast ansluta till gatan, helst samma lägenhet.

Senare på dagen, hade Nils hämtat Annas få tillhörigheter på Hornsgatan 176. Det hade mest varit en del kläder, några lakan och lite husgeråd. Sedan hade han med spårvagn farit till hållplatsen Rosenlundsgatan, och tagit den korta promenaden upp till Tavastgatan. Han hade fått hjälp med en del praktiska saker vad gällde rum och kök, och hur man eldade i spisen. Var man hämtade vatten och var vedskrubben samt avträdet och sådant praktiskt, var beläget.

Det var en annan granne Emma Johansson, arbetaränka med ett barn, som visat honom. Hon var ju ändå hemma så det

gick gesvint att få allt undanstökat. Om en vecka, skulle så
Anna komma till sin nya bostad med gossen. Då skulle Nils
se till att ha ordnat med sofforna som behövde lagas. Han
skulle skura golv och tvätta fönstret och elda i vedspisen för
att torka ur fukten som var ganska så otrevlig i lägenheten.
Men har man inte bott där på ett tag och eldat i spisen, blir
det lätt så att den råa fukten kryper in i väggarna.
Det hade blivit långa dagar för Nils nu. Först arbetet på
Svenska Vapenfabriken om dagarna, sedan renovera lägen-
heten till ett trevligt boende, om kvällarna. Däremellan be-
sökte han så gott han fann tid, Anna på barnbördshuset.
Han hade handlat ved nere på Södermälarstrand efter tips av
Henning Jonsson och hade även fått låna hans dragkärra för
att dra hem flera lass ved. Jonsson hade både lånat ut såg
och yxa till Nils som fyllde Annas vedskrubb till taket.
– Men oj vad fint, hade Anna sagt då de trädde in genom
dörren nästa gång med Henning i sin famn!
   Nils hade vänt sig om i rummet, tittat upp över de breda
plankorna i taket följt väggarna och blickat mot planksoffor
och bord.
– Tja, hade han pustat. Det känns hemtrevligt!
– Här kommer jag trivas, sa hon så direkt. Jag får längre till
mitt arbete kanske, men det gör ingenting med den här triv-
samma adressen. Hon vände sig till lilla Henning, titta vad
fint vi ska bo, vad?
– Glad att du känner så. Jag har gjort vad jag kunnat med
såpa på golvet, både här och ute i det lilla köket. Kom, här
ska jag visa dig vedskrubben och utedasset!
   De gick ut i farstun, det som där fanns.

Om man nu kan kalla det farstu, det prång som fanns utanför Annas dörr och där en trappa ringlade opp till nästa plan i huset. En sned plankdörr med en enkel hasp, var det som dolde vedförrådet. Men, någon ved fanns inte i förrådet och Nils började se sig om utifall det var fel vedförråd de hade tittat in i.

Men det var den rätta vedskrubben. Där låg bara några stickor kvar på golvet och lite barkflisor, annars såg det städat ut. Så hade man då lärt sig ytterligare läxa. Nu fann sig Nils tvungen att än en gång be åkeriarbetaren om lån av hans dragkärra och så börja om från början. Kärra hem ved, såga och hugga. Veden hade naturligtvis stulits under de många dagarna ingen varit i bostaden och haft uppsikt.

Nu hade man bara lite ved som låg i en vedhämtare ute i köket så det kunde få varmt i spisen för att värma vatten.

– Säg den glädje som varar, sa Anna med en tår i ögonvrån. Jag som kände att detta var så rätt, vi var på rätt plats och hade inte så dyr hyra längre. Nu blir det ju att punga ut med mer pengar för att köpa hem ved. Men vi kommer nog bli varse vem som stulit veden här på gården. Den uslingen kommer avslöja sig själv då denne inte behöver köpa hem ved lika ofta som sina andra grannar.

– Finurligt uträknat, log Nils. Ja, den vedtjuven kommer avslöja sig själv vad det lider.

Det sprakade redan hemtrevligt i spisen som Nils sotat och rensat ut från slagg och aska. Han hämtade en stol och ställde den bredvid spisen åt Anna där hon nu kunde sitta med Henning i den sköna värmen som spred sig. Veden skulle räcka någon dag, men i morgon skulle Nils på nytt bege sig ner till Södermälarstrand där vedskutorna låg tätt, för att köpa hem ett par famnar ved.

Anna såg åter nöjd ut efter den sorgliga upptäckten av den stulna veden. Tjuvar visste hon ju fanns, men inte sådana som stal ved!

Man kommer till slut iordning och Anna donar och fejar så det blir ett riktigt hemtrevligt litet krypin. Nils fyller åter vedskrubben till tak för det kommer en vinter också.

De får en strålande jul, glädjen står högt i tak och Nils sover över hos Anna mer än han bor borta hos sig på Timmermansgatan. Henning gnäller och gnyr som en del små barn gör, så det är inget märkvärdigt med det.

Hilly bor tillfälligt hemma hos sin mormor och trivs utomordentligt. Familjen är just för tillfället utspridd på tre ställen i staden. Nils bor ju fortfarande kvar på Timmermansgatan och i Karlberg bor Hilly hos mormor Amalia och farbror Claes, medan Anna med nyfödde sonen Henning, huserar på Tavastgatan 55.

Översikten ser ut så när nyårsklockan klämtar för det nya året, anno 1907.

16

Snön ligger i drivor på gator och torg och Nils och grannen Henning Jonsson, hjälps åt att dra hans släde ner till Södermälarstrand där Jonsson har lite tumme med gubbarna på vedskutorna så man kan få tag på eldningsved.

Kanske inte björkved men man tar vad man får, bara det brinner och ger värme. Nils och Anna kommer bra överens med hennes grannar i 55:an. Man umgås en del med just Henning Jonsson och hans fästekvinna, Lovisa Andersson. Men även med, August Pettersson som är verkkusk och hans hustru Clara Matilda, delar man sina tankar. Hos Elsa Karlsson, som arbetade på Oscar Bergs konditori på Regeringsgatan, hade Anna ett bra stöd och hjälp att ibland passa Henning, om de åkte för att hälsa på dottern Hilly och Norlings i Karlberg. Elsa bodde ensam och hade inga barn, nu fick hon prova på hur det är.

En som är småslug och äldst i huset, är rättaränkan Kristina Fredrika Lundholm. Hon har fattigunderstöd och var troligen den som plockade åt sig ved ur Annas vedskrubb då hon då hon antagligen inte trodde någon bodde där.

Både Nils och Anna tycker synd om änkan trots hennes små egenheter av olika slag, och tänker inte avkräva ersättning för den stulna veden. Men efter vedstölden har det varit lugnt i huset. Man försöker hjälpa varandra istället för att stjälpa och tjuva.

Under februari månad, flyttade även Nils till Tavastgatan. Han hade sagt upp sin hyra på Timmermansgatan till stort förtret hos hyresvärden där han hade varit inneboende och tagit sitt pick och pack som hyresvärden hade kallat det, och flyttat upp på Tavastgatan 46. Därifrån kunde han se ner till huset där Anna bodde, ty hyresrummet var beläget på vinden. Där fanns bara ett skevt vindsfönster på gaveln och ingen värmekamin. Men skorstensstocken löpte genom vindsrummet och var ständigt varm.

Sedan kom det värme från lägenheterna under honom där värmen steg uppåt genom det torftigt isolerade bjälklaget. Han vistades ändå dagtid på sitt arbete och kvällar hemma hos Anna och Henning.

Nils hade köpt en flaska punsch, Carlshamns Flagg för att de skulle känna vingslagen hemifrån Blekinge och så hade de firat igen. De hade firat denna gång att Nils nu flyttat närmare Anna.

Men, eftersom planksoffan var trång så blev det en ömsint kärleksnatt på den nya adressen. Närmare varandra går knappast att komma utan att bli gravid. Anna blev också mycket riktigt gravid. Nils hade senare ställt sig på en stol i sin slitna nattskjorta och försökte efter bästa förmåga göra en pastisch på Bellman… och hans visa till sin Ulla Winblad.

– *Anna min Anna, säg får jag här stanna...* sjöng Nils, medan han reciterade de andra lite diffust, *ty det är jag som är prinsen i din lilla saga som skall föra dig till lyckans land, kokko!*

– Avslutningen var nyskriven förstår jag sa Anna och fnissade för att inte störa grannarna i huset, för lyhört det var det.

– Hej å hå, på en sjömanskista...

– Du är väl inte lite pirum, undrade Anna med ett försiktigt leende?

– Pirum, jag... ha ha, gutår Anna!

Nils hade frustat förtjust och höjt koppen med den sista skvätten punsch, innan han klev ner från stolen på ett något egenartat och underligt vis.

Han kanske kände sig lätt ljummen som han sagt till Anna och lett! Men pirum, nä det ville han inte tillstå.

Pirum... ha ha, funderade han?

– Lite, ljummen... lite i vegamössan kanske, sa han?

Det blev så en vår och det blev en sommar innan hösten tog ett tag om Anna, Nils och Henning. Man kämpade på liksom även åkeriarbetaren, skomakarn, telefonarn, rättaränkan, verkkusken och den krokige förmannen, alla var de goda grannar i femtiofemman.

Nils hade hört rykten på sitt arbete vid vapenfabriken att pigan Olsson, nere på kontoret, hade fått en son!

Han hade länge lyckats hålla tankarna borta ifrån detta.

Hur skulle det nu bli, skulle Annelie komma och söka efter honom?

Eller var det så att hon kanske haft fler friare? Hon var ju trots allt både lättsam och skojsam och hon var kanske inte säker på vem som var far till den där gossen man nu talte om? Bättre fly än illa fäkta, visste Nils ett ordspråk som hette. Så samma dag tog han sig i kragen och sade upp sig på Stockholms Vapenfabrik. Han angav de långa resorna från Söder till Kungsholmen, som orsak till sin uppsägning. Förmannen Wilhelm Kjellman, som var en rekorderlig karl som Nils alltid gillat och kommit bra överens med, kunde tipsa honom om arbete i Liljeholmen på en kabelfabrik där man behövde en svarvare och reparatör. Hälsa ifrån mig, hade Kjellman sagt.

– Nilsson är verkligen en man vill rekommendera, med gott uppförande och god arbetskunnighet. Plikttrogen och ordentlig skulle jag gärna vilja tillägga, men det är tråkigt att han ska lämna oss.

En rekorderlig, duktig och duglig man, hade han sagt och tagit Nils i hand.

– Nils hade bugat och tackat för de vänliga orden.

Så veckan efter, knappt två veckor in i oktober, började Nils sin nya anställning vid Liljeholmens Hampspinneri och Kabelfabrik.

Det blev betydligt kortare väg till arbetet som var att föredra, han fick också möjligheten att utöva sin bredare kunskap genom svarvning och reparationer av olika slag, inte bara vara filare. Att det sedan blev någon krona mer i avlöning gjorde heller inte saken besvärligare, tvärt om. Familjen behövde varenda krona.

Och snart skulle de bli ytterligare en i huset på Tavastgatan, för nu befann sig åter Anna Westergren på barnbördshuset. Som traditionen bjöd vid en lycklig nedkomst, en cigarr!

Nils var nu på väg till Hennings Tidning & Tobak för att köpa sig en ask Ljunglöfs cigarrer. Den här gången hade Nils blivit far till en liten tösabit.

Namnberedningen, det vill säga Anna och Nils, beslöt att flickan skulle heta Ida Wilhelmina!

Ja, Wilhelmina, efter mormodern till Nils hemma i Blekinge och Ida, efter en av hans systrar i Karlshamn.

17

Till våren ämnar man slå ihop sina påsar. Det vill säga, de tu skola bli ett. Man skulle få säga Fru Nilsson, när hon handlade hos specerihandlare Holgers på Hornsgatan, hädanefter. De skulle därmed husera under samma tak och endast ha en endaste hyra.

Glädjen grusades dock av att lille Henning fortfarande var lite klen och så får de ta med sig den lille till Kronprinsessan Lovisas Vårdanstalt. Den lilla Henning hostar fortfarande och nu lite mer ihärdigt rossligare än tidigare och den lille parveln har även hostat blod!

Anna är till sig av oro medan Nils är återhållsamt ledsen. Man tar spårvagn från Rosenlundsgatan och genom staden ut på Kungsholmen, något kvarter ifrån Nils arbetsplats. Han hade sett sjukhuset tidigare och var därför ganska väl bevandrad i området.

Henning hade undersökts på sjukhuset och därefter hade det beslutats av en doktor i stor vit fladdrande rock, att gossen skulle bli inlagd. Till en början på vårdanstalten och senare

kanske ha behov av att komma på vilohem för att kureras
från sin lungtuberkulos, som diagnosen löd.

Tuberkulosen hade orsakats av en bakterie. Det kan vara
någon i er omedelbara närhet, en granne eller anhörig som
själv burit på smittohärden och därmed överfört smittan på
gossen. Den här typen av smitta kan drabba hela kroppen
men lungan är det absolut vanligaste organet som angrips,
hade doktorn förklarat.

Nils fick hålla Anna om axlarna då hon hulkande lyssnade
och torkade sina tårar som oupphörligt rann utefter hennes
kinder.

Hon kände att hon skulle mista Henning, för han var ju re-
dan så klen, så mager.

Tuberkulos var dessvärre en av de vanligaste dödsorsakerna i
Sverige, hade doktorn berättat vidare. Men vi ska naturligtvis
göra precis allt vi kan för att bota den lille, fortsatte han trös-
tande. Den obehandlade tuberkulosen hade ett långsamt,
men ofta obevekligt fortskridande förlopp. Mer än hälften av
de sjuka dog. Den sjuke var under lång tid mentalt opåver-
kad trots att kroppen tynade bort.

Efter hand kom allt svårare attacker av blodhosta.

– Vilka är det som drabbas värst, undrade Nils?

– Barn och vuxna, fattiga som rika - alla var i riskzonen, för-
klarade doktorn vidare i deras förtvivlan. Att bo trångbott
och med dåligt uppvärmda bostäder, gjorde inte förhållandet
bättre.

Det var med gråten i halsen man satte sig på spårvagnen
för återfärd till sin gemensamma bostad, hem till lilla Ida i
första hand och nu kunde man också ta hem dottern, Hilly.

– Hillan är ju en stor tjej nu, försökte Nils uppmuntrande. Hon är, låt mig se nu… hon bli väl tre år till sommaren, minst?

– Ja hon blir tre år i juli snyftade Anna, med skrattblandad gråt i halsen! Du är då för stollig, Nils!

– Men Henning kommer att klara sig försökte Nils övertyga, både sig själv och Anna. Han kommer att klara sig bara han får vila upp sig.

Nils mindes förstås vad doktorn hade sagt, "mer än hälften av de sjuka, dog. Ung som gammal, fattig som rik." Och trångboddheten var av ondo liksom dåligt uppvärmda bostäder. Han gick nästan skamset, för att lägga på ett vedträ i spisen. Anna följde hans steg och företag med tårdränkta ögon, snyftade och suckade. I morgon skulle Amalia komma med Hilly, då får man annat att tänka på sa hon sig. Då har vi både Ida och Hilly att ta hand om och tänka på.

Man kan ju säga att det var positivt att få beskedet från doktorn på Vårdanstalten, att Henning nu skulle flyttas till en rehabilitering i Solna. Oskarsro Sjukhem, skulle nu ansvara för Hennings rehabilitering och vila. Han behövde vila eftersom hans hostande hade tagit väldigt hårt på hans lilla kropp och han behövde näringsrik kost för att stå emot infektioner som kan tillstöta.

– Ja där ser du, hade Nils lite upprymt sagt! Du ser, nu behöver han bara vila upp sig så har vi honom snart hemma igen ska du se, vad?

– Låt oss hoppas du har rätt, sa hon. Låt oss verkligen hoppas det.

– Hoppet är en sak, verkligheten ter sig sällan som hoppet.

– Men det är något man ändå klamrar sig fast vid. Hoppet, det är som att be aftonbön, siade Anna och knäppte sina händer.

– Om du tror det hjälper, får vi be aftonbön för Henning innan det är sängdags.

18

Nu talade Anna och Nils mest om när det ska gifta sig, vilken dag de kan tänka sig.

– Pingst, sa Anna är en stor dag att gifta sig på.

– Pingst är ingen dag, det är en helg! Vi får i så fall välja vilken dag i pingst det ska vara. Finns det en lördag, så får det bli den lördagen. Bröllopsvittnen har vi i huset och någon från rådhuset kan säkert komma och viga oss. Borgerlig vigsel är gratis det har jag tatt reda på, fortsatte han.

Man hade enats om borgerlig vigsel och endast med ett par bröllopsvittnen, eftersom Henning var svårt sjuk och de närmaste i släkten bodde i Blekinge. Anna hade ju inga alls... ja förutom Amalia då förstås, och så sina halvsystrar, Viktoria och Tony.

Dom bodde ju faktiskt i Stockholm numera, allihop!

– Jag vill att mamma ska vara med, sa hon. Nu när hon är änka efter Claes död.

– Amalia, sa Nils frågande? Jamen såklart vill du att hon ska vara med, så ska hon vara med. Det finns tid att planera på.

Lång tid, flera veckor ännu. Först, ordna med hindersprövning och rådbråka stadshuset, eller rådhuset. Vi behöver inte ha ringar heller, men jag tror frun gärna skulle vilja ha en ring som bevis på äktenskapet eller alliansen, skrattade han.

Då kan vi ha Amalia och Elsa, som vittnen. Elsa Carlsson, vet ja! Hon kan kanske ordna någon liten tårta billigt ifrån konditoriet?

– Ja du är då en som ska ha allt så gott som gratis. Ja ja, det blir nog bra med det, lät Anna lite resignerad. Men sa hon, när vi inte har en penninghög att ösa ur så har vi inte. Men blir det bara tid, blir det råd!

Våren prydde gården med grönska och även Tavastgatan började rycka upp sig ur sin trista grå kostym som visserligen kanske behövde lappas och lagas än här än där. Det såg ut som den ruskade på sig, sträckte ut sig mot Skinnarviksbergen och såg trivsamt lantlig ut. Trots bara något kvarters avstånd från den omedelbara närheten av Hornsgatan. Jämfört med det brusande folklivet där pinglande, ringande spårvagnar, bagarbodar och stimmiga caféer, var deras kåk om inte en idyll, så var det i alla fall lantligt lugnt. Fåglarna, till största antalet gråsparvar och pilfinkar, tjattrade i syrenbusken och i trädet med kråkbär. Högre upp högt över taken, skränade några tärnor i vida cirklar.

– Anna för helsefyr, vi har glömt att vi faktiskt har två brudnäbbar! Hilly och Ida ska såklart vara brudnäbbar, så blir det lite ståndsmässigt. Vi kanske skulle kosta på oss en fotograf!

– Nils ditt språk, det kan du använda på sjön. Nu är du inte på sjön, tänk på barnen!

– Äsch, de var väl ingen fara om ja sa sisådär, sa han.

I morgon ska jag ta kontakt med någon på rådhuset för att ställa med vigseln, Anna.

Anna satt vid bordet och hade plockat upp sin dagbok.

Det fanns nu en del att skriva i den, denna dag. Hon tittade upp på Nils som om hon funderade på vem han var, egentligen. Blicken sa mer än vad hon kunde få plats med att skriva i dagboken. Hon såg sig om i rummet medan Nils var på väg ut, han hade sagt god natt och var på väg hem till sitt. Ida sov och Hillan stod och tittade på sin syster där hon låg i en av planksofforna och snusade. Hillan skulle egentligen också ligga och sova, men nu var det som det var.

Det såg så rart ut att nu kunde Anna inte låta bli att le.

Hon undrade vad Hillan egentligen tänkte där hon stod med sina små armbågar på soffkanten och tittade ner på sin lillasyster som låg där och sov. Suckade som om synen av sina två små flickor gjort henne stark igen och så började hon skriva. Men dom skulle kunna ha varit tre i rummet… Nu skulle jag behövt Kersten, var hennes nästa tanke! Hon skrev… *Vad jag saknar dig Kersten, hoppas du har det bra i din himmel!*

Karlar är så klumpiga, ytliga, men Anna skrev vidare i sin bok… *Nils vill nog så väl och på lördag ska vi vigas, det ser jag fram emot.*

Så ramlade de mörka tankarna åter över henne som ett jordskred, är det mitt fel att Henning är sjuk? Skulle jag ha gjort något på något annat vis… varför just lille Henning?

Blev han smittad på barnbördshuset? Anna frågade och plågade sig själv, gång på gång. Har jag smittat, har Nils smittat? Var det kanske ändå hennes eget fel, hon själv som orsakat

Hennings lidande som troligen skulle avslutas med döden?
Och Nils... vart tog den Nils vägen, den som en gång stod i
tågvagnen i snygg uniform med blanka knappar och stövlar
mellan Kristianstad och Hässleholm?
Hon såg bilden framför sig igen...
Vicekorpral Nilsson hade han sagt, slagit ihop klackarna och
hälsat med en stilig honnör. Jag ber om ursäkt att vi stojar en
del, och så hade han gjort en enkel honnör.
Vi har klargjort vår militärutbildning och ska till Hässleholm
för att lämna in gevär och sådant, hade han fortsatt. Det är
inte vår mening att störa hennes tågresa.
Den Nils, vill jag allt ha tillbaka. Så funderade hon, han
kanske har sitt att tänka på, han kanske själv bär något inom
sig som han inte vill visa. Det är dumt av mig att låta min
oro för Henning, gå ut över min blivande man. Hon skriver
dock ingenting om dessa tankar i sin dagbok, hon formulerar
sig på ett annat vis.
Hon stoppar om sina små, skruvar ner veken i fotogenlam-
pan och blåser ut den lilla flämtande lågan. En svag doft av
bränd fotogen når hennes näsborrar och hon vänder sig om
mot väggen för att sova. I morgon är en annan dag, låtom
oss hoppas jag vaknar på rätt sida bara tänker hon innan hon
somnar.

19

– God morgon alla mina flickor, sken Nils när han kom
nästa dag!

– God morgon Nils! Har du sovit gott, själv har jag sovit
som en timmerbröte, hörde inte ens lössen tassa över väg-
gen.

– Jag tittar bara in som hastigast, det blir ett besök i Gamla
Stan under dagen för jag ska till Riddarhustorget och det
Bondeska Palatset, för att höra om vigseln. Jag berättar när
jag kommer ikväll, fortsatte han och sträckte sig för att pussa
på Anna.

– God morgon, sa hon så igen efter hans kyss.

Tänk vad allt kan vända bara över en natt, sa hon till sig
själv. Tog åter fram sin svarta dagbok medan ett leende spe-
lade på hennes läppar och ögonen glittrade. *Nyss var Nils här*,
skrev hon lite underfundigt!

Spårvagnen krängde runt Södermalmstorg innan den tog av
neråt den speglande ockra/blå, Saltsjön och rullade ut över
Skeppsbron. Så här på pingstaftonens förmiddag, var det

ganska sparsamt med människor ute på gatorna. Det var bagarbodar och torghandlare som var tidigt igång och några ungar som rullade tunnband på Skeppsbrokajen bland vedstaplar och boskap och fiskares lådor och sumpar. Det var ett strålande väder för en högtidsdag som denna i dubbel bemärkelse. Det blänkte gnistrande i vagnens fönsterglas och Hillan försökte så gott det gick att skugga ögonen med handen för att hinna se allt. Hon skulle titta på hus, vatten, hästar och andra mötande spårvagnar och människor. På Skeppsbron var det mycket att se. En del segelskutor vid kajen var smyckade med björkris eftersom midsommar stod för dörren. Hillan tyckte nog resan var väldigt rolig, speciellt när någon skulle av och tryckte på en knapp så det plingade i vagnen, hon stod och hoppade i sin pappas knä.

Nils fick hålla henne ordentligt så hon inte ramlade, manade Amalia.

Anna och Nils hade hört sig för med Amalia om hon ville vara så vänlig och kär som barnvakt åt lilla Ida och som vittne vid vigseln. Om inte det störde i hennes sorg.

Ett av de behövliga två vittnena skulle rådhuset vara behjälplig med, hade man meddelat. Herrskapet skulle få en kansliskrivare F. A. Koriander, som vigselförrättare. De skulle anmäla sig vid informationen till vänster då de anlände Bondeska palatset visste Nils. Men han hade inte kunskap om mer än så.

De stod som en liten förskrämd skara kor ute vid slakthuset i Enskede. Nils stegade dock fram med ekande klackar över marmorgolvet till den informationsdisk som låg till vänster och som han blivit anmodad att anmäla sin ankomst vid. En dam med runda glasögon och smal rak näsa, uppsatt blont hår med höga kindben, betraktade honom uppifrån och ned. Vände så blicken och tittade i sin liggare över anmälda besök. Jo, han fanns mycket riktigt antecknad tillsammans med en fröken Westergren.

– Stämde det, undrade hon?

– Ja, sa Nils. Det är korrekt! Han ville liksom svara med samma mynt, samma högdragenhet.

– Får jag då be er följa med den här vägen sa hon, pekade åt Nils och visade med en hand åt Anna och Amalia att följa med henne.

De hade förts som slaktdjuren ute vid Enskede in i ett mindre rum, där hon bad dem sitta ner och vänta.

Men vad fint här är, sa Anna förundrat viskande till Nils och Amalia! Det ekade mellan väggarna nästan ändå. De satt helt ensamma i det som skulle kallas väntrum, men det var som en stor salong, ändå var det mindre än ute vid informationen. Det hängde väldigt stora kristallkronor, två stycken, i taket och det var breda taklister i ornamenterad stuckatur. Att det var ett palats de satt i nu, var man överens om. Det var säkert minst tre meter upp till taket och fönstren var höga spröjsade, i djupa nischer. Mellan varje fönster satt amoriner på väggen och Nils räknade till sex fönster och fem amoriner, i bara detta väntrum.

Så kom damen åter och bad dem följa med igen och öppnade en dörr vid kortväggen. De kom in i ett betydligt mindre rum, kanske bara hälften så stort där det fanns en läderklädd skrivpulpet i något mörkbrunt läder, och bara en kristallkrona. Det låg en tjock bok ovanpå skrivpulpeten, som Nils gissade var en lagbok. Han läste också mycket riktigt, Svea Rikes Lag.

Damen bad dem vänta, så skulle strax kansliskrivare Koriander komma dem till tjänst. Hon stod själv att vänta.

Så klev då vigselförrättaren in genom den dörr de själva nyss kommit. Tog i hand av var och en och visade med handen att Nils och Anna nu kunde stiga fram till skrivpulpeten.

– Äktenskapets ändamål är enskildas väl och samhällets bestånd.

Ni har förklarat att ni vill ingå äktenskap med varandra. I dessa båda vittnens närvaro, frågar jag dig Nils Ingvar Nilsson, tager du denna Anna Erika Maria Westergren, till din hustru att älska henne i nöd och lust?

Anna vände sig och log mot Nils medan han svarade.

– Ja!

– I båda vittnens närvaro, frågar jag dig Anna Erika Maria Westergren, tager du denne Nils Ingvar Nilsson, till din man att älska honom i nöd och lust?

Anna tittar på Nils igen och nu med en tår i ögonvrån. Hon ser på sin mor Amalia som torkar sig i ögonen med en spetsnäsduk. Hon ser Hillan titta på med stora ögon och Ida som sover, som vanligt.

– Ja, svarar hon så!

Nils hade ordnat med en enkel ring som symbol för deras allians som han trär på Annas ringfinger.

– Ge varandra handen till bekräftelse på detta.

Nils och Anna fattar varandras händer… Amalia tar åter upp sin spetsnäsduk.

– Jag förklarar er nu för äkta makar.

Glöm heller aldrig löftet. Löftet om trohet som ni nu har avlagt. Lev med varandra i inbördes aktning, kärlek och förtroende och besinna ert ansvar mot kommande släkten. Må endräkt och lycka råda i ert äktenskap och i ert hem.

Så bugar sig kansliskrivare Koriander lätt men högtidligt och överlämnar ett vigselbevis till Nils innan de vänligt visas ut ur salen av den tidigare så högdragna damen med de runda glasögonen. Hon till och med log nu. Det hade Anna känt trevligt och högtidligt rart.

20

Två minuter senare står de ute i solstrålarna på Riddarhustorget igen. Allt har plötsligt återgått till det vanliga igen. Nils vänder sig om mot det ståtliga palatset för att försöka minnas det som nyss hade hänt. Ögonen följer fasaden, över de stora fönstren i byggnaden som är utifrån sett ett otal, men minns de sex fönstren i väntrummet. Det var som ett slott! Ett väntrum som lystes upp av två stora praktfulla kristallkronor, kändes överdådigt. Hemma på Tavastgatan, tände man en fotogenlampa.

– Oj sa Nils, när han hämtat sig en smula. Det gick fort som ett lokomotiv där inne. Jag har nog inte riktigt hunnit med vad som skedde, egentligen. Kan någon berätta för mig vad som hände? Han log mot frun som stod där i sin finaste klänning på gatstenen och hon log också, hela hon.

Anna såg faktiskt lycklig ut, vilket värmde Nils.

– Jag tyckte vi nyss klev in.

Vid Riddarhustorget fanns många caféer, bodar och schweizerier där man kunde få sig en bakelse och ett glas sherry eller bara ta en pilsner. Torget var något av en samlingsplats i staden.

Herrar tog sig ett glas punsch och rökte cigarr vid någon av uteserveringarna. Man skvallrade och tittade på unga fröknar som tog sin dagspromenad vid klockan tolv. Familjen Nilsson uppsökte för barnens skull, ett litet konditori vid Storkyrkobrinken och där, under en färggrann baldakin, där kunde man festa på en god bakelse. Det var mycket uppskattat av de små, inte minst. Herrskap spatserade förbi, herrar i hög stormhatt sprätte nådigt över torget och klev försiktigt förbi spillning och annan lort, mot Riddarhuset.

En spårvagn kom ringande för att påkalla uppmärksamhet från en kusk på ett ekipage med flyttgods.

Anna satt och vred på sin första fingerring. Hon var glad, och hon var stolt för denna nya blanka ring. Inte guld kanske, men vilken hade råd med sånt, men väl av mässing. Den såg ut precis som guld och hon var lycklig över den och över Nils. En ring, en evighet, en familj.

När de åter kom traskande uppför Tavastgatan från det stora äventyret och händelsen i sina liv, såg de att plankporten till 55:an var lövad med björkruskor. De tittade förvånat på varandra, vad skulle det här betyda?

– Ja inte vet jag sa Anna, och tittade på Amalia som ruskade oförstående på huvudet.

De klev försiktigt in genom porten och möttes av i första hand Elsa Carlsson som stod där och välkomnade familjen Nilsson hem. Där stod rättaränkan och neg, åkeriarbetare Henning Jonsson strök av vegamössan och bugade välkomnande. Hans fästekvinna Lovisa Andersson, neg och hade sina små barn hållandes i förklädet. Telefonarbetaren, verkkusken, skomakaren och elektriske montören Joel Westerberg, alla välkomnade dem och gratulerade.

Man hade dukat ett långbord på gården och skomakarn tog sitt bälgaspel för att spela en gånglåt när alla tog plats vid bordet. Elsa Carlsson hade ordnat med konditoriet så där fanns godsaker att festa på liksom bröllopstårta för kalaset. Kaffe kom i koppar man lånat ihop av närvarande grannar, brännvin slogs i glas och hurrarop och leven, ekade mellan gårdsmurarna. Alla var glada, alla behövde ett litet kalas att pigga upp den grå vardagen med.

– Vilken tur att ni gifte er, sa Lovisa Andersson. Nu fick vi en gårdsfest på köpet.

Skomakar-Pelle, spelade upp en låt och alla ville se de nyvigda tråda en bröllopsvals. Man klappade i händerna och en efter en av de ystra grannarna klev de fram på gårdsplanen med sin gumma och gjorde så gott de kunde och orkade för att svänga med i virvlarna. Till och med rättaränkan Kristina Fredrika Lundholm, var med i en svängom så gott hon kunde med en kvast hon fått tag i så det riktigt dammade om kängorna. Alla skrattade och hon tog därför en extra sväng med kvasten.

– Så här väl sopat har det nog aldrig varit på den här gården, sa Joel Westberg. På tal om det, är det någon som vill ha en borst till så häller jag upp!

Man skrattade igen, och rättaränkan satte sig och höll fram sin kopp för att få fem droppar opp till, som hon sa.

Anna tog Elsa Carlsson lite vid sidan.

– Jag förstår nog vem som är den skyldige, sa hon och log.

Jag vet då rakt inte hur jag ska kunna tacka dig. Och allt gott
bröd och kakor och till och med en bröllopstårta?

– Äsch, hade Elsa sagt. Alla grannar var med på noterna
direkt och vädret var ju utmärkt och grannarna trängtade
efter något upplivande. Det här behövde vi nog allihop. Vad
brödet anbelangar, har jag fått det av konditorn när jag för-
klarade saken för honom. Brödet är från igår, men tårtan är
nygjord för idag. Han hälsade förresten och bad mig fram-
föra sina gratulationer och tårtan, ja se den ville konditorn
bjuda på!

– Men jisses tack så mycket, Elsa. Vill du vara så artig att
framföra mitt djupa och varma tack till konditorn?

Elsa hade nickat, och så anslöt de sig bland de övriga igen
där någon åter ville utbringa ett leve för brudparet.

Fredrika Lundholm, rättaränkan, hade somnat på gårds-
trappan och snarkade ljudligt och släppte väder lika ljudligt.
Koltrasten kom av sig en stund, men tog åter upp sitt dril-
lande och tontrillande av aldrig sinande variation.

Lugnet begynte åter intaga gården då timman började bli
sen. Amalia hade för en bra stund sedan tackat för sig och
åkt hem till Karlberg igen och skomakar-Pelle hade lagt ifrån
sig sitt bälgaspel, för som han tyckte, nu spelade klaveret
bara fel hela tiden.

Lördagen hade övergått i en strålande söndag och hela
Tavastgatan 55 verkade sova ruset av sig, för det var inte en
katt på innergården när solens strålar steg upp över planket
och silade genom kråkbärsträdet. Det slamrade inte heller på
avträdet, endast pilfinkarna förde sitt tjatter som vanligt.

Adolf Fredrik slog sina slag för femton minuter, men det lät avlägset.

Hos familjen Nilsson, snusades det på alla fyra håll.

Hilly skulle om någon månad fylla tre år och Ida var ett och ett halvt år. I Solna på andra sidan och norr om staden, i en annan stad till och med, kämpade fortfarande Henning för att överleva sin lungtuberkulos på Oskarsro sjukhem.

21

Dagsmejan tog med sig stora delar av den snö som låg utefter Tavastgatans murar och plank. Ungarna började stimma och stoja på gator och gårdar, trots fattigstämpel och armod. Våren var på väg, en ny dag en ny möjlighet.

Man hade det som man hade och utgick från denna tröskel varje dag med optimism.

Hästhovsörten tittade fram där snö legat uppdriven av vindar eller snöras från takskägget ovanför. Inne på gården, vid 55:an brukade det alltid komma vitsippor vid syrenen varje försommar, det var det tydligaste tecknet på den blomstertid som komma skall och den härligaste för gårdens boende. De kalla dragiga husen blev inte ens till ett minne, inte präntat till historien. Möjligen en rad i en dagbok kanske, nedtecknat en dag då det var som mest tjyvsnålt i draget och tungsamt.

Hos familjen Nilsson, som nu åter hade storasyster Hilly boende hos sig efter ett par år hos mormor Amalia, rustade man för ett litet jubileumskalas så smått. Det var ju pingstafton och man hade nu varit gifta i ett år. Nåja, kalas skulle det hur som helst bli på det bästa huset kunde förmå, Anna satte fram det man hade. Barnen skulle bli glada och de själva rynkade inte heller på näsan särskilt tydligt. Det skulle bli pannkakor med sylt dagen till ära...

Och Nils hade sin vana trogen handlat en butelj Carlshamns Flaggpunsch och ett par cigarrer från Ljunglöfs, nere vid Ringvägen.

Efter en natt i planksoffan så gick det som det gick, skulle det visa sig. Anna var åter gravid. Nedkomsten skulle ske i slutet av mars påföljande år, hade man berättat vid hospitalet. I samband med det, blev Anna uttagen i blockad av arbetsgivaren. Textilindustrin var drabbad bland andra. Man ville sänka lönen för de anställda då det var lågkonjunktur och en påtryckning för att få igenom sina krav var alltså denna lockout av de anställda. Det drabbade naturligtvis dem som redan hade det snålt tilltaget.

Fackföreningarna svarade dock med en storstrejk för alla utom sjukvård och andra viktiga funktioner inom samhället.

Nils följde händelserna i tidningen och blev förbaskad då man redan efter en månad var tvungna att avbryta strejken för strejkkassorna var små. Det fanns helt enkelt inte medel att fortsätta kampen mot arbetsgivarna. Man var inne i september och Nils blev uppsagd på Liljeholmens Hampspinneri och Kabelfabrik på grund av arbetsbrist. Han fick dock de bästa vitsord från företaget i sitt betyg. Han kunde läsa vitsordet om sitt uppförande som ansågs som hedrande och hans arbetskunnighet var utmärkt, och så vidare, arbetsintyget var undertecknat av Axel Forsberg, verkmästaren på hampspinneriet. Strejken, som var den stora orsaken till att

Nils blev uppsagd, fortsatte och totalt strejkades det i fyra månader i hela landet, kunde han nu läsa i Stockholmstidningen.

Anna hade kvar sin anställning på textilföretaget där hon arbetade, men Nils fick söka arbete. Vid varvet på Bergsundstrand, Bergsundstrand Mekaniska, fann han strax ett arbetstillfälle. Men om man hade haft det knapert tidigare, så fick man dra åt svångremmen ytterligare ett hål vid årets slut.

Åter ett nytt år med vad det kan ha i gömman bak hörnet.

Nils har fått ta sig till Södermälarstrand för att dra hem en släde ved.

Det var en besvärlig vinter på flera sätt. Det blåser snålt runt knuten och drar kallt vid fönstret. Nils har försökt täta springorna med tidningspapper och hindrat den värsta kölden att bita sig fast hos dem. Det är i alla fall mitten av februari så man kan se en framtid som inte är alldeles för långt borta. Anna står vid fönstret och tittar ut på gatan och håller om sin runda mage med bägge händerna.

– Är det tungt, säger Nils och nickar mot hennes mage, sparkar han?

– Anna vänder sig om och ler samtidigt som hon skakar på huvudet. Och det är ingen som sparkar, hon rör bara lite på sig ibland, ja jag tror det blir en flicka, säger hon och ler mot Nils igen.

– Säger du det! En flicka, ja det blir nog bra med det. Ska alla bli sömmerskor också? Kanske man kan lära upp den där till filare i så fall, undrade han och pekade på Annas mage? Jag menar om det blir en flicka…

– Kanske det!

– Hon skulle nog inte gilla att bli smutsig under naglarna, grumsade Nils vidare.

Det är tomt ute på Tavastgatan, det enda Anna kan se ifrån fönstret, är några gråsparvar som kurar under takskägget vid huset mitt över gatan. Hon ser en man komma nerifrån backen pulsande i snön, han har en fårskinnsmössa nerdragen på huvudet. Nu viker han av och det ser ut som stegen tar av mot deras hus.

– Jag tror det kommer någon in på gården, säger hon lakoniskt!

Nils går till dörren för att se vem det kunde vara. Kanske skulle de få besök, eller någon granne. Han vill se vad för sorts folk som strök omkring på gården.

Jodå, det var mycket riktigt till Nilssons budbäraren kom och det var just en budbärare. Han skulle befordra ett brev sa han, bockade vände och försvann som en skugga ut genom plankporten till deras gård. Så var han borta.

Han hade sett frusen ut och hade is i sina slokande mustascher.

Nils vände sig om och tittade på Anna. Han höll fram försändelsen med det skriftliga meddelandet mot henne.

– Vad ska det här betyda, sa han?

– Du får väl öppna och titta efter Nils lille, sa hon!

Han tog upp en liten pennkniv ur byxfickan, vände och vred på kuvertet för att se om där stod något annat än Nils Nilsson, Tavastgatan 55… Express, stod det också på kuvertet. Med det där extra ordet på kuvertet, kändes det som domens dag, yttersta dagen. Han rös i hela kroppen.

– Express, står det sa han. Express!

Han sprättade upp kuvertet med fumliga fingrar. Tog upp ett vitt, vikt ark med någon stämpel på och läste. Det var nu så tyst omkring dem att Nils tyckte sig höra rättaränkan sitta och flåsa inne hos sig och knirkandet ifrån hennes gungstol. En flugas surrande, skulle antagligen låtit störande.

– Jamen läs då, sa Anna uppfordrande! Vi kanske får veta, om du bara läser?

Nils läste, vände sig mot Anna med bedrövade ögon. Vände så blicken åter mot de sirligt skrivna och läste ännu en gång. Torkade ögonen med baksidan av handen och harklade sig.

– Henning Ingvar är död, står det!

– Jag förstod det, sa Anna. Det var väntat, vad står det mer?

– Bara att han dog av svår tuberkulos den 11 februari, i går alltså… i fredags, och en del andra praktiska saker om begravning och sådant. Men, det går vi igenom sedan. Alltsammans är undertecknat, samt en förtydligande stämpel, M. Tottie, ö. läk.

Nu måste jag slå mig ner och försöka förstå.

Han sträckte på sig, kände den isande vinden svepa in över honom i dörröppningen. Tog så och stängde dörren och gick efter Anna in i rummet för att sätta sig. Varken Hilly eller Ida hade tid eller intresse för vad deras föräldrar rumsterade om, de lekte själva. Ida hade fått en likadan tygdocka som Hilly hade, men med en annan färg på klänningen.

Nils tittade med tom blick på Anna. Tittade, utan att egentligen se. Han var någon annanstans. Hans tankar var hos Henning. Han hörde Anna säga något, men inte vad.

Kände hennes hand över sin hjässa, men förstod inte varför.
Han satt som i ett vacuum, han var totalt avskärmad. Trots
att Nils, även han, innerst inne hade förstått att Henning inte
skulle klara sjukdomen, så ville han så gärna tro det skulle gå
bra. Nu kom beskedet, dödsbudet, som en chock.
Anna tog Nils om axeln och skakade honom lätt och först
då, tittade han upp förvånat!
– Jag hade hoppats han skulle klara sig, sa han sammanbitet.
Och nu skakade han som av frossa.
– Du stod och blev kall ute vid dörren, sa Anna. Jag hade
också hoppats, må du tro. Du ska få en filt om axlarna.
Anna hade hjälpt Nils fram till spisen i köket där han nu
satt med en filt om axlarna. Han var skröplig och krokig som
om han var åttio år, allra minst. Nils tog ett vedträ för att
peta upp den heta spisluckan och knuffade in trästycket i ett
mindre gnistregn, puffade igen luckan med spiskroken och
suckade.
– Man tror att man ska vara beredd, sa han så bedrövad och
tittade på sina grova sockor som stack upp ur kängorna.
Lyfte blicken för att hitta Annas rödgråtna.
– Jag känner som du Nils, sa hon. Men nu behöver inte
Henning kämpa med sin onda otäcka hosta längre. Jag hop-
pas Kersten tar hand om honom däruppe. Förresten, det är
jag säker på att hon gör, och så tog hon med sina båda hän-
der om magen igen, och gjorde en lätt grimas.
Anna hade hämtat en liten skvätt brännvin i en kopp som
hon ställde på spiselhällen bredvid sin man. Nils tittade bara
upp på henne som om han inte förstod vad hon menade.
– Ta det där, ska du se du känner dig bättre sa hon.

Hon blinkade med ett snett leende mot Nils. Om inte annat så är det ju lördag, tänkte hon

Nils hade aldrig känt sig så nere, så helt bortom allt jordiskt, allt normalt tänkande, som nu. Brännvinet var dock som en själasörjare där det brännande rann ner i hans strupe.

– Det gjorde gott sa han och höll fram koppen mot Anna.

Det kom naturligtvis att gå mot vår på Tavastgatan även detta år trots det sorgliga som hänt dem och även om det bara nu var i slutet av mars. Ett år som börjat så sorgesamt.

Nils traskar vägen fram bland snömodd och hästspillning. Han är mer observant än vanligt var han rör sig.

Kanske för att skingra sina tankar om Henning. Han vill tänka på annat och inte hela tiden nöta hjärnan med ett, varför? Framme vid Torkel Knutsson gatan, sneddar han åt vänster ut mot Hornsgatan. Allt läggs på minnet idag, allt!

Han kastar en blick åt höger då han passerar över Brännkyrkagatan och ser hur man fortfarande river gamla kåkar och bygger vidare med nya bättre bostadshus och byggandet har nu närmat sig Torkel Knutsson. Nils känner ett litet sting av avundsjuka men bara litet, och pulsar vidare i snömodden.

Hornsgatan är snöröjd och så gott som helt fri från snö något som han finner trevligt.

Vintertiden är inget Nils längtar efter. Han blommar alltid upp på våren, när blommorna gör det och solen värmer med sina underbara strålar. Ibland drömmer han om att ha en liten båt. Att komma ut på vattnet styra genom vågsvall, känna sig fri. Han har sett att det finns en del småbåtar nere vid Bergsundstrand och tänker, en dag ska jag ha en liten båt!

<h1 style="text-align:center">22</h1>

Hornsgatan, det är som att komma till en framsida av staden, från den baksida han och hans familj bebor. Men funderar han, den duger gott åt oss ännu och det är nästan han lyckas övertyga sig själv om den saken. Nils korsar så Hornsgatan och kommer strax till Krukmakargatan, om han nu inte minns alldeles fel. Han funderar om det inte var där han träffat en flicka tidigare och blev lite förälskad i. Inga hade hon hetat mindes han, men inte var på gatan hon bodde, det mindes han inte. Han strövade ju mycket runt på Söder under tiden han bodde på Timmermansgatan och då hände det sig att han mötte människor. En del samspråkade han med, andra bara hälsade han på. Många gånger för att lära sig hitta och lika många gånger för att söka arbete, sökte han sig runt i staden.

Det var så han hade mött Inga. Han korsade nu Krukmakargatan också och kom strax till den smala, Sanct Paulsgatan. Jo det stod faktiskt så på gatskylten. Han hade tidigare reagerat på den underliga stavningen av gatunamnet det såg lite

utländskt ut, engelskt hade han tänkt, därför hade han lagt
märke till den obetydliga smala gatan.

Annars lade han så gott det gick, alla gatunamn på minnet
för att orientera sig, i sin nya stad.

Nya och nya, tänkte han. Jag har nu bott här i sex år och har
tre barn… kunde haft fyra!

Vidare mot Wollmar Yxkullsgatan som dyker upp strax ef-
teråt då han gått förbi en skola. Han kände dock inte till vad
den hette och där, där låg så Södra Barnbördshuset. Den lite
pampiga entrén, som till någon bank, härads- eller rådhus,
men inte till en anstalt för att föda barn vid. Den grå dub-
belporten mellan de vita ornamentariska pilastrarna och den
rosafärgade fasaden med urnorna i någon stuckatur, ger en
högdragen känsla. Han känner det som ganska invant nu,
han har varit där tidigare. Men ändå stiger han med en viss
vördnad uppför de två stenlagda trappstegen.

Lite spöklikt när han stänger porten efter sig och befinner
sig i den stora högtakade vestibulen. Det är stöpplade, vit-
kalkade väggar och påminner om en kyrksal, även om Nils
nu inte är så bevandrad i det sakrala precis. Man kan nästan
höra hans andetag i den akustik som här finns. Och som han
mindes det sedan tidigare, så ekade det även kusligt spöklikt
när han försiktigt går framåt mot den dörr åt vänster där han
ska anmäla sin närvaro. Han känner ju till rutinerna och vad
som väntas honom och utav honom.

När han kliver in genom dörren, möts han genast av både
besökare och av personal, samt den bekanta kväljande lukten
av eter, blandad med desinfektionsmedel och annat som ska
borga för en hög renlighet.

Och så denna evinnerliga lukt av, linoleummatta!

Nils blir visad vidare till salen där de nyfödda snusar och denna gång visar en behaglig sköterska upp en liten flicka för honom som det nya tillskottet till hans familj.

Något i skrynkligaste laget hade Nils skämtsamt sagt, men långt svart hår, det hade hon.

Mamma upp i dagen, hade han också förklarat för sköterskan, men inte lika skämtsamt. En familj som nyligen nedbragts med en person, där nu hans små töser fått ett syskon till, en syster.

Hillan och Ida, visste ju inte något om Henning, eller att de haft en bror tidigare, av naturliga skäl.

Sköterskan som tog emot Nils på barnbördshuset denna gång, var en av de yngsta på anstalten, strålade mot Nilsson.

– Vad trevligt hade hon sagt, nu har herr Nilsson blivit pappa!

Nils hade bockat och tackat.

– Jovisst det var trevligt, sa han. Men herren ger och herren tar, som man säjer sa Nils, lite dämpat.

– Ja han gör ju så nämnes det, sa hon än mer allvarlig.

– Jag förlorade en son för en månad sedan som bara blev tre år gammal, men nu har jag trösterikt, fått en dotter istället!

– Åh, jag beklagar samtidigt som jag ber att få gratulera er sa sköterskan. Jag hoppas ni förstår hur jag menar?

– Tack, jag förstår sa Nils. Ska vi kanske gå för att träffa fru Nilsson nu?

Nils var inte trakterad av tramsiga fruntimmer, även om denna inte var så väldigt stel och formell som den andra han mött markerat. Han var inte sig själv efter Hennings död.

Nils bar sorgen inom sig även om den var på väg ut om än inte suddas ut, så i alla fall blekna, falna, plana ut.

Mötet med Anna blev kärt.

– Du ser pigg ut, sa han då han kom!

– Jag är pigg, sa hon. Är Amalia hemma hos oss nu och håller ordning på de andra töserna där hemma, undrade hon?

– Visst, Amalia sköter huset. Jag passar på att jobba lite extra nu så det kan bli något mer i portmonnän. Jag kanske ska börja se oss om efter något lite större boende, men absolut inte dyrare?

– Vad trevligt, Nils!

– Ja, för nästa gång har ju Amalia tre töser att passa och då behövs det ett större utrymme, nu bor vi lite trångt. Men du Anna, nu får du nog ta fram sytråden igen, för det behövs en ny tygdocka! Vad syr du om det blir en liten gosse?

Anna hade bara skrattat åt hans planering och fundering. Hon hejdade sig dock snabbt, för man skrattar inte hur som helst på Södra Barnbördshuset. Nils hade frustat han också på sitt lite speciella sätt, lite återhållsamt och innanför läpparna. Han gav Anna en puss på pannan och förklarade att han skulle titta in i morgon igen. Hon log och smekte hans lite skäggstubbiga haka.

– Blir det en cigarr nu, undrade hon?

– Nu blir det en cigarr lilla gumman, alldeles riktigt. Jag kommer bli påmind om Henning varje gång jag går till den tobaksaffären.

Det var ju där bland annat jag kom på namnet Henning, efter Hennings Tidning & Tobak.

– Men vad fint, en minnesplats för vår lilla Henning?

Tobakshandlaren låg väl i hörnet av Ringvägen och Hornsgatan. För, så var det väl hade Anna funderat?

– Vid Brännkyrkagatan nästan, undrade hon?

– Ja, där ligger boden. Den hette något annat tidigare då Henning köpte den, visste nu Nils att berätta. Den som hade ägt den tidigare, hette Tore! Ja du förstår… Tores Tidning & Tobak? Lite påhittigt var det, förklarade Nils. Påhittigt!

Rutinen var den samma på anstalten som tidigare, så Nils reste sig, pussade så sin hustru på pannan igen. Att pussa sin hustru någon annanstans, passade sig inte. Så följde han den pekande handen ut ur salen, ut till informationen och ut i den ekande farstun. Där stod han nu på översta trappsteget och vägde på tåspetsarna, såg sig om åt vilket håll han skulle gå. Rakt fram, samma väg som han kommit, eller åt vänster vidare på Wollmar Yxkullsgatan ut till Ringvägen?

Han lyfte på vegamössan åt en herre med stop, som hälsade Nils på samma vis lika artigt, innan han tog den vanliga vägen förbi Rosenlundsgatan och ut till Ringvägen och tobaksboden.

23

En vecka senare var hela familjen samlad runt det nya tillskottet, men Amalia hade tagit spårvagnen hem till sitt på Tomtebogatan i Karlberg. Nu ville alla hålla lilla Inga Mariana i famnen. Blir det några fler barn, hade Nils lovat sin svärmor innan hon for, att om det då skulle bli en flicka så skulle hon få namn efter sin mormor.

Amalia hade känt sig lite stolt att kanske få ett barnbarn döpt efter sig och att vara mormor till tre små söta flickor.

Nerifrån Karlshamn, hade Nils fått brev från sina föräldrar med gratulation till deras giftermål och glädje över alla barnbarnen.

Både Sven Oskar och hans mor Maria, var så glada på hans och Annas vägnar. De kände inte till att deras barnbarn Henning Ingvar, inte fanns med bland dem längre.

Nils kände det svårt att meddela dem denna sorg. Han visste ju att hans far Sven Oskar, hade glatt sig så att det blivit en liten gosse, men som idag bara var ett minne. Blir det en gosse nästa gång tänkte han skriva, så ska vi döpa honom till

Nils Oskar! Ja, så skulle det få bli. Nils Oskar, det var ett vackert namn tänkte han, riktigt vackert!

Han tänkte också berätta att deras senast dotter heter, Inga Mariana.

Det skulle nog bli tvunget att förklara. Ja inte att han fann namnet Inga, efter en förälskelse från Sanct Paulsgatan om så än kortvarig, nää det skulle hans far inte tycka om. Men att man fogat samman Annas namn Anna Erika Maria, till Mariana, det skulle nog bli godkänt tänkte han. Påhittigt!

Så blev det åter en bröllopsdag för paret på Tavastgatan, men den här gången hade Nils glömt köpa den obligatoriska Flaggpunschen. Cigarr hade han i alla fall, men en sådan satte honom inte i nativitetens framsäte. Men, Anna blev gravid månaden efter deras bröllopsdag, och då utan punschens inverkan eller kanske just, tack vare?

Det led mot höst och Nils hade läst i Stockholms Tidningen på morgonen att flygbaronen friherre Carl Cederström, skulle uppstiga med ett aeroplan i staden. Tidningen hade vidare berättat om den franskbyggda maskinen av företaget, AB Blériot. Cederström var den förste i Sverige med ett aviatörintyg och med det var han också, numéro un. Han kunde läsa att friherre Cederström, hade gjort sin aviatörutbildning hos denne Louis Blériot i Frankrike.

Denne hade tidigare flugit över den engelska kanalen som den första i världen. Flygbaronen brukade skämtsamt säga att "livet är kort och konsten lång – konsten är bara att hålla sig uppe!" Nils som ju var tekniskt intresserad, beslöt att ta sig ut till Ladugårdslandet där uppvisningen skulle ske. Tänk Anna hade han sagt, fem hundra meter upp i luften, kan det verkligen vara möjligt? Den 28 september befann sig mycket riktigt Nils ute vid Ladugårdslandet tillsammans med mer än tiotusen saliga själar till.

Det gick inte att se var de där aeroplanet befann sig. I luften såg han det inte heller. Folk satt runt honom på grästuvor med picknickkorgar och det var som en stor folkfest. Nils hann se många vackra kvinnor denna lika vackra höstdag, men ingen som han kände igen och tur var väl det kanske. Men var höll den där flygbaronen till?

Så med ens hörde han något motorljud som ökade i styrka och massorna började vinka med allt vad de hade för händer. Plötsligt ser Nils någonting stiga upp över de viftande armarna och buskarna. Där var han så. Luftfarkosten steg högre och högre till människornas hänförda hurrarop. Folk var som i extas. Man hade aldrig sett något liknande tidigare, inte Nils heller. Det brummade och vinglade där farkosten for fram i stora vida cirklar, hela tiden under publikens enorma entusiasm. Herrar stod och vinkade med sin storm, andra med sina stop. Nils tog av sig sin vegamössa och började vinka han också då maskinen kom frustande över honom och han tyckte sig se en man i skinnhuva, vinka tillbaka. Nils hade ju läst tidigare om en kapten Rolla och hans uppstigningar med en luftballong, men det här var något annat något mer fantastiskt.

Glädjen bland alla tusentals besökare där ute på Ladugårdslandet, ville inte ta någon ände. Cederström flög Nordstjernan i en åtta över fältet och sedan åt andra hållet innan han steg högt, högt över massorna, kanske till fem hundra meter. Nils var mållös. Han visste inte på vilken ben han skulle stå.

Det här måste han berätta när han kom hem, var bara hans tanke. Han kände att det här, det skulle han vilja arbeta med. I Stockholmstidningen hade han, ville Nils minnas, läst att flygbaronen hade en aeroverkstad i Södertelge Werkstäder, där man byggde dessa farkoster.

Som erkänd filare tänkte han, kanske man kunde få anställning? Men var ligger Södertelge? Det lät bekant och han ville minnas tåget passerat samhället då han kom ifrån Norrköping upp till Stockholm.

Kanske Södertelge inte låg så väldigt långt bort ändå?

Alla stod runt honom och sträckte sina halsar, böjde sina nackar mot skyn för detta lite spektakulära i lufthavet. Så sänkte sig maskinen och försvann bakom människomassorna.

Nils fann det meningslöst att försöka ta sig fram för att se maskinen på nära håll, utan beslöt att nu fick förevisningen vara slut för hans del och vände så åter bort mot Sturegatan och en spårvagn för att ta sig hem till Söder.

Året hade varit ett omtumlande händelserikt år för Nilssons.

24

Nu står Nils där igen på det övre trappsteget vägande på tåspetsarna, tittande åt höger utefter Torken Knutsson gatan mot Hornsgatan. Vänder blicken åt vänster mot det vanliga hållet Wollmar Yxkullsgatan, så var det dit han gick. Han tände sin cigarr och puffade, som en signal för sin just nyfödda dotter Amalia! Precis som han lovat sin svärmor, fick hon hennes namn. Hon skulle heta, Astrid Amalia! Nu började huset bli fullt, funderade han.

Klev ner för trappen och lämnade fri väg för en herre med en dam vid armen där det tydligen var riktigt bråttom.

Han lyfte på vegamössan och hälsade, lycka till! Hade han haft en väst hade han nu stoppat tummarna innanför västen och spatserat lite högdraget och stolt, lite lätt bakåtlutad. Nils hade fått ett tips om boende av en arbetskamrat nere på Bergsunds Mekaniska, och tog därför av åt vänster istället för åt höger, som han brukade när han kom ut på Ringvägen. Han korsade Ringvägen, men fick se upp för spårvagnar som kom både från höger och vänster.

Så en korsande gata som hette, han fick titta bakom ett svällande lönnträd på väg att slå ut sina blad innan han tyckte sig se att där stod, Maria Bangata. Och strax efter den, som i ett djup ravin, låg där ett järnvägsspår. Det fanns en spång för gående så man kunde ta sig över till andra sidan.

Det måste vara där nere i ravinen, han för sju år sedan kommit med tåget ifrån Norrköping?

Han stannade på spången ovanför järnvägen och lutade armbågarna mot räcket för att fundera och titta. Luften var fuktig som om det skulle bli regn. Runt om honom var det mycken skir grönska. Många buskar, många träd, en del var kastanjeträd med kraftfulla knoppar på väg att om någon vecka spricka ut som han tyckte.

Inga barrträd, bara lövträd. Området var som en park, eller en mindre skog.

På avstånd hörde han ett ånglok som frustade och spydde ut svart bolmande rök. Det såg ut att komma inifrån staden och då antagligen Stockholm Centralstation.

Han skulle invänta tåget innan han fortsatte som planerat.

Jo han hade gissat, eller anat rätt. Tåget kom ifrån centralstationen och han kunde nu följa dess närmande genom den svarta röken. Ångvisslan genljöd hjärtskärande strax innan spången där han stod och den vita ångan som släpptes ut vid signalen, blandades med den svarta stenkolsröken och suddade ut Nils där han stod. Strax kunde han se igen. Under honom gled ett tågsätt och han såg taken på några personvagnar, annars var det några godsvagnar som sladdade på slutet av tågsättet. Han vände sig om på spången och såg tåget pusta vidare tjutande med ångvisslan för att signalera dess framfart. Ja det var vad han trodde var meningen med ångvisslan. Man skulle varna där det kunde finnas folk och få invid spåret. Nästa station skulle bli Liljeholmen, skvallrade hans minne.

Så återtog han sin promenad utefter Ringvägen och kom så till målet för promenaden, Sköldgatan och den Ekermanska malmgården.

Nils blev stående ute på Ringvägen och blickade upp mot malmgården. Till höger hade han en gammal kohage förmodligen.

Tydliga spår talade för detta. Mellan hagen och de rödfärgade kåkarna, löpte en grusad väg som då troligen kallades, Sköldgatan. Till en början, var det bara ett rött plank innan en lång radda med hus satt sammanpressade.

Den långa raden av boende rymde nog en fem eller sex, stycken stugor eller hus trodde han. Det lät så fint, Ekermanska malmgården. Men var inget annat än vad som fanns på Tavastgatan, egentligen. Det såg fattigt och skadskjutet ut där en kraftig vind kunde blåsa omkull rucklen.

Nils var till en början lite bestört över eländet. Men boendet kanske var bättre och billigare än vad de nu hade.

Synen behövde inte ge syn för sägen.

– Är han spekulant? Hörde han en röst!

Nils vände sig om och fann en någotsånär nykter herre i stop, väst med klockkedja och lindrigt hela gångkläder liksom putsade kängor.

– Nja jag vet inte riktigt, sa han. Jag har hört att det lär ska finnas en ledig bostad här på gatan, fortsatte han och pekade mot husraden.

Nils stod kvar ute på Ringvägen men funderade nu på att spankulera in mot husen för att syna lite närmare och kanske få klart för sig förhållandena. Han rös och drog rocken närmare kroppen mot det stilla vårregn som nu föll.

Egentligen var det inte kallt i luften men duggregnet kröp in i kläderna och gjorde dem råa. Det låg ett regndis nu över träden in mot parken bortom kohagen. Där såg det ut att växa både lönn och bok som växtsättet och barken på trädstammarna avslöjade. Ja boken, var omisskännlig.

– Jag ska flytta därifrån, sa mannen och pekade han också mot de faluröda kåkarna.

– Är det inte någon bra bostad, undrade Nils?

– Bra och bra, jag vet inte ja. Man ska betala hyror och annat så jag vet inte om jag är så intresserad att bo kvar längre.

Nils började gå mot gatans mynning för att ta sig upp för den backiga vägen. Mannen stod kvar, såg han. Han kände blickarna i ryggen och fann dem olustiga, otäcka och tänkte nästan vända sig om för att se om han skulle bli överfallen och kanske rånad.

När han så passerat planket, som föregick den långa raden med lägenheter, hade han sett i en del springor i planket att där doldes en trädgård med både träd och buskar och en del trädgårdsland.

Man kanske kunde sätta sin egen potatis, tänkte Nils. Kanske kunde han sätta eller så, en del annat också? Husen var liksom sammanbyggda i en lång rad där vart och ett hade sin egen skorsten, sin egen ytterdörr. Det fanns dörr ut på baksidan också där man hade en pump att ta vatten ifrån och där fanns även en dasshuslänga. Ett dass för varje hus.

– Är det någon som söks, undrade en man som kom ut från
ett av husen i mitten.

– Nils lyfte på vegamössan och förklarade sitt ärende att han
var en spekulant på en lägenhet som tydligen var ledig, eller
skulle bli ledig.

Mannen hade tagit av sig sin vegamössa och kliat sig i hu-
vudet.

Han hade stirrat upp i trädets grenverk bakom pumpen, som
om han letade svaret där.

– Det ska vara efter Olofsson då sa han efter en stunds fun-
derande!

– Olofsson, undrade Nils?

– Ja ursäkta mig, men det är en slarver och dagdrivare som
oftast ligger efter med hyran och jämt ska låna ved. Värre är
det nu sedan han miste sin hustru, Elin Sofia.

– Ja det var tråkigt att höra sa Nils, tog av sig vegamössan
och bockade.

– Elin hon dog i soten, hon. Hon var tio år äldre än gubben
Olofsson, fortsatte mannen som blivit riktigt talför. Dom
hade alltid det väldigt knapert och gemene man lurades av
att Olofsson, ja han heter Knut, ser ut att ståndsmässigt ha
en rova i västfickan, men det är inte sant. Det är bara en lös
kedja som löper över bröstet. Han lägger hellre sin riksdaler
på en kanna brännvin. Men han ska visst flytta framåt hös-
ten, spörjes det. Eller om det var i slutet av året, jag minns
inte riktig för det har liksom inte angått mig, se. Man är inte
den som lägger sin näsa i blöt, ska herrn veta.

– Nej visst… förlåt hur var namnet, undrade Nils?

– Ellman, Evert Ellman!

– Tackar, kan man få veta vilket av husen som i så fall kan vara aktuellt för mig och min familj? Ja, Nils Nilsson var namnet och jag kommer ifrån Karlshamn. Jag är filare, till yrket!

– Jag kan höra med husfogden Ossiander, men de hyr bara ut till fattiga arbetare men herrn har ju rova i västfickan ser jag.

– Ja, det finns en rova i änden på kedjan sa Nils och lyfte uret dinglande ur västfickan.

– Nåja, det där med "fattiga arbetare" tummas det på. Vi vill ha folk här som har råd med hyran, i alla fall. Ska jag be Ossiander i så fall att han skriver Nilsson på stugan från i höst?

– Ja, gör det. Men hur pass stor är stugan, det måste jag veta först. Jag har ju fyra barn.

– Fyra ungar har han, ja den där stugan har ett storrum och ett mindre rum och ett litet kök. Vatten finns på gården i en kran, tidigare hade vi bara en pump, en grönmålad en. Ja pumpen den står kvar och strax bredvid har vi kranen. Nilsson har kanske haft det lite vidlyftigare tidigare, men här har vi som sagt vatten utomhus även i regn och snö.

– Ja, skriv stugan på Nils Nilsson, bad han! Jag kommer åter framåt hösten så får jag höra hur det står till och lämpar sig.

– Gör det Nilsson och välkommen om det passar! Gomidda!

– Midda, sa Nils och lyfte på vegamössan.

Han vände om och strövade sakta tillbaka nerför backen och ut mot Ringvägen igen. Passerade över järnvägen på den smala spången, kastade en blick på den blanka rälen där nere och styrde stegen åter mot Bergsunds Mekaniska. Nu kanske man ska planera, för flytta det måste vi, grubblade han.

Tankarna var många där han gick. En dotter var nyligen född och hans familj ökade för vart år. Henning var ledsamt borta och så lär ju Annelie Olsson ha fött honom en son vid sidan av äktenskapet. Visserligen innan äkenskapet, men i alla fall. Ja om det nu var hans, funderade han så. Han hade ju hört rykten på Stockholms Vapenfabrik, att Annelie Olsson fött en gosse som nu var döpt till Gösta, efter pappan?

En galen idé for upp i Nils skalle. Man kanske skulle ta sig en titt inåt staden och kanske se en skymt av gossen.

Ja, då kan man se om han är lik mig och kanske se hur kry Annelie är, funderade han i sina vilda tankar. Inte utan han kände hur blodet steg i kroppen vid tanken på fröken, Annelie Viktoria Olsson.

Efter arbetets slut tog han spårvagnen in till Stureplan.

Ja, Amalia hade ju hand om ungarna och han skulle inte bli borta länge.

Och så en liten promenad förbi det nya Östermalmstorg.

Han såg sig omkring runt saluhallen. Vegamössan var nerdragen för att inte bli igenkänd. Halsduken drog han upp och gjorde bylsig kring halsen, han såg långt mer ut som en tjuv, än han var. För säkerhets skull fällde han upp rockkragen. Nils påminde mer om någon av skurkarna på filmen som gick nere på Blancheteaterns kinematograf.

Det var nervöst. Han kände som om magen vände sig ut och in, vad skulle han säga, vad skulle han göra om han blev igenkänd av Annelie? Han såg sig mer oroligt omkring istället för iakttagande och spanande. Han försökte räkna ut att hans son om det nu var hans, borde vara fem år idag. Men hur ska han kunna finna honom, det är närmast omöjligt bland alla människor på torget. Nils beslutar sig för att ta den naturligaste vägen mot Nybrogatan 40 där han olycksaligt övernattat hos fröken Olsson för de där fem åren sedan. Han mötte någon ensam herre i frack och en yngre med dragkärra, det var de enda. Han vände så åter med den klara tanken, vilken femåring springer ute vid denna tidpunkt på kvällen?

Ska han få en skymt av Annelie och hennes son, måste det ske på dagtid. När han åter kom ner till Östermalmstorg var där gott om människor och till spårvagnshållplatsen kom just en vagn skramlande och han klev genast ombord. Betalade sina 20 öre och satte sig för att åka hem till Tavastgatan. Förändringen i staden var stor och han försökte hinna med att se sig om utefter färdvägen. Man rev och man byggde på alla de håll. Mycket var förändrat sedan han klev ner på perrongen vid Stockholms Järnvägcentral för första gången. Ja det är väl gott och väl sex år sedan funderade han, om inte rent av sju år!

Jag kunde haft en son också, kom nästa tanke. Nu har jag förlorat en istället, ja egentligen två söner. Men fyra flickor, är inte fy skam det heller.

Spårvagnen krängde upp för Skeppsbrobacken mot Södermalmstorg. Överallt förändringar. Det var byggnadsställningar och det var inte längre uppseendeväckande när en automobil kom körande.

Nästa hållplats var Adolf Fredriks Torg, där han skulle kliva av för att handla i Maria Saluhall. Där var Nils lite tjänis med Kalle Ask, som hade sin brödbod där. Han skulle köpa med sig lite bröd hem ifrån Kalles bod i saluhallen, det var hans tanke som suddade ut det äventyr han nyss avslutat. Det var alltid trevligt att prata några ord med manliga vänner och kamrater.

Nils förstod tidigt att konsten att överleva, det var att ha kamrater och känningar lite varstans i staden. Alltifrån sotare, till just bagare. Nils hade lyckats skapligt med detta. Anna hade inte hunnit med att knyta så många gångbara kontakter, men de få hon hade, var av bra kvalitet.

25

Så gick sommaren, det blev höst, ett nytt besök på Sköldgatan var avklarat och kontrakt på ett boende var ordnat. Man skulle flytta in från den sista december, men kunde få tillträde redan den 29 december som då var en tisdag och Nils måste ordna med ledighet igen eller arbeta över lite för att kunna få några timmar till deras flytt. Han hade varit inne i bostaden på Sköldgatan 9 för att se hur det såg ut och så vidare.

Det hade varit en storstuga med en kakelugn, en liten alkov för de minsta och ett fönster ut mot Sköldgatan. En planksoffa och ett stort runt bord med några stolar. Ljusa tapeter som fick duga men som Nils funderade på att byta ut. Där fanns ett mindre rum också med en dubbelsäng och en byrå samt ett par stolar. Fönster mot gården, ett enkelt fönster. Ett anspråkslöst kök med en vedspis, ett litet fönster, en arbetsbänk och en slask. Där fanns några skåp på väggen och ett skafferi. Nils och Ossiander, stugfogden samt gubben Olofsson, den nuvarande hyresgästen sålunda, gjorde husesynen.

Olofsson hade förklarat att han bara skulle ta med sig sina mindre, personliga ägodelar i bohaget. En del ingick i hyran, men en byrå i sovrummet med en rund spegel ovanför som var Olofssons, betalade Nils åtta kronor för.

Olofsson hade sett överlycklig ut och Ossiander godtog deras uppgörelse.

En byrå och ett stycke rund spegel, antecknade Ossiander… *åtta kronor.*

På vägen därifrån gick Nils med raska steg åter till varvet på Bergsunds Mekaniska och kände sig ganska lyckostimulerad, eller hur han själv skulle uttryckt sig, jästingens glad? Ny adress från den sista och god affär på byrån, kände han. Det hade inte sett mycket ut till boende på utsidan av malmgården och Nils hade varit lite fundersam till en början. Men då han nu varit inne i stugan känt atmosfären av hemtrevnad han aldrig någon annanstans känt tidigare, kunde han inte vara annat än sorglöst belåten.

Fick man bara vädra en del, skura och få det som man ville ha det, skulle där bli fint. Inte skulle det vara mycket att flytta med heller.

Nilssons hade en planksoffa, några stolar och husgeråd samt sängkläder, så var det flyttat. Ja, han skulle stapla med sig den ved de hade ute i sitt vedförråd, förstås. Han hade sett rättaränkan dra sina lovar kring förrådet när det var som kyligast sistlidna vinter.

För, han kunde ju inte hålla hela gården på Tavastgatan med ved. Han skulle se till att få en hästskjuts, kanske verkkusken

August Pettersson i huset, eller som de umgicks med en del eller om Henning Jonsson, kunde vara beredvillig i detta göromål, kanske?

Det behövdes kanske två vändor med en kärra eller i detta väder, mer lämpligt med en släde. Ett flyttlass med bohaget och en tur för att flytta över Anna och barnen.

Hoppas Jonsson har möjlighet, då vet ju han vart vi bor om de ville komma för å hälsa på.

Ja, funderingarna Nils hade, var mångtaliga och han packade och donade med alla de ting.

Snön föll fint över Tavastgatan som den gjort tidigare år och det var lite av ett vemod som spred sig över både Anna och Nils där de stod och tittade ut över gatan de snart skulle överge. Det var nog hög tid ändå, för man hade börjat riva kåkar i deras kvarter nu. De hade varit tvungna att flytta hur det än kom sig, men man hade inte hört något ännu. Flytten blev nu istället på deras egna villkor och inte statens. De stod vid sidan av varandra och Nils höll armen kärvänligt om sin Anna. En flinga landade på hans näsa och smälte till en droppe i samma stund. Han tog vanten och kliade näsan, stampade lite med sina läderstövlar i snön för att hålla sig varm, för han var fuktig om sockorna och då kan man frysa i plusgrader, visste han från den militära tiden.

– Jag tror det bara är några eller någon grad kallt, sa han!

– Det är skönt i luften, det kanske inte blir så hård vinter, menade Anna.

I grannars fönster utefter Tavastgatan, lyste adventsljus och vid deras gårdsport 55:an hade någon hängt upp en fin krans av granris. Det infann sig en god helgstämning hos

Nilssons där de stod medan snöflingorna landade på deras axlar och över Nils fårskinnsmössa liksom Annas yllescharlett. Gaslyktan en bit bort vid träplanket, gav ett gulaktigt sken och tecknade flingorna vackert där de kom singlande stora som bladliknande lönnlöv.

– Vad bra vi har det, sa Anna och vände sitt ansikte upp mot Nils!

Nils såg en tår rulla ur hennes ögonvrå, och han log…

– Ja vi har det väldigt bra, sa han och böjde sig ner för att gnugga sin näsa mot hennes. Undrar hur många som har det så fint egentligen sa han?

– Hoppas det är många sa hon, när de passerade gårdsporten med den fina granriskransen, juldekorationen.

Herr och fru Nilsson kom in på gården och fortfarande höll Nils armen om sin lilla Anna. Väl inne i sin lägenhet, såg de att barnen fortfarande låg och sov, endast Hillan var vaken och satt i sin del av planksoffan. Hennes syster Ida, snusade i den andra halvan.

– Alla har sovit hela tiden, rapporterade Hillan. Jag har vaktat!

– Det var duktigt av dig lilla vän, sa Anna. Nu kan du sova också tycker jag.

– Vad hör jag skrockade Nils, vilken bra barnvaktare vi har.

– Ja, visst har vi! God natt lilla Hillan sa Anna, när den äldsta dottern kröp ner för att sova. Hon lät handen smeka över hennes mörka hår. God natt, viskade hon så igen och stoppade om sin andra stora flicka Ida, som låg i samma planksoffa.

Tänk, nästa år skulle Hilly börja skolan.

Den 29 december, i ett väldigt snöande men ändå inte särskilt kallt, skumpade Nils och grannen på en flaksläde dragen dagen till ära, av den fina fuxen Stor Stina. Hon var en ståtlig och stark ardenner som Jonsson haft att köra med på både Högalidsberget och inne på åsen i staden där man fraktade undan grus och sten.

Flyttlasset gick utefter Ringvägen söder ut upp mot Sköldgatan med de möbler man hade i den första vändan.

Jonsson kurade i snöbyarna under rock och fårskinnsmössa och snön lade sig över luggen på Stor Stina, som emellanåt bara ruskade på sig för fri sikt och stretade vidare. Hon gillade dagens jobb. Fick komma ut och röra sig och troligen få lite extra havre att mumsa på. Det var bättre att vara ute och ta lite lättare jobb, än att stå inne i stallet i dess fuktiga mörker. Jonsson tände sin pipa och lät tömmarna bara ligga över sina knän medan färden fortskred och träden sakta svepte förbi på den högra sidan där stängslet strax efter den gamla kohagen, skulle ta vid.

Stängslet syntes knappt i all snö, man kunde bara förnimma att det ändå var där. Nils satt tyst liksom Henning Jonsson, man lät sig bara fröjdas trots allt av sin frihet, Stor Stinas lugna lunkande framför dem och känna hennes värme stundtals kittla deras näsborrar. Rockkragen uppfälld och en halsduk virad om upp mot sin skinnmössa.

Det mesta var snötäckt.

– Jaha, sa Jonsson när de svängde in med ekipaget upp mot backen på Sköldgatan, då var vi framme!

Nils ryckte till, som om han väcktes ur en dröm. Han hade suttit och funderat på det ena och det andra under färden, därför hade han varit så tyst. Han grubblade, för det var många tankar och frågetecken som borde rätas ut, kände han.

– Ja det gick fort, sa Nils efter en stund eller om jag satt i andra tankar. Det var en fin resa, sa han och klappade Stor Stina över manken.

Snart hade Nils och Henning burit in det lilla bohaget, reglade dörren och vinkade till grannen som tittade i sitt fönster, och så bar det av igen.

Stor Stina skulle ju få gå ytterligare en vända, det hade sett fattigt ut med bara ett flyttlass.

Porslin, sängkläder, specerier och barn, fick samsas med veden och Nils samt kusken Jonsson, i den andra turen.

Avlastat och klart, vinkade Jonsson farväl och lät Stor Stina förstå med ett smackande att det nu var dags att lunka iväg hemåt igen. Den fina fuxen ruskade på sig så snön yrde och seldon och skacklar skramlade. Hon lät höra ett frustande, slog ett slag med den långa svartblänkande svansen och så började hon gå. Snöandet hade tilltagit och strax såg inte Nils längre vare sig ardennern eller släden. Spåren snöade igen strax efter deras avfärd.

Inne i storstugan hade Nils späntat stickor och fått fyr på kakelugnen som visserligen ville ryka in i början innan Nils fann spjället. Redan spred den en behaglig värme i det ut-kylda huset. Även spisen i köket, fick lite ved så man kunde ställa kaffepannan på värmen och få sig en första kopp i sitt nya boende.

Ungarna tumlade runt på upptäcktsfärd i stugan för så stort hade de aldrig haft tidigare.

Det knackade på dörren och in steg grannen, med sin kut-
ryggiga hustru, Emma. Det gamla paret, Evert och Emma
Ellman, hade bott på den Ekermanska malmgården i fyra år,
så de kände till det mesta på gårn. Nu ville de bara hälsa väl-
komna och ta sig en titt på sina nya grannar.
– Ja, välkomna då till Sköldgatan och gott nytt år, sa de och
tog i hand.
– Tack så rysligt mycket sa Anna, här ska vi säkert trivas om
grannarna är så här trevliga och artiga. Tack, tack!
Nils hade hållit om sin Anna, nickat erkännande och vippade
med sin mustasch. När grannarna hade gått, tog han och
tände en cigarr och travade runt i sin stuga. Hela familjen
verkade glad och nöjd och värmen hade spridit sig fint nu så
de behövde inte frysa.
Dagarna gick fort till en början på den nya gården och ny-
årsafton klingade ut med klockor och lyckönskningar inför
det nya året när man skrev, 1912.

<h1 style="text-align:center">26</h1>

Väl installerade på den Ekermanska malmgården, som egentligen lät väldigt praktfullt, men som var en länga hopfösta småkåkar med tillhörande trädgård där man kunde odla på en egen liten lott och där man slapp den omedelbara närheten av gator och torghandel. Här var det skogen inpå knutarna, man bodde på landet men ändå i huvudstaden. Stockholm och Södermalm, var i stor och rask förvandling. Man reagerade inte när det kom en automobil eller om det var häst och vagn. Fortfarande var hästen ganska dominant i stadsbilden, även om utbredningen av spårvagnar var stor.

Vintern var i sitt esse och bjöd på rikligt med snö liksom de senaste vintrarna hade gjort. Anna och Nils visste ju att det tillhörde en liten lott att odla på, men man såg ingenting av det för den metertjocka snön. På håll kunde dom se en hög skorsten välla ut ånga om dagarna, från Tanto Sockerbruk. Annars var det mer smågårdar och kåkar, som låg utspridda runt om i deras synfält. Man hade lärt sig hur man skulle hantera boendet och var glada att ha ett eget sovrum.

Ja, så när som på den sist födde.

Det blev täta turer i dubbelsängen och i februari innevarande år, blev så Anna därför gravid igen. På barnbördsanstalten, räknade man ut att runt andra advent, samma år skulle Anna nedkomma med ytterligare ett barn.

– Kan vi, borde vi se oss om efter lite större boende sa Nils med en aning uppgivenhet på rösten. Så här kan vi inte ha det, sa han och såg sig om.

– Vi får väl ha en kudde emellan oss, sa Anna och log!

– Kudde! Har jag trampat däck över den stormande Nordsjön, så är en kudde inte mycket till hinder!

Man hade skrattat båda två och insett det lustiga i det primitiva skyddet, en kudde!

Anna bara tittade på sin man där det blekingska blodet pockade som oftast svallande och hett.

– Vad kan hindra då undrade hon?

– Hindra? Inte ett dugg, svarade han med ett morrande och ett illa dolt leende.

Nils ställde sig i storstugan för att räkna sina barn, mest på skoj, men för att förtydliga vad han sagt om trångboddheten. Visserligen var Nilssons inte unika på något vis, det var familjer som hade det betydligt besvärligare och var betydligt fler tillantalet, samt hade inneboende för att dryga ut hyran.

– Hilly, Ida… Nils pekade på vart och ett av sina barn då han räknade, här fick han inte missa någon. Inga, Astrid Amalia… har vi ingen mer? Men stå stilla då sa han lite förtrytsamt, jag kan inte hålla räkningen på er om ni ska springa runt hela tiden. Nu får jag börja om igen… jo, det blir fyra små gryn. Har vi inte fler?

– Vi hade, sa Anna.

– Ja, Henning. Guds frid!

Det blev alldeles tyst i stugan så man nästan kunde ta på
den. Så tyst att det lät som en duns varje flinga som föll,
förutom knäppandet från den sprakande brasan i kakel-
ugnen. Utanför kunde man höra hur vinden ven i brädfodret
och hur flöjeln över skorstenspipan svängde och gnällde i
blåsten. I storstugan, var det ingen som sa något på en lång
stund.

– Sex alltså totalt, sa han och bröt den magiska tystnaden.
Man kan nog klämma in en till, sa han och tittade på Anna.

Tystnaden hade känts som de hedrade Henning. En son,
ett syskon som inte längre fanns bland dem och som inget
av barnen kände till, som ändå fanns där på något vis.

– Ja, vi kanske kan göra plats för ytterligare en liten parvel
innan vi blir tvungna att flytta. Det får vi väl se i december,
skrattade hon. Men planera du Nils, gör det! Vi kanske får
bygga oss ett stort hus på Hornsgatan framåt Ringvägen, så
har du nära till den där tobakshandlaren?

– Ingen dum idé alls, Anna!

– Ja, jag kanske skulle sluta röka cigarr och bli mera arbetare.
Jag får nog ta och börja med cigaretter, sa han. Det blir
mycket billigare och så spar vi lite där.

– Är det någon skillnad det, undrade Anna?

– Skillnad, jo du. Cigarr luktar herre, sägs det!

– Och cigaretter?

– Tja, de luktar som... cigaretter! Jag har betalat nio öre för
cigarren, ja en Ljunglöfs... förstås. Men jag kan köpa en ask
AXA cigaretter om tio cigaretter, för tio öre. Men ah, när vi

ska fira blir det nog en cigarr ändå skrockade han och blinkade.

– Äsch så du säger, rodnade Anna klädsamt och tittade ner på sina händer. Spretade med fingrarna på vänsterhanden där den glimmande ringen satt.

– Frun ser nöjd ut, sa han!

Anna tittade på sin Nils, suckade och log.

– Frun är nöjd, sa hon och suckade igen men det var en lättsam suck.

Våren kom och Nils fick reda på av sin närmaste granne vilken odlingslott som tillhörde deras gård. Den var totalt igenvuxen. Ingen hade odlat något på den platsen på åratal, som också Ellman berättade som var med och visade. Han pekade också ut en lång låda som hörde till lotten. Den var till att förvara redskap i.

– Tack ska Ellman ha för att han visade mig tillrätta. Jag kanske ska försöka få ordning på landet här och kanske sätta potatis och så morötter. Ja kanske annat också. Jag får se hur det blir. Men tack ska han ha!

Ellman hade nickat, tittat genom det fina regndiset, bort mot sockerbruket där röken bolmade ur den höga skorstenen. Sträckte lite på sig, liksom tänjde på ryggen, grimaserade och spottade.

– Tvi fan, jag tror de jobbar dygnet runt på bruket, sa han och nickade åt det håll fabriken låg.

– Ja, det verkar så, sa Nils. Jag har hört att det är så.

Nils hade senare tittat i den långa trälådan och funnit både spade, räfsa, ett spett, en spann och lite annat. Så nu visste han att det bara var att börja gräva och ordna till täppan.

– Nisse, hörde han någon hojta.

Han vände sig om och fick se den gamle ägaren Olofsson bakom sig.

– God dagens, sa Nils. Se, Olofsson har vägarna förbi. Vad trevligt, är det något särskilt som står i farstun?

– Nää, jo… stammade Olofsson. Jag har inte odlat marken så som jag kanske skulle, se sa han.

– Finns det på något särskilt vis angivet hur man ska odla sin lott då, undrade Nils?

– Nää, det finns det inte. Men jag tänkte, att i skjulet där borta sa han och pekade in i ett hörn av trädgården, där står en apparat. Du kanske förstår?

– Nää, jag förstår då rakt inte om du nu inte skulle mena ett litet brännvinsbränneri för privat bruk?

– Prexis sa Olofsson! Prexis, för privat bruk är de allt.

– Jag visste inte att skjulet tillhörde gårn min, sa Nils?

– Jo sa han, och försökte prata så korrekt han kunde medan han höll sig i spaljén där luktärterna en dag skulle klättra. Om du tänker koka, så kunde jag väl få en halva då och då för apparaten är ju egentligen min ägandes, om man säger.

– Egentligen har den *varit* din, förtydligade Nils. Men när jag nu tagit över och svarar för hyran och du avflyttat, är det jag som är ägare av det som till gården härrör, om man säger. Men, om du berättar hur man blir bekväm och hanterar apparaten och jag, kanske beroende på resultat, skänker dig en halva som tack, okej?

– Ja ja, för helvete Nilsson, det är okej.

Samma dag gick Olofsson och Nils över till Sockerbolaget på andra sidan skogsdungen för att köpa socker billigt.

Regndiset var som bortblåst, nu stod solen högt över Årsta holmar och det glittrade i vattnet bakom sockerbruket. Grannar runt om hade tagit sig ur sina krypin en sådan här härlig dag. Nils bar sockersäcken över axeln och Olofsson trippade ängsligt efter.

Nu var det bara jästen som behövdes, men Olofsson visste på råd och hade en bagare nere på Krukmakargatan han var tjänis med.

Det blev en skaplig promenad nästan ända ner till Timmermansgatan där ju Nils bott tidigare. En massa besvär han inte alls hade tänkt sig. Men, det hade det goda med sig att Nils fick en bra kontakt på en gång med bagaren som hette Bengtsson, och som på stående fot hade lovat Nils arbete i bageriet om han hade tid och den allra minsta fallenheten. Nils hade lovat fundera på erbjudandet och återkomma snarast möjligt. Just nu hade han ju anställning på Bergsunds Mekaniska. Men, han kunde nog allt tänka sig att arbeta lite extra, det kunde han nog.

Senare samma eftermiddag stod ett spritkök ute i förrådet och väste. Ovanpå, stod ett kärl med allehanda ingredienser. Olofsson hade hällt upp vatten och socker och den jäst man hade skaffat. Det skulle kokas till en mäsk, som han sa. Sedan skulle den köras i hans maskin och destilleras innan det skulle renas och filtreras genom aktivt kol, som det hette.

– Det verkar besvärligt det där, sa Nils. Spriten är ju så pass billig att det inte kan löna sig att bränna själv och god är den.

– Vi får 12 liter ren sprit för sex kronor, är inte det lönsamt så säg, sa Olofsson och flinade.

– Vi? Vilka vi, menar han, undrade Nils förvånat?

– Ja se, jag menade allt han själv, se.

– Det är jag som betalat socker och jäst, du har hällt upp vatten och blandat. Men varenda droppe är min utom den halva jag lovat dig, som vi avtalat förtydligade Nils lite vredgad. Den blekingska dialekten kom fram i sin prydno som ett extra krut.

Nils började ångra sig och undrade vad han gett sig in på med det där brännandet. Att bränna för husbehov det gick an, men inget annat och man kunde få mässingen på sig om det slapp ut på staden.

Han var nog tvungen att avfärda Olofsson, för han skulle säkert ränna där titt som tätt annars. Ellman hade gluttat flera gånger i dörren ut mot gården, så han var nog mer än nyfiken om vad som var i görningen. Om det kom fram, skulle väl han också ha sig en halva för att inte glappa mot den där Ossiander, tänkte Nils. Nä det var nog allt bäst att vara sin egen hela vägen, det gick inte att lita på någon. Rätt som det är står väl ”Spisrakan” här inne på gården, och då blir det inte roligt. Spisrakan var öknamnet på Söders mest hatade ordningsmakt i Maria. Han var en smal, två meter lång polisman, med långt ansikte och lång näsa. Han var skräcken på söder, hos ungdom och suputer.

– Okej, Olofsson! Vi kokar den här soppan färdig, sedan blir det inget mer kokande av. Jag vill inte hålla på med sådant här, som jag hoppas du förstår? Spisrakan kan vara här när som helst, eller i alla fall hans kollega.

– Ja, jag förstår, sa Olofsson lite olyckligt. Men jag får väl min halva i alla fall, undrade han bedjande?

– Ja det får du, sedan är våra affärer slut.

Nils var orolig för den uppkomna sprithanteringen

– Grannarna har undrat över ditt plötsliga intresse här på gården. Vinsten kanske blir två kronor, och då har man allt besvär plus odören och Spisrakans nyfikna näsa.

Till våren hade Nils arbetat upp potatislandet så fort tjälen gått ur jorden, vänt ordentligt samt gödslat och planerat att sätta potatis på den största delen. Han skulle så morötter också och kanske rovor bara det blev varmare, ännu gick det inte att varken sätta eller så i landet. Men det var ett ur jordbruk gynnsamt läge där solen låg på hela dagen och hus och plank, var fint vindskydd. Ellman hade varit ute flera gånger för att se på Nils iver med jordbruket och höra hans planer hur han skulle bruka sin lilla plätt.

Förhoppningsvis skulle det ge en bra och god skörd och underlätta lite i hushållet. Man vet aldrig när det kunde komma dåliga tider. Föresatsen var god och genomtänkt, men det kunde liksom komma annat emellan. Nils hade inte varit glad över det smältvatten ifrån taket som letat sig igenom bjälklag och annat för att småningom droppa lite varstans i deras boende. Han undrade hur många år detta hade pågått och hur var det ställt med tak och annat, det var en fråga han gång på gång ställde sig. Huset var hemtrevligt det var inget fel alls på det, men det dåliga taken fick Nils att fundera i andra banor. Han skulle låna en stege och syna av taket när det blev varmare i luften.

Man kände nu ända ut i stugknutarna vid Tanto den pinande blåsten som ven och tjöt i alla skrymslen i stugan, liksom det gällde nydaningen i staden. Där man kunde skönja skog och natur tidigare, var numera kalhyggen där stenhus växte upp som björksly. Bergknallar sprängdes undan och gator anlades rakt igenom med branta bergssidor som kantande gatan där hus inte kunde byggas.

Automobiler, spårvagnar och velocipeder, trängdes nu med de ardennerhästar som fortfarande tjänade renhållningen och mindre åkerier. Det var således andra vindar som ven i staden nu.

Våren spred sig så sakteliga med sin värme över staden. Det var som den föddes på nytt varje vår. Åter kunde ungarna plocka sin hästhov i dikeskanter och skogsdungar som trots allt fortfarande fanns kvar, innan blå- och vitsippor tog över prakten. Nils hade stoppat ner sin sättpotatis och sått morötter och luktärter.

I mitten av maj hade hela staden varit på fötter då den store August Strindberg skulle föras till den sista vilan ute på Nya Begravningsplatsen i Solna. Strindberg hade önskat en stillsam begravning, men trots att man tidigt på morgonen hade ordnat sorgetåget genom staden ut till Solna, hade runt sextiotusen stadsbor följt hans likfärd genom staden. I backsluttningarna ute på norra kyrkogården, var det svart av sorgklädda medborgare. En stor studentkör i sina vita mössor, var det enda som bröt av det kompakt svarta. Jordfästningen hade förrättats av Nathan Söderblom, kunde Nils läsa i tidningen.

– Anna, Nathan Söderblom är väl biskop?

– Ja jag tror det, svarade hon. Men i ärlighetens namn, vet jag inte riktigt säkert.

– Jo jag tror han är biskop, fortsatte Nils. Men det står inget om det här i tidningen.

Nils vände sida och tände en cigarr.

– Varför har man inte skrivit att han är biskop, tror du?

– Ja, jag är ingen spåkärring, Nils! Jag kan inte ens läsa i kaffesumpen.

– Jag tror till och med att han är ärkebiskop, muttrade Nils som om han inte hört vad eller hur Anna kommenterat honom.

– Ja käre vän, så är det nog sa Anna och log. Men ändrar det på någonting vad han är, spelar det liksom någon roll?

– Nä, jag bara tänkte. Det var väl ingen ärkebiskop som begravde Henning?

Varken Nils eller Anna hade haft tillfälle eller möjlighet att hedra den store författaren med sin aktning vid begravningen, men de hade sänt Strindberg sina tankar.

August Strindberg tillhörde inte arbetarklassen varken av födsel eller i livsval, men det han skrev, kom att sätta röda spår i svensk politisk debatt. Det hade varit en sorgesam dag och hade lagt lite sordin på stämmorna runt om i staden och påminde om människans dödlighet. Därmed pånyttföddes alltså åter saknaden av deras egen lilla, Henning Ingvar. Men inget är för att stanna, allra minst i en stor stad som Stockholm.

– Livet är som förgänglighetens lustgård, sa Anna!

– Att hur, undrade Nils och höjde på ögonbrynen medan han vek ihop tidningen? Ja, så kan det nog uttryckas sa han, efter en stund. Det kan det nog

Sommaren kom och livade upp livsandarna för fattiga och säkert även för rika. Där kom värmen med de långa ljusa dagarna, ljuvliga ljumma kvällar med dragspelsmusik bortigenom. Där kom glada skratt som var precis vad en sliten kropp behövde efter en strävsam vinter med snöyra snålblåst och förfrusna fötter, öron och näsor. Hela staden böljade nu av livskraftig livsvilja, parad med glädjerika förhoppningar och eldig passion.

Och i början av juli, dagarna innan Hillan hade födelsedag, öppnades, vid den nybyggda Stockholms Stadion uppe på Östermalm, de olympiska sommarspelen i friidrott av konung Gustav V på olympiastadion. Det var för att öka på den varma yran, kunde man tänka.

Fick Nils tid, kanske han skulle ta sig en titt på tävlingarna. Om inte annat så på de långa tävlingsloppen som gick utanför denna stadionbyggnad, det var ju i alla fall gratis. Men, tävlingarna låg långt ifrån deras bostad och han skulle vara tvungen att ta spårvagnen in till olympiastadion. Han kanske ändå skulle nöja sig med att läsa om eventuella svenska framgångar i Stockholmstidningen.

Han var i sanning, ingen riktigt inbiten idrottsfantast.

Att följa de olympiska segeltävlingarna som avhölls i den södra skärgården vid Nynäshamn långt utanför Stockholm, var bara inte att tänka på men hade varit trevligt, hade han berättat för sin Anna. Det hade varit marint, men för långt bort och för kostsamt, tyvärr!

Jag nöjer mig med Stockholmstidningen, hade han beslutat. Då slipper jag både trängas på vägen dit och under tävlingsutövarnas framfart, samt få solen i ögonen!

De olympiska spelen fortsatte utan vare sig Anna eller Nils i publiken och som epilog kunde Nils nöjt konstatera att Sverige hade vunnit flest antal medaljer vid dessa soliga sommarspel med sina 64 medaljer i olika valörer. Det var något att fira. Så dagen till ära, tog han sig en cigarr och slog sig för bröstet.

– Vadan detta, hade Anna sagt när hon kom in i rummet där Nils satt och puffade på sitt rökverk?

– Jo, det ska firas, sa han! Sverige var såklart bäst vid de där olympiska tävlingarna. Vi har tagit 64 medaljer, jag vet inte om det är guldmedaljer allihop, men det kan jag tänka mig sa han och blåste ut en tjock rökring som en av de romerska ringarna.

– Det var väldans, Nils!

– Ja duktiga det är vi. Men hör och häpna gärna. En brottningsmatch, fick man avbryta för att ingen vann? Då hade idrottsmännen hållit på att brottas över sex timmar. Tänk dig det du, över sex timmar.

– Usch, sa Anna. Hålla på med sånt där och vad svettiga di skulle bli för att inte tala om hungriga?

Skolstarten för den äldsta fröken Nilsson, var förestående. Det skulle bli skolstart i Maria Folkskola som låg nära och bra i förhållande till Sköldgatan. Men, det var ett stort steg för lilla Hillan att ta. Så liten kanske hon inte var, men smal och tanig. Nu gällde det att skaffa ett par kängor och lämpliga kläder att ha i skolan.

Nils hade ju nu lite känningar i stan och var ut en runda till en skomakare neråt Timmermansgatan. Överallt arbetades det, antingen var det med gatorna som fick gångbanor, eller så var det nya hus man uppförde. De gamla träkåkarna och skjulen, försvann alltmer ur det dagliga synfältet. Skomakare Anton Augustsson hade ett litet krypin i källaren i 27:an nästan ute vid Hornsgatan där han hade sin verkstad, och dit hade alltså Nils ställt kosan.

Folk lämnade in skor ibland för lagning eller halvsulning, men hämtade aldrig sina skor. Antingen berodde det på att man inte hade råd att hämta ut dem eller så hade man glömt bort var man lämnat in dem. Det var många saker det kunde bero på, det hade Anton berättat tidigare för Nils, så kanske fanns det något passande åt Hillan där.

Anton hade flera par skodon som han lagt ner arbete på men ingen hämtat ut. Nu kunde Nils få köpa ett par som kanske kunde passa. Augustsson hade bara tagit betalt för kostnaden att ha reparerat kängorna.

Solen strålade inte bara över Nils denna dag, utan även över det mesta familjen Nilsson företog sig för tillfället.

Nils visste dock att sådant kunde vara förändrat redan nästa dag. Han gick med lätt gång Timmermansgatan tillbaka med ett par fina halvsulade kängor i en påse och den observante, kunde se att han log. Hade han haft cigarrer med sig, hade han triumfatoriskt bolmat på en också.

27

Den här dagen hade börjat bra. Först hade han fått fyra öre mer i timpenning på Bergsunds Mekaniska, sedan hade han gjort en fin affär hos sin vän skomakar-Anton, och kommit över ett par snygga kängor för två kronor.

Anton hade fått betalt för sin skoreparation och blivit av med kängorna som nu legat där över ett halvår och ingen hämtat. Vänskapspris, hade Anton sagt.

Anna hade blivit glad för så fina kängor och Hillan hoppade jämfota i dem när hon provade. Aningen för stora kanske, men hon hade skor att gå med till skolan nu. Redan på uppropet om två dagar, skulle skorna premiärgås.

Maria Folkskola var ett stort komplex. Ofantligt stort egentligen så det var nästan skrämmande.

– Nästan som ett slott mamma, sa Hillan när de närmade sig skolan med sin mamma krampaktigt i hand.

– Ja, det var en stor fin skola det, sa hon och tittade ner på sin lilla glada flicka. Jag tror du kommer tycka det är roligt i skolan, sa hon så. Men idag blir det bara en kort stund ni får

träffa fröken och de andra barnen som ska gå i samma klass
som du, försökte Anna förklara. Hon hoppades det var på
det viset även vid denna generation som hon själv en gång
upplevt.

Inskrivningen skulle ske vid olika timmar under dagen för
allt inte skulle bli så rörigt på skolgården. Men det var bara
tre klasser som var nybörjare i skolan, alla andra hade gått
där tidigare. I Hillans klass skulle man bli, trettio elever. Och
i hela skolan, hade fröken berättat, gick det över fyra tusen
elever.

– Lystring alla barn! Det blir jag som kommer att vara er
skolfröken denna termin. Jag heter, Elisabet Blomqvist och
skall börja med en uppropning av de elever som kommer att
ingå i klass 1a i Maria Magdalenas församlings folkskola
anno 1912. Jag vill att de barn, vars namn jag ropar upp,
räcker upp en hand och säger, ja! Gör det gärna klart och
tydligt. Förälder får gärna biträda om barn av blygsel eller
annat, inte kan medverka i denna närvarokontroll. I bok-
stavsordning börjar vi!

– Alltså, Albert Bengtsson?

– Ja!

– Alfhild Bergström?

– Ja!

Så fortsatte man och Hillan viskade till sin mor, ”när är det
min tur?”

– Och så vill jag ha tyst i klassen, sa fröken Blomqvist. Det
är något vi lika gärna kan lära oss ifrån början. Fröken hade
tittat åt det håll Hilly satt, och sett sträng ut. Karl Fredriks-
son?

– Ja!

– Inga Lisa Fredriksson?

– Ja!

Till slut närmade man sig bokstaven i Hillys efternamn, N, som i Nilsson.

– Hilly Ulrika Nilsson?

Hillan hade blivit alldeles stum och överrumplad, hon fick tunghäfta så fröken fick upprepa frågan med lite högre röst.

– Hilly Ulrika Nilsson, sa hon nu lite frågande och tittade sig omkring i klassrummet om någon sträckte upp handen?

– Ja… hade Hilly nu svarat och sträckt upp handen!

– Bra, sa fröken och såg nöjd ut. Så ska det se ut. En rak arm högt och tydligt.

– Gustav Andersson, ja det står lite i fel ordning ser jag här, urskuldade sig fröken och såg hur en gosse satt med armen uppe.

– Ja, hade Gustav sagt och vinkade nu med armen.

– Det var bra, Gustav. Då ska vi se… Frida Strömdal…

Uppropet fortsatte till dess alla var uppropade, men det fattades två stycken barn. Fröken noterade i sin liggare och förklarade att klassrummet man nu befann sig i, skulle man också använda imorgon klockan åtta. Hon lämnade ut ett skolschema för de timmar man skulle vara i skolan och vad man skulle ha med sig. Anna stoppade ner Hillans schema i sin väska så skulle de titta hemma i lugn och ro.

Fröken tackade för sig och tog i hand med alla föräldrar när de gick ut ur skolsalen med sitt barn i handen.

28

Från skolgården kunde man lätt se Tantolunden och alla
träden och grönskan som fanns där.

– Nu får vi skynda oss hem, sa Anna. Tänk på att Ida är den
som är barnvaktare idag när vi är här i skolan.

– Kan hon det då, hade Hillan undrat?

– Vara barnvaktare menar du, frågade hennes mor?

– Ja!

– Ja det tror jag säkert hon kan. Och det är så bra att jag har
er som kan vakta småttingarna.

Så skyndade de sig på vägen hem mot Sköldgatan som ju
låg bara en liten bit ifrån Ringvägen och Maria skola.

Man kunde faktiskt se den stora pampiga skolan ifrån Eker-
manska malmgården. Nu kunde Hilly peka för sin syster Ida
att där, i det där stora huset, där är min skola.

Hon var ganska stolt sådär på första dagen i skolan.

När pappa Nils kom hem ifrån sitt arbete, berättade Hillan
livligt och ivrigt hur det var den där första dagen i skolan.

Ida hade lite misslynt undrat när var hennes tur.

– Ja, när får jag gå till den där skolan nån gång?

Nils hade under juli plockat upp minst tjugo kilo potatis, troligen mer, vilket var en god skörd från deras lilla täppa.

Han hade ordnat med några trälådor så de kunde förvara potatisen behändigt i en jordkällare i anslutning till gården. Morötter hade det också blivit rikligt av och den varma mullrika jorden hade sett till att morötterna i hushållet, skulle räcka ett bra tag. Han var nöjd med skörden som skulle komma väl till pass i den stadigt ökande familjeskaran. Nu i augusti prålade luktärterna i palettens spektrum, till Annas glädje. Det hade lika gärna kunnat hänga ett par penslar med svinborst i anslutning, för att göra tavlan fulländad.

Bergen i bakgrunden var en stilig fond. Nils hade inte tänkt sig detta, men det bara blev så. Spaljén som stod som en grönskande färgrik skärm på gården, var som en tavla.

Hösten gjorde sitt intåg och Nils hade sett till att justera och se över takteglet som var trasigt och på vissa håll saknade tegelpannor. Men nu skulle Nilssons nog slippa det förtretliga droppandet inomhus till våren.

Första advent, som var en söndag, kom den första snön.

Ungarna hade inte vetat hur fort de måste ut i det fallande vita. Man kände att det lackade mot jul, och Amalia hade kommit för att hälsa på och hade med sig lite gott till sina barnbarn. Man satte på kaffepannan och tog en pepparkaka. Amalia visste hon hur man skulle göra det trevligt omkring sig. Anna gick nu höggravid och bara väntade på att det skulle bli dags att fara in till barnbördshuset igen. Nu hade dom nära, man kände till ritualer och Nils hade redan inför-

skaffat sig en cigarr av rätta märket, en Ljunglöfs med mag-
gördel.

– Jag kommer bli rökförgiftad hade han sagt, och hostat lite.
Ja, om det ska fortsätta så här.

– Han får väl hålla sig lite då, hade Amalia sagt och så hade
dom skrattat.

Hilly hade lagt in ett vedträ i kakelugnen, tittat på sin mor
och nickat frågande?

– Det var bra lilla Hilly, hade hon svarat på nickningen. Bra!

Det började skymma på och Amalia krafsade runt i sin
rymliga väska igen.

– Advent, sa hon. Då ska man tända det första ljuset. Hon
hade en ljusstake med plats för fyra ljus och hon stoppade i
ett ljus i varje hål så det kom att bli fyra stearinljus.

– Då får väl Nils den äran att tända det första då undrade
Anna, och tittade på sin mor?

– Jamen visst kära du. Tänd du Nils!

Alla barn tittade storögt på ljusstaken när man nu tände
det första ljuset.

– Nästa söndag ska det tändas två ljus, förklarade Amalia
och så får man fortsätta fram till jul.

– Känns som slöseri just, sa Nils. Sätta upp och tända fyra
ljus samtidigt.

– Det är bara en jul om året, sa Amalia. Men har man inte
råd, så har man inte. För barnen är detta dock en glädje och
det sprider inte bara ljus, det ger värme också!

Som flera gånger tidigare står Nils åter och väger på klackar-
na överst på trappan till Barnbördshuset. Han har åter det
där lite kaxigt stolta smilet över sig och ser nästan lite nedlå-

tande på dem som skyndar förbi i snöyran nedanför honom på gatan. Men, det är bara så som det ser ut.

Nils såg aldrig nedlåtande på andra människor, han hade inte den läggningen. Han vände sig mot porten för att få lite lä och för att tända sin cigarr, den sjätte i ordningen.

Vägen hem, skulle bli lättsam och kort. Snön yrde in mot porten och han stampade lite med fötterna. Ingen kom mot porten för att vare sig besöka eller läggas in, så han hade lite tid på sig att både tänka, blossa på cigarren och frysa.

En liten gosse ja se det var på tiden, tänkte han och blåste ut lite rök genom mungipan. Tänka sig, en gosse... gosse som i Gustav, och den Svenske konungen. Det var ett ganska vanligt konunganamn egentligen, men nu handlar det ju inte om någon sådan utan en vanlig arbetargosse.

Han kanske skulle heta Gusten den lille tänkte Nils, eller, Gunder? Det är nog bäst man kommer hem med lite namnförslag.

Men, jag hade ju lovat far att om det blev en pojke, så skulle han döpas efter min far, Oskar. Nils Oskar, skulle han i så fall heta. Vi får se hur det blir, tänkte han. Fällde upp kragen på rocken stoppade cigarrstumpen i mungipan och klev hemåt i raska steg nedför Wollmar Yxkullsgatan, vänster på Ringvägen och över spången vid järnvägen och så upp Sköldgatan. Alla var förväntansfulla då han kom innanför dörren. Han stampade av sig snö och skakade rock och stop. Han hade faktiskt tagit sitt plommonstop, dagen till ära. Nils var inte den med stora yviga brackiga gester, nää han stod stadigare på arbetarnas röda barrikad.

– Vad blev det, vad blev det, Nils?

Amalia och Hilly och Ida var nyfikna och trängdes runt Nils
som få och även Inga var den som ville veta.

– Jo ni, sa Nils och sprätte lite extra med tummarna innanför
västen. Jo, jo!

– Men Nils berätta, barnen är så spända och jag med förres-
ten.

– En gosse sa Nils och log med hela ansiktet. En gosse blev
det allt.

Nils sprätte som en stolt tupp och det verkade nästan som
om det var han som nedkommit med gudagåvan. Han ruf-
sade om i håret på Hillan.

– Ja, nu har du väl fått som du önskat, Hilly?

– Ja, äntligen, pappa. Men vad ska mamma sy nu för något?
Vi har ju alltid fått en docka som mamma sytt åt oss. Vad
ska en liten bror få, han vill väl inte ha en docka?

– Då får väl mor sy en liten brandbil eller ånglok, skrockade
Nils! Ja, en brandbil får det allt bli, röd och grann.

– Men far, vad ska han heta då undrade Hilly, som var den
som ställde frågor ideligen och undrade?

– Gusten, ska han heta… Gusten, rätt och slätt, ett arbetar-
namn.

– Gusten, undrade Amalia?

– Ja, eller Gunder, då? Gunder Nilsson?

– Han ska väl heta Nils, som efter sin far menade Amalia?

– Ja, det har svärmor rätt i. Nils Gunder, så ska han heta.
Vad säger ni barn, Nils Gunder kan väl er lille bror få heta?

– Ja, stimmade de barn som hörde och förstod vad deras
pappa sa.

Hilly och Ida tjattrade i mun på varandra och menade att, så skulle han få heta. Eller Gunnar, som en i min skolklass, sa Hilly?

Så blev det nu också, bestämde man när mor kom hem med gossebarnet och fick vara den som avgjorde. Familjen Nilsson hade utökats med ett gossebarn och man var nu sju stycken i familjen.

Julen stod som sagt för dörren, och nyåret stod på tur.

Nilsson visste att det fanns andra medborgare som hade det betydligt sämre. Man var tvungna att ha inneboende om nätterna, för att klara av sin hyra. Inneboende som låg på golvet i köket och som försvann ut till sitt arbete på morgonen.

Så var det åter vår över Sköldgatan och de gamla kåkarna vid Tanto. Men innan våren stod i full blom, så var det dags att flytta igen.

Ett bättre boende hade dykt upp i närheten av Bergsundstrand, och möjligheten och erbjudandet om bostaden, var inte svårt att motstå, varken för Nils eller, Anna.

Man skulle till och med få rinnande vatten i köket. Det var ett stenhus långt ifrån de dragiga träkåkar de bott i tidigare. Fönster och dörrar satt rakt och gediget infästa i karmar och det gick både att öppna och stänga utan besvär. Men det bästa var att det inte drog kallt på alla de ställen i boningen.

Familjen Nilsson skulle sålunda åter bli som "ett resande teatersällskap" och uppbrottets timma var om inte nära förestående, så oundvikligt. Knappt hade man ju slagit sig till ro på Sköldgatan, och Hillan börjat i skolan i Maria, så skulle flyttlasset gå. Redan i början av april var det alltså dags.

Man skulle flytta till Högalidsgatan.

Stor Stina var den som åter fick rycka ut, men med vagn den här gången för att se till att familjen Nilsson fick röra på sig igen.

Nils skulle få betydligt närmare till sitt arbete och familjen hade ju bott i krokarna tidigare, så helt främmande mark var det inte för dem. Bopålarna skulle denna gång slås ner på Högalidsgatan 13.

Men allt flyttande hade det goda med sig att de fick en hel del förtrogenhet om Södermalm och trakterna därikring, man lärde sig hitta i sin egen stad. Alla flyttlass som gick med familjen Nilssons bohag, var de inte ensamma om.

Det var ett evigt flyttande i staden på alla håll och kanter.

Det fanns de som flyttade på natten, man hade få ägodelar och de var oftast bara några knyten. Man flyttade ifrån obetalda hyror, elräkningar och krediter hos handlare.

Man flyttade då från ena sidan av staden, ut på den andra.

De flesta flyttlassen gick dock på dagtid och med hjälp av en dragkärra eller häst och vagn.

Att nu, som för familjen Nilssons del flytta till stenhus, var en milstolpe i deras liv. Man började nu bo lite mer ståndsmässigt, ett ord som dock Nils skyggade för. Sådant ville han inte höra talas om.

Han flyttade inte för att bo mer ”ståndsmässigt” utan för att få en mera brukbar boendemiljö, ett funktionellt boende, helt enkelt anpassad till sin familj.

Nils filosofi var att en arbetare, han skulle bli vid sin läst! Vare sig det var som skomakare eller snickare, eller filare. Nils var en stolt yrkesmänniska, en som stod upp även när det blåste snålt och hade sina ideal. Att tåga i leden vid 1:a maj bakom röda fanor, var för honom icke främmande.

Dragiga gamla kåkar, skjul och ruckel, hade han inte så mycket till övers för längre. De var ofta behäftade med sjukdom och elände. Han mindes vad läkarna hade sagt om tuberkulosen, att dragigt boende och näringsfattig mat, kunde vara en orsak till att man utsattes för den många gånger dödliga sjukdomen. Nu hade Nilsson fått ett bra boende på Högalidsgatan 13 sålunda. Men, man slog sig inte till ro fullt ut. Både ögon och öron var aktiverade för att snappa upp bättre boende, men inte nödvändigtvis dyrare, snarare tvärt om vilket dock var en omöjlighet.

– Du Nils, jag har hört med portvakten att det finns en ännu bättre lägenhet än denna, för samma hyra.

– Säger du det?

– Ja, och bättre läge och bara snett över gatan. Den är senare byggd än denna lägenhet och har höga fönster. Ser riktigt fint ut ska ja säga. Du kan väl kila över efter jobbet i morgon och titta på den?

– Det behöver du inte be mig om mer än en gång, sa han.

Nils sträckte på sig innan han böjde sig ner för att kika ut genom fönstret i tron att han skulle se tvärs över gatan.
Vad han såg, var gården där de nu bodde. Inte mycket att se med andra ord.

– Du är rolig du, Nils! Ja där kan du försöka kika, vi har ju inget fönster åt gatan, men det kan vi få nu om vi byter lägenhet. Men om du går ut genom vår port och tittar snett över gatan åt höger, så kan du se våningen. Nedre botten är det förstås och till höger om porten är fönstren som hör till lägenheten. Klockan sju kan du träffa vicevärden vid port 52 han heter Per August Emanuel Andersson, det är han som ska godkänna oss som hyresgäster i fastigheten.

Jag har talat med honom, en lång karl med lång näsa, du kan inte ta fel.

Klockan halv sju, sa jag du kunde vara där. Andersson hade nickat godkänt. Han verkade barsk, men rekorderlig. Hörde av en grannfru att den där Andersson, han var visst en ful fisk, mäldes det. Är visst vicevärd både här och där. Lät lite tvetydigt det där på slutet men inte vet jag, det pratas så mycket så. Men rekorderlig som jag sa, det verkade han vara ändå men det kanske var för att han var så lång, mot mig. Han var säkert två meter!

– Oj, nu skrämmer du upp mig ordentligt, Anna! Två meter sa du?

– Ja, jag tyckte han var hiskligt lång! Men äsch, inte blir du orolig för en sån?

– Nää, det blir jag inte. Oron är för att han godtyckligt inte ska erkänna oss som nya hyresgäster på Högalidsgatan 52. Om det nu är så som du säger, att boningen är så galant. Jag litar på dig, om han tycker vi passar så gör vi upp på direkten, sa Nils med lite återfunnet mod. Men varför måste vi godkännas?

– Jag tror det har att göra med tidigare problem med hyresgäster, sa Anna. Man betalar inte, eller i vilket fall som helst, di har svårt att betala hyran. Men, sådant kan väl nästan alla råka ut för, man får det knapert emellanåt.

– Jaha, sa han. Då var det dags igen. Han pekade med tummen upp mot våningen ovanför.

Nils hade nämnt det tidigare för Anna. För han var övertygad att de hoppade längdhopp i lägenheten ovanför dem. Ja man kan ju undra. Vad skulle de annars göra?

– Gå upp vet ja, du kanske får vara med och hoppa, log hans hustru på ett sådant finurligt sätt att Nils inte kunde bli arg.

Nils tittade upp mot taket igen och skakade på huvudet. Längdhopp i en lägenhet?

29

Påföljande dag som var en torsdag, uppsökte Nils Högalids-
gatan 52 på avtalad tid. Men han fick vänta en styv halv-
timma innan Andersson, vicevärden kom. Han hade nycklar
med sig till lägenheten och man gick in för att göra en första
titt.

– Ja sa Andersson. En slarver har bott här tidigare så det ser
kanske inte så presentabelt ut. En del gamla möbler står kvar
som Nilsson naturligtvis får ta över om han så finner det
bekvämt, annars går det väl att elda i kakelugnen eller spisen
med bråten. Ja, så här ser det alltså ut, sa han igen. Ett kök,
ganska stort med rinnande vatten och två mindre rum samt
en vattenklosett. Andersson hade gått före och visat. Öppnat
en dörr och där innanför fanns mycket riktigt en klosett i vitt
porslin på golvet, ett rör upp till taket där en vattencistern,
även den i porslin från Gustavsberg, var fäst.

– Och den är satt i funktion, undrade Nils?

Andersson drog i en porslinskula som var fäst i änden på
kedjan som i sin tur var fäst uppe vid cisternen i en hävarm.

179

Nils såg nöjd ut då brusande vatten forsade ner i klosetten.

– Ja, som herr Nilsson ser, den fungerar också sa han nöjd, vänd mot Nils som såg om inte direkt glad, så i alla fall nöjd ut.

– Det var ju schangtilt, sa Nils!

– Ja, det är vad som kan erbjudas. Fönster åt gatan och inflyttning till den första, är vad som gäller. Fundera på saken Nilsson så kan vi ses här igen på måndag, samma klockslag, sa Andersson och sträckte fram näven. Det var en näve som en grävskopa och Nils kände sig plötsligt liten.

Man gick ut ur lägenheten och låste vartefter Andersson pekade vart längan för soporna var och lite annat som gällde på gården.

– Ja, gokväll då Nilsson, sa vicevärden och sträckte åter fram sin stora näve. Nilsson verkar vara en rekorderlig karl och då ska vi nog komma sams.

– Ja, tack för ikväll då, Andersson. Vi ses igen om måndag!

Nils hade vänt på gångbanan utanför den troliga nya adressen, och tog några kliv uppåt gatan innan han sneddade över till andra sidan. Det lyste lite varstans i fönstren från husen runt om och en gatlykta längre fram tändes automatiskt. En automobil kom körande utefter gatan så han fick hoppa undan lite snabbt. Han hade sett bilen på håll, men inte att den kommit så rasande fort så han var tvungen att hoppa åt sidan. Han såg länge efter fordonet som puttrande och skumpande svängde vänster in på Långholmsgatan och försvann bakom huset de nyss varit inne i.

Men tänkte han, en dag du ska jag själv köra en sådan där bil och det ska vara en T Ford! Nils hade läst en del om bilar i tidningen och just Ford, var ett populärt bilmärke. Automobilerna blev hela tiden fler och fler i staden.

– Nå sa Anna, innan Nils knappt hunnit innanför dörren. Var det något att flytta till?

– Jo visst är det väl de, sa Nils. Men precis som tidigare, blir det en hel del fejande och skurande. De var visst en slarver som bott där tidigare, hade Andersson sagt, och som nu blivit vräkt för han låg efter med hyran för sex månader. Jag ska träffa vicevärden igen på måndag och då bestämma hur vi ska göra. Jag menar, om vi ska ta lägenheten eller inte. Och nog var Andersson rekorderlig allt, lång och med händer stora som dasslock.

– Usch då, så du säger! Vi får väl grunna över veckoändan då, men är det bra storlek på lägenheten kanske vi ska ta den i alla fall om den nu inte är dyrare än den lägenhet vi sitter i nu.

– Jo, den där Andersson, det är ingen annan än, Spisrakan! Ja du vet nog vem jag menar.

– Spisrakan! Du menar, konstapeln?

– Jo du, så är det allt. Men vi kom bra sams om görningen. Så nu vet man vad han heter också, jag har ju bara hört smeknamnet Spisrakan, tidigare. Per August Emanuel Andersson, poliskonstapel!

– Men, berätta hur det var i lägenheten. Varför var det så bra, om vi ändå får skura och städa?

– Det var ett ganska stort kök och två mindre rum, och fönster utåt gatan i båda rummen, precis som du sa. Det kan ju vara trevligt och inte bara se gårdsmurar och utedass hela dagarna i ända om man tittar ut genom fönstret. Minns det var bara på Tavastgatan vi hade fönster åt gatan!

– Pyttsan! Vi hade fönster åt gatan även på Sköldgatan, har du redan glömt det?

– Jo det förstås, men vad såg vi då dagarna i ända? Jo, en kohage där det inte gick några kor.

– Här på Högalidsgatan är det mer liv och rörelse. Jag höll på att bli överkörd av en automobil på vägen då jag skulle gå över gatan. Den kom med en hisklig fart så jag fick hoppa undan hals över huvud.

– Jaha! En automobil och en gubbe på gatan och då måste det till att nästan hända en olycka, sa Anna och slog sig för knäna. Jag tror jag måste skratta ett tag.

– Så roligt var det inte, ska jag säga henne!

– Anna, säg Anna vet jag, käre Nils!

Lördagen och söndagen, rann undan fortare än man blinkat och efter arbetets slut tog Nils vägen till 52:an för att träffa vicevärden igen och sätta upp sig som ny hyresgäst. Familjen Nilsson hade bestämt sig att ta lägenheten.

Den här gången stod Andersson och väntade, men Nils var i god tid så allt avlöpte galant. Andersson hade antecknat Nils Nilsson som ny hyresgäst på Högalidsgatan 52 n.b. med inflyttning från den 1:a nästkommande månad, det vill säga april månad anno 1913. Ja det ska vara korrekt hade Andersson sagt när han läst upp det han präntat och efteråt bett Nils, skriva på hyresavtalet.

– Välkommen då, Nilsson. Han får nycklar den sista mars, dagen innan inflyttningen. Säg, var de filare han var till yrket, undrade Andersson och kliade sig på hakan?

– Jo, sa Nils. Jag är filare och metallarbetare. Jobbar extra ibland hos Bengtsson, bagaren på Krukmakargatan.

– Se där, sa Andersson. Ja, välkommen då som sagt var!

– Tackar!

Väl hemma började man planera för sin flytt, men först skulle Nils över till den nya lägenheten med skurhink och andra ting för att få ordning på bostaden. Tvätta fönster och skura golv, var det som stod överst på listan. Det var höga fönster, så han skulle behöva en liten stege för att nå ända upp. Det var linoleummattor i rummen samt köket i en grönspräcklig färg. Det började lukta riktigt trevligt i lägenheten nu av såpa och annat. Vattenklosetten fick också en ordentlig tvagning liksom de vackra vita spegeldörrarna och dörrhandtagen som var något som såg ut som mässing.

Man fick se över vad som skulle eldas upp och vad man kunde ha kvar och använda av det möblemang som stod i de olika rummen sedan den förre hyresgästen. Där fanns en byrå, ganska hög men smal och med sju lådor. Den översta var delad i två mindre lådor och stod mellan de två dörrarna till rummen. Nils provade lådorna och hur de fungerade. En låda gick knappt att dra ut och de andra kärvade, men fungerade. Är man filare så är man! Så, Nils beslöt att den byrån skulle komma väl till pass. Tre pinnstolar fanns där också, men även de behövde ses över. Det var sådant Nils kunde ordna själv och han var ganska nöjd hur allt var ställt. En spinkig piedestal, som var i riktigt bra skick stod vid ett av fönstren. Behövde bara skrubbas av, så var den användbar.

– Ja, nu får vi tre rum att sova i du Anna.

– Tre rum, tänka sig. Vet du om det fanns något att sova på?

Nils hade tänkt efter när han hade inspekterat spekterade.

– Jo då, det fanns allt en blåmålad planksoffa som var utdragbar, de såg jag nog. Den rymmer lätt de fyra minsta barnen, funderade han grubblande med handen om hakan. Jo, fyra stycken får plats i den, konstaterade han efter att ha funderat en stund.

– Men vad bra, Nils. Det verkar vara allt för bra för att vara sant, men vi får vara noga att städa ur i köket, i skåp och sådant. Det fanns väl skåp i köket, Nils?

– Ja då. Det var några skåp med luckor man kunde skjuta för, det var inga vanliga luckor, utan skjutbara. Det fanns också i ena hörnan ett högt skåp man nästan kunde kliva in i. Jo, det kunde man, det var något Andersson sa var ett skafferi. Det hade en ventil inne i skåpet som man kunde öppna genom att dra i en kedja. Man har matvaror och sådant i det skåpet, det håller sig bättre då.

Man lämnade, ett par dagar in i april, Högalidsgatan 13 och den hoppande grannen som bodde i våningen ovanpå dem, åt sitt öde och utan större saknad.

Återigen kunde familjen Nilsson och naturligtvis alla andra i staden Stockholm, njuta av hur vårsolen gjorde sitt yttersta för att sprida den goda och efterlängtade värmen.

Andersson var vicevärd även för detta hus, kunde Anna se för han var där och strök runt innan Nilssons hunnit ut ur sin gamla lägenhet helt och hållet.

Och till den femtonde i månaden, var även den lägenheten upptagen igen av nya hyresgäster.

Nils och Annas lägenhet i 52:an kändes nästan som lyxig i jämförelse med hur familjen bott tidigare. Nu hoppades därför alla i familjen att man skulle bli kvar i denna boning en längre tid.

Olägenheten var dock att Hilly fick en längre, betydligt längre, väg till sitt lärosäte i Maria Folkskola borta på Ringvägen. Det tog henne en halvtimma att gå denna väg under gynnsamma förhållanden. I början gick hon den stora Hornsgatan ner till Ringvägen och sedan åt höger fram till sin skola. Med tiden prövade hon andra, mera genande vägar och sparade därmed tid och så var det roligt att se andra platser, andra hus. Hon prövade både Krukmakargatan och senare även Maria Bangata och hade vid ett tillfälle även sneddat över Zinkens väg alldeles invid Zinkens gård och ladugården. Det skedde bara en gång, för vid hemvägen en fredag så kom där fram en karl vid knuten på ladugården där hon måste passera och han hade dragit ner sina byxor när hon hade passerat!

Hon hörde bara hur han skrattat medan hon sprang därifrån upp mot Krukmakargatan. Hilly hade ivrigt berättat att hon sprungit så fort hennes ben bar henne när hon berättat för Anna om sin upplevelse. Anna hade blivit lindrigt sagt upprörd, och sagt att hon måste akta sig för sådana där fula gubbar. Det var det enda otäcka Hilly råkat ut för på sin väg till och från skolan förutom pojkar som kastat kardborrar på henne och någon hund som skällt under vårterminen. Men den där "fula gubben" han hade satt sina spår i henne under lång tid.

Nils hade inte blivit så upprörd som Anna, han hade blivit rent ut sagt, förbannad!

Om det hade blivit en stor olägenhet för Hilly och hennes väg till skolan, kunde där på pluskontot dock noteras Nils avsevärt kortare väg till sitt dagliga värv på Bergsunds mekaniska. Pluskontot innefattade även centralvärmen och rinnande vatten i köket samt överdådet med en vattenklosett. Men för att få det att gå ihop och bli lite över, arbetade Nils extra hos bagaren borta på Krukmakargatan, som han hade berättat för Andersson, vicevärden. Det blev några kronor extra samt lite nybakat bröd att ta hem då han återvände. Oftast arbetade han på helgerna hos Bengtsson och de två kom väl överens. När Nils hade arbetat hos Bengtsson, hade han tagit samma väg som Hilly hade gått, förbi den där ladugården vid Zinkens gård, men han hade inte sett en endaste människa i området, det såg till och med lite öde ut.

I den nya lägenheten, hade Amalia naturligtvis hälsat på och burit omkring på sitt senast barnbarn och det senaste tillskottet i den Nilssonska familjen, den lille Gunnar.

Alla ungar var i farten utom Astrid Amalia, som sov trots allt stojande från sina syskon.

– Var det Nils Gunnar, han skulle heta undrade hon?

– Ja så var det sagt, efter Hillys val, sa Anna!

– Gunnar efter en gosse som går i Hillys skolklass, förklarade Nils.

– Vad trevligt, menade Amalia blinkande åt Hilly!

– Men namnet betyder krigare, vad månde bliva av denna gosse, general?

– Ja, han har sina idéer med barnens namn hela tiden, sa Anna och suckade. Det ena värre än det andra.

– Varför heter du Nils då undrade Amalia?

– Det får du fråga mina föräldrar om. Di luktar fläsk å potäter, sa han för att byta ämne. Fläsk å potäter, det är mat det med! Det är så gott, så det kan man äta om man är aldrig så hungrig.

– Nu talar du i gåtor Nils, sa Anna och skrattade. Du är då för tokig!

– Jo sa Amalia. Jag talade med Viktoria igår och berättade att ni flyttat till Högalidsgatan. Hon undrade då om hon fick hälsa på?

– Jamen kära hjärtanes då, sa Anna. Men visst får hon det, hjärtans gärna. Eller hur, Nils?

– Vad, jo visst! Det skulle vara trevligt. Måste vara trevligt för Anna att träffa sin syster, Viktoria.

– Nu är det så sa Amalia, att Viktoria hör lite dåligt på båda öronen. Man må tala tydligt. Men gör ni så bara, så blir hon lycklig.

Hon har det lite ensamt ska jag säga.

– Men hälsa henne så hjärtligt mamma och om hon är så artig att ta det som vi har det, är hon naturligtvis välkommen att hälsa på.

– Javisst, hälsa henne att hon är hjärtligt välkommen hem till oss i vårt enkla tjäll, förtydligade Nils! Med vattenklosett!

På kvällen satt Nils och Anna vid ett litet skåp man hade som bord. Nils hade gjort iordning det och målat vitt liksom ett par stolar på var sida. Egentligen var det vad man kallade, pottskåp, där det fanns en utdragslåda ovanför en lucka med mässingsbeslag.

Det stod i finrummet där man hade spetsgardiner för de höga fönstren. Där satt de nu med en kopp kaffe och en långskorpa Nils tagit med hem från bageriet. Han tände en cigarr efter på. De satt så de såg ut över gatan, utanför deras hus. Skenet från gatlampan var elektriskt, något som började införas mer och mer i staden och gav ett klarare sken istället för det gulaktiga gasljuset.

– Det ska bli spännande att få träffa en syster, visserligen en halvsyster, men ändå. Det är i alla fall mammas dotter, precis som jag är. Jag tror Viktoria heter Danielsson i efternamn och är några år yngre än vad jag är. Jag tror hon är 32 år och vad jag hört av mamma, är hon lite religiös!

– Religiös, oj då!

– Nils... det smittar inte och du är så god att du uppför dig ordentligt när hon besöker oss. Det är min syster du talar om! Mamma har berättat att hon arbetar som jungfru i olika familjer och jag tror mig ha hört, det kan naturligtvis vara fel, att hon bor stundtals hos Amalia när hon inte får en egen jungfrukammare där hon arbetar. Hon är som en husa, men har väl inte sådär väldans god lön.

– Skönt sa Nils, för att komma ifrån det tradiga ämnet han inte gillade, nu börjar det lukta hemtrevligt.

– Ja, det är bättre med cigarrdoften, än den unkna som var här då vi flyttade in.

– Se där, sa Nils och pekade ut mot gatan. Där kommer Spisrakan! Nu patrullerar han vårt område i pickelhuva och långrock med blanka knappar. Tyckte jag inte det luktade mässing!

– Hur kan du känna att det luktar mässing, undrade Anna lite förundrad?

– Mässing?

Han kliade sig i örat och flyttade cigarren till andra handen.

– Jo ser du, man säger så om konstaplarna eftersom de har så många blanka mässingsknappar i rocken… Det luktar mässing, de är lite "södersnack" förstår du, vi bor inte i Blekinge längre. Trots allt tyckte han, känns det ganska tryggt att ha Spisrakan patrullerande här på gatan. Inte för att det är något bus här, men det känns bra på något vis. Det är ju hans distrikt också, fortsatte han.

– Men Nils, från det ena… så kanske vi får besök av min andra syster också? Jag tror inte hon är religiös, fast man vet ju aldrig förstås sa hon och skrattade. Hon heter Tony! Lite ovanligt kanske precis som din Hilly. Håkansson heter hon i efternamn, som mamma gjorde innan hon gifte sig, Norling. Hon är den yngsta av oss tre syskon, även om både Viktoria och Tony bara är mina halvsystrar, gud förlåte, så är det ändå mina syskon. Tony vet jag, är lite drygt tio år yngre än Viktoria, alltså 21 år. Jag har skrivit opp allt sådant där, det är svårt att sudda ut sina rötter. Men nu får vi ta det i rätt ordning. Först blir det fröken Danielsson, ja jag tror hon kallar sig fröken för hon är inte gift.

– Men 32 år och ogift låter konstigt, funderade Nils?

– Varför då, om jag får fråga?

– Tja, jag känner ingen som är över 25 år och ogift!

– Det känns lite nervöst att träffa en syster. Man har ju på senare år närmast lite chockartat fått sig berättat av Amalia att jag hade syskon där pappan till dessa inte var samma pappa som jag har. Förvirrande för mig i alla fall sa Anna, och torkade bort en tår som krupit fram ur ögonvrån.

Nils klappade henne ömt och tröstande över handen, vände blicken ut mot gatan där en bil kom pluttrande igen.

Den andra idag som han hade sett.

– Det kommer gå bra ska du se, sa han medan han följde bilen med blicken där den for iväg. Det ordnar sig, sanna mina ord!

– När mamma hade rest upp till Stockholm, ja då jag blivit utackorderad…

– Det ordnar sig Anna, det ordnar sig!

– Jo, då hade mamma börjat som piga hos en apotekare som hette Danielsson. Johan Lorentz Danielsson närmare bestämt och arbetade på ett apotek, Markattan. Jag vill minnas mamma berättade att det hette så. Tror det var neråt Centralstationen, men jag är inte säker. Hur som helst, skulle det varit en mycket artig och trevlig man. Han bjöd ibland på vin och sherry, och mamma hade en ganska god lön. Ja, så gick det som det gick. Mamma blev gravid och då visade det sig att apotekaren naturligtvis var gift.

Antagligen med markattan själv för hon tålde inte slinkor som pigor, hade hon sagt då mamma började bli rund om magen. Mamma fick avsked med en liten slant av apotekaren som plåster på såren.

– Jaha, sa Nils och såg märkbart tagen ut. Det är så det går till i dessa kretsar.

– Ja, visst är det väl hemskt, sa Anna?

– Ja det låter nog tyvärr alldeles, för sant! Du är äldsta dottern och det är ju i morgon hon kommer, väl?

– Ja, i morgon, tror du det finns möjlighet att ordna något doppa till kaffet hos Bengtsson, skorpor eller så Nils?

– Det går säkert bra. Jag tar spårvagnen ner i morgon efter jobbet så ska det vara kirrat i en blink.

– Kirrat?

– Ordnat då!

– Du har börjat tala så slarvigt, Nils!

Natten blev orolig, Anna var uppe och vankade i lägenheten och kunde inte sova. Övriga i familjen snarkade och sov så gott, som det verkade. Hon passade på att titta till de minsta när hon ändå var uppe. Tänk vad alla ser ut som små änglar när de sover, log hon och stoppade om lite än här och lite där. Hon var glad över sina barn. Glad och mäkta stolt för att ha satt dem till världen och de var ju så lätta, aldrig något kink eller gnäll.

Men det var ju så också, att för Nils hyste ungarna respekt. Han kunde ju vara ganska bullrig ibland och då blev det knäpptyst bland småttingarna. Det lyste som en aura av auktoritet kring Nils, så det kändes. Ve den som protesterade när Nils hade bestämt något, då bullrade och mullrade det i det blekingska djupet.

30

Vanligen följer en dag på en natt. Detta var alltså inget undantag på Högalidsgatan i Stockholm heller. När Anna yrvaken satte sig upp i sängen efter en orolig natt, svängde sina fötter ut på golvet där solens strålar var i full färd att värma, mindes hon den dag hon stod på samma sätt i Kristianstad. Då var hon 21 år, det var 15 år sedan, ah! Men hon mindes den där stora dagen då hon blev myndig och själv kunde bestämma vad hon ville med sitt liv. Solen hade strålat genom de skira björkarna och hon hade hört klappret av skodda hästhovar på kullerstenen utanför fönstret på Västra Smalgatan då mjölkkusken hade kommit på sin vagn med skramlande mjölkkrukor. Det låter långt mer romantiserat än hur verkligheten egentligen tedde sig.

Västra Smalgatan hade gatan hetat, kom hon på. Anna blev glad över minnet och log. Det var en härlig tid, jag jobbade jämt och mycket. Men då var jag inte så knubbig som jag hunnit bli nu. Kersten, var den som hade infört glädje och liv hos Anna. Hon hade lärt henne att ta för sig av livets goda som under många år inte hade varit tillgängligt för henne som utackorderat fattigbarn och var för blyg och försiktig för att våga njuta.

Det var ett starkt minne om en god vän, som nu sköljde över henne och hon var nära att ta till lipen. Kersten som aldrig själv hann uppleva livets ljusa färgskala fullt ut.

Hon hade utstakade mål med sitt liv och var den som var först av de två som uttalat att hon velat resa upp till Stockholm. Anna var den av dem som kom dit till viss del tack vare, just Kersten.

Hon knäppte sina händer, vände sitt ansikte upp mot det fina vita taket som nu mönstrats i siluetter av spetsgardinerna och solens strålar, blundade och bad... hoppas du har det bra där du är Kersten, jag saknar dig!

– Vad du ser strålande ut då, sa Nils när han kom in i rummet. Har du sovit en härlig skönhetssömn?

Nils log när han såg vad han såg. Fick något lystet i blicken, knäppte sin skjorta och rättade till anletsdragen.

– Jag tänkte nyss på Kersten, sa hon. Kersten hade så mycket livsglädje, så många bra och goda tankar. Varför ska så fina människor tas bort ifrån oss först, Nils?

Nu hade Anna kommit in på den avdelning Nils hade svårt för.

– Ja du Anna, jag vet verkligen inte. När man tänker efter så är det orättvist många gånger. Men alla får väl sin rättvisa tilldelad, antagligen. Varför miste vi vår Henning, tror du?

– Ja om jag det då visste, förutom att han blev sjuk. Men orättvist det var det. Jag kanske ska fråga Viktoria idag när hon kommer, hon är ju lite religiös.

Nej det tror jag vi låter bli, när allt kommer kring. Vi känner henne ju inte tänkte så.

Hon sittande... med blicken långt borta. Nils tittade på henne och undrade vad som var å färde?

– Du verkar långt borta, sa han?

– Va? Jo just det. Jag kom ihåg att jag hade vitsippor på mitt rum jag plockat i Kristianstad, ja när jag bodde där. Oj, jag drömde mig visst bort ett tag igen. Usch, det var nästan otäckt. Jag kände samma känsla där som nyss då solen letade sig in på golvet och kittlade mina fötter med sina varma strålar. Jag kunde se dig min soldat, vaggande i tågvagnen då du hjälpte mig med mina koffertar och väskor. Ibland vill jag backa tiden och få den uppspelad för mig ännu en berusande gång. Det känns ibland som om det är så mycket jag hade velat göra under tidens gång. Som jag inte hunnit med att leva ut, i den min prunkande sommaräng, jag tänkt.

– Just nu, tycker jag du ser ut som en prunkande sommaräng i den blekingska skärgården!

Det var snällt och fint sagt, Nils.

– Jamen, finns det något vackrare än skärgården utanför Karlshamn?

– Det vet jag verkligen inte, jag har inte sett den skärgården och inga andra skärgårdar heller.

– Det är bara titta dig i spegeln, Anna!

– Äsch så du säger, jag blir rent generad.

– Det kommer en dam på trottoaren här utanför! Kan det vara Viktoria månntro?

– Hon ser respektabel ut, Nils. Det är säkert Viktoria. En stilig dam, det må jag då säga.

Snygg långkappa och en passande hatt! Ja ser du, hon viker in mot vår port.

Damen ute på gatan var mycket riktigt, Viktoria Danielsson.

Hon stannade upp och ser sig om efter husnumret. Till slut ser hon var 52 är beläget, och hon styr med bestämda små steg, utan den minsta tvekan, fram mot porten och kliver in. Tavlan innanför porten ger vid handen att N. Nilsson, bor till höger på nedre botten. Tre små steg, och så knackar hon på dörren utan att darra det minsta på den lilla handen.

– Nu knackar det på dörren sa Nils, du får allt gå och öppna dörren. Det är din syster.

– Nils sa hon, du öppnar! Hon pekade på dörren och såg ut som fjärran från någon prunkande sommaräng, möjligen en sommaräng som hade lite rosor på kinderna.

Anna hörde dörren öppnas ute i hallen och någon sa…

– Mitt namn är fröken Viktoria Danielsson, och jag söker en fru Anna Westergren!

– Jaha, sa Nils och klev ett steg baklänges. Men någon sådan finns inte här, hade han sagt. Går det inte lika bra med en, fru Anna Nilsson?

Damen i dörren som presenterat sig som Viktoria Danielsson, tog upp en lapp ur sin blanka fina handväska, läste ett tag och sa så:

– Det stämmer! Fru Anna Nilsson, ska det vara.

– Var så god och kliv på, sa Nils och gestikulerade med armen så fröken Danielsson förstod vinken.

– Jag hör lite dåligt se, sa Viktoria!

– På de viset, hade Nils sagt med höjd röst.

– Anna, du har besök! Ropade han inåt våningen.

På snabba fötter var Anna strax i hallen och välkomnade.

– Men så rart möte, hade Anna sagt och tagit i hand. Så trevligt, nu har jag en syster du, Nils. Ja Nils, det är min man, sa Anna förklarande medan Nils artigt hängde upp Viktorias kappa och bockade sig bugande.

– Jag har nedsatt hörsel, sa Viktoria igen upprepande, denna gång visserligen vänd åt Anna.

– Då får vi tala lite högre, sa hon bara medan hon började presentera de barn som stått stilla och bara följt sina föräldrars förehavanden och så den där damen som kommit.

– Så barn, hälsa på moster Viktoria nu! Det här är mammas syster, förstår ni. Hilly hade gjort stora ögon som vanligt.

– Jag visste inte att mamma hade en syster, sa hon?

– Jo då det har jag, två stycken till och med.

– Två?

– Ja, både Viktoria, som ni hälsat på nu och Tony, som inte besökt oss ännu, sa Anna lite diplomatiskt.

Viktoria hade sett glad ut över barnen och klappat dem på hjässan. Anna hade själv sett ganska nöjd ut.

– Viktoria öppnade sin väska och tog upp en strut karameller. De får väl ta sig en godsak, undrade hon vänd mot Anna?

– Ja oh ja, vad snällt av Viktoria.

Nu blev det stimmigt ett tag innan Anna föste iväg dem in i det andra rummet så de kunde få sätta på lite kaffe och tala med varandra i lugn och ro.

– Jag förstod av mor att jag skulle ha två halvsyskon och nu får jag glädjen att träffa i alla fall ett av dem.

– Men bästa syster, om jag får säga så? Du har sex halvsys-
kon, inte bara två!

– Vad, är det sant? Hör du Nils... jag har sex halvsyskon!
Det kanske man borde ha förstått, men jag har aldrig funde-
rat så.

Nils nickade lite förstrött och vände blad lite prasslande på
sin tidning, nickade igen och tog sig en slurk kaffe. Han lät
dem hållas med sitt prat, ville inte lägga sig i.

– Ja det är ju så att din far, Per Magnus Westergren, har ju
nu fyra barn i sin familj, och det blir ju därför dina halvsys-
kon. Ja, jag råkar känna till det genom mitt arbete och ge-
nom mor, Amalia. Först är det en halvbror, Konrad Detlof.
Sedan två halvsystrar, Elna Charlotta och Ebba Sofia och så
en halvbror till, Ragnar Engelbrekt.

– Oj, det här var omtumlande. Jag hade inte en aning om
detta, jag vet inte om jag ska skratta eller gråta eller kanske
göra båda två.

– Ta ett i sänder, tyckte Viktoria.

– Men vad du är duktig som håller reda på sådant. Jag har ju
visserligen fått reda på, ja på senare år, min bakgrund och att
jag hade två halvsystrar, men mor glömde nog berätta eller
om hon helt enkelt inte visste, om dessa fyra halvsyskon.

– Jo det är en aning förvirrat de må jag säga och vår herre
må förlåta vår mor för hennes krumsprång.

Även denna dag hade ett slut och Viktoria tackade för sig
och stack åt Anna karamellstruten. Till barnen, sa hon och
blinkade menade.

– Det har varit en mycket trevlig dag och det är nog mest
guds försyn att jag fick träffa dig, sa Viktoria. Tack hela fa-

miljen Nilsson för varmt mottagande. Jag hoppas vi kan återses på ett eller annat vis.

Nils och Anna samt hela högen med ungar följde sin gäst till dörren. Vinkade farväl till denna lilla prydliga dam när hon spatserade ut mot trottoaren och bort mot spårvagnshållplatsen.

– Jag måste tala med Amalia om den där Westergren och hur det ena med det andra ligger till, sa Anna. Jag vill inte famla i mörker, det känns bara genant att fråga hur saker och ting förhåller sig. Jag känner mig helt utanför min egen släkt, mina egna syskon. Är dom kanske fler, när allt kommer till kritan. Det kan ju även finnas oäkta barn, som man säger. Barn som inte har en fader, i alla fall ingen som är känd till namnet eller annan kännedom. Men ändå avlat ett barn med nån slinka på byn, det har dom. Usch och tvi säger jag!

– Men Anna så du tar i, försökte Nils medan han innerst inne kände någon nafsa efter honom i nackhåren.

Nils som länge gått och grunnat på hur han skulle förklara gossen han hade med fröken Olsson, ja om det nu var hans barn. Han tänkte berätta om sitt fumliga felsteg.

Men efter Annas lilla utbrott, var han nu inte så säker längre på om han verkligen skulle berätta omständigheten och därmed kanske bli hudflängd av sin älskade Anna.

– När Amalia kommer i morgon, ska jag fråga henne hur allt står till egentligen. Det är inte så roligt att få höra berättas om sin bakgrund på omvägar och inte av sin mor.

– Jamen Anna, det är ju som det är, du kan inte ändra på något av det. Historien kan ingen ändra på, varför vill du se bakåt?

– Om jag ser bakåt, så kan jag ju även se framåt förstår du
väl. Jag vill inte bli överrumplad på detta vis, det blir chock-
artat. Ta du med dig så många barn du kan på en promenad
ner i Långholmsparken. Astrid och Gunnar kan jag ha
hemma, men pallra dig iväg när Amalia kommer så vi kan få
lite lugn och ro.

Det var ett strålande fint försommarväder och många
grannar var på väg ut liksom Nils som dagen till ära hade
både Hilly och Ida som barnvakter åt lilla Inga som fick följa
med ut. Man styrde mycket riktigt kosan ner mot bron och
parken ute på Långholmen.

Man hade knappt lämnat Högalidsgatan och Anna hunnit
pyssla om sina minsta barn, innan Amalia anlände pigg och
glad.

– Men vad trevligt, mor. Välkommen!

– Var är alla barn?

– Nils tog dom med sig ner till Långholmsparken. De behö-
ver få lite frisk luft och träffa andra barn.

– Det var ju bra, men att du fick Nils att göra något sådant,
det är väl inte riktigt likt honom?

– Så sant, mor. Men ibland kan han göra de mest osannolika
saker.

– Det är väl inte så att ni är osams?

– Osams, inte då, ska mor veta. De är vi då rakt inte.

– Jag bara förklarade att du och jag skulle få prata lite ostört
och som mor vet har ju även små grytor öron.

– Ja det vet man nog alldeles för väl.

– Ska det bli husförhör? viskade Amalia och sneglade bort
mot det andra rummet där Astrid och Gunnar sov middag.

– Husförhör? Tja, det kan man kanske kalla det för.

– Det blir väl en kaffetår för nu är jag nyfiken?

– Kaffe ska jag bara mala lite först. Vi ska inte koka på sumpen.

– Oj då, nymalet kaffe, har du vunnit på någon lott?

– Lott, nää på någon sådan vinner jag aldrig. Jag brukar ta en lott hos en nere vid Tullen, men det är alldeles för fina vinster så där kammar man nog bara hem nitlotter. Nils skulle inte bli glad om han finge veta jag slösade pengar på lotterier.

– Man ska inte berätta allt för karlar, sa Amalia och blinkade. Jag tror inte karlarna berättar allt för oss. Men det är en trevlig lägenhet ni fått tag i nu, i alla fall. Där har ni allt tagit en vinstlott.

– Ja här trivs vi fint, sa Anna medan hon hällde upp kaffe, ställde fram socker och några skorpor.

– Jo jag tackar ja, det luktar härligt om kaffet och se skorpor också, fint ska de va!

– Jag ska väl inte behöva krusa, ta en skorpa nu och socker i kaffet.

– Jo mor har ju berättat om svårigheterna en gång i tiden nere i Gråmanstorp då hon arbetade som piga hos en Westergren. Ja det kanske inte var direkta svårigheter att arbeta hos den där Westergren, det kanske var följderna som blev till svårigheter. Ja jag vet att mor har berättat en hel del om detta tidigare. Men nu kom som sagt Viktoria och berättade att jag hade fyra halvsyskon till!

Så det var väl inte bara mig han var far till, har jag förstått nu. Det var ytterligare några på Westergrens samvete?

– Per Magnus heter han, Anna.

– Ja ja, men hur gick det då när mor blev gravid?

– Oj det är länge sedan de där, varför undrar du det nu?

– Jag vill veta min bakgrund, för igår var som sagt Viktoria här och berättade en del jag inte visste och det känns som om man är helt utanför. Mor, jag är ändå 35 år fyllda nu!

– Jo det var väl så att hade man fått en syssla och hade eget boende som piga på en pigkammare som det hette då, så var man rädd om den. Pigkammaren var ett litet rum som oftast låg alldeles intill köket, och då var det som så att husbonden tog sig friheter när inte frun var i närheten. Men sedan blev det liv i luckan när man började bli rund om magen och då var det frun som kastade mig på porten.

– Men vad sa Westergren då?

– Per Magnus? Pyttsan, den kraken han visste då rakt ingenting och ansåg att man inte kunde lita på pigor nu för tiden. De var alldeles för lössläppta. Han stack till mig en slant ändå. Sedan när du var född, hade jag ingen möjlighet att ta hand om dig, jag kunde knappt ta hand om mig själv och i Tving, Gäddgöl, där du är född fanns ju inget arbete. Det var eländigt och fattigt, ska du veta. Något arbete fanns inte i Augerum heller. Jag reste till Stockholm och du utackorderades som det hette då. Fattigbarn… Du kom helt enkelt till ett fosterhem genom din mormors försorg.

– Ja jag kom till Kristianstad och det var en tid jag inte vill tala om. Det är något jag försöker glömma och inte vill orda om, om du förlåter mig för det.

– Kristianstad, ja ack ja!

– Men Viktoria då, mor?

– Viktoria? Ja du... då arbetade jag också som piga, med egen pigkammare även där. Jag har ju berättat för dig att det var hos en medicinman Danielsson. Johan Lorentz Danielsson arbetade på apoteket, Markattan. Det låg på Kungsholmen, vid Scheelegatan, som hade precis innan hetat, Trädgårdsgatan. Vi, apotekare Danielsson och hans piga, bodde på samma gata inte långt ifrån apoteket. Jag trodde jag hade lärt mig av tidigare erfarenheter, men arbete hade jag, och tjänade faktiskt ganska bra och så hade jag ju eget rum, någonstans att bo. Så när Lorentz någon gång, ganska ofta förresten, bjöd på ett glas sherry eller vin en onsdag då jag var ledig, hände det sig väl att apotekaren blev lite kärvänlig. Ja och så blev man med barn igen. Den här gången blev det stor uppståndelse. Jag blev kallad för slinka och lössläppt omoraliskt fruntimmer, som omedelbart borde sättas på tukthus igen där jag antagligen kommit ifrån. Hon hade frågat sin man apotekaren, om han möjligtvis sett någon karl slinka in på pigkammaren? Och Lorentz hade sagt...
– Var mor *du*, med apotekaren?
– Ja lilla vän, såklart jag var när inte frun var i närheten. Men Lorentz hade som sagt var, nog sett någon slinka in där en dag. Och han måtte väl sett sig själv i spegeln då. Hur som helst, fick jag en liten dusör när jag flyttade ut när inte frun såg. Det räckte till en bostad och jag kunde föda Viktoria som också fick ett fosterhem, men har som du vet, sökt upp sin mor nu på hennes ålders höst. Usch vad jag ställt till det för er, sa hon så lite självömkande.

31

Amalia snörvlade ett tag och snöt sig. Torkade en tår i varje ögonvrå med tummen och pekfingret och ruskade på sig, som om hon försökte skaka av sig något olustigt. Ute sken solen fortfarande och man fyllde på bekymren som man sa, med fem droppar upptill, som påtår.

– Jag kanske inte skulle frågat, sa Anna och strök Amalia över sitt fortfarande vackra hår.

– Äsch, men det har inte varit så lätt alla gånger. Jag och Viktoria flyttade runt en hel del. Vi bodde på Svartmannagatan, sedan vill jag minnas vi fick flytta till Storkyrkobrinken och så iväg till Söder och Östgötagatan. Jag tror det var nummer 87 nästan ända borta vid Ringvägen där det gick en spårvagn, minns jag. Och så var det en sväng till Skeppargatan. Ja jestanes, sedan tror jag det blev Klara Norra Kyrkogata, där Tony föddes. Jag kommer knappt ihåg hur det förhöll sig längre med alla detaljer, du får ursäkta mig för det.

– Men min far Westergren? Ja, Per Magnus, vad arbetade han med. Hade han arbete, kanske jag ska fråga?

– Per Magnus, var fabrikör och känd under en tid. Han hade ett litet blomstrande företag inom buteljkorgstillverkning. Krogar ropade efter buteljkorgar ett tag för att kunna hantera vinflaskor på ett behändigt vis. Näsa för affärer, det har Westergren alltid haft. Ja, han höll på med tunnbindning före det då jag arbetade som piga hos honom. Det var stort under en tid med tunnor. Man saltade in sill och annat och tunnor var ett lukrativt hantverk, men sedan blev det som sagt var buteljkorgar. PM Westergren buteljkorgsfabrikör, kallade han sig.

– Men buteljkorgar, köpte folk sånt?

– Jo, enkla korgar hade man i köken och på krogen. Tja, de kunde man väl ha lite varstans.

– Och Westergren, är han i livet, jag menar min far?

– Jo då, han lever.

– Vet mor var han bor också, undrade Anna?

– Westergren bodde faktiskt i Hagalund ute i Solna till en början, men flyttade ner med sin korgtillverkning till Malmö några år, men nu bor han här igen, ja på Södermalm! Men nu har han företaget på S:t Paulsgatan, om jag inte missminner mig.

– Bor far i våra krokar?

– På Renstiernas gata. Den gatan ligger i de östra delarna av Södermalm, om man kan säga så. Vi skulle kunna åka dit så får du träffa din far?

– Ja, det skulle vara spännande och trevligt!

– Då kan vi ju hoppas att det blir på det viset, Anna. Vi skulle kunna ta spårvagnen en dag bara du och jag.

Anna såg lite tagen ut. Blickade ut genom fönstret.

Sträckte sig över sina pelargoner för att se om Nils och barnen inte var på hemväg snart.

– Konrad Detlof, Elna Charlotta, Ebba Sofia och Ragnar Engelbrekt, berättade Viktoria för mig att mina halvsyskon hette. Stämmer det mor, eller har jag möjligen missuppfattat någons namn?

– Just så är det, Anna. Jag är inte säker på om dessa fyra halvsyskon är förtrogna med dig. Jag kan tänka mig att det inte var så bra för Westergren att ha ett barn utanför äktenskapet om man var fabrikör. Det syntes inte så bra, kanske. Möjligen en olägenhet för affärerna, vad vet väl jag. Och vem vet, fru Westergren kanske inte känner till dig heller. Hon kanske bara minns att hon slängde ut en piga nere i Gråmanstorp år 1877 en regnig septemberdag där hösten var i antågande och Jöns-Erik gick med den gamla märren till slaktarn.

– Var det så, var det en regnig dag då mamma sattes på porten?

– Nej, inte minns jag det. Men jag tror att det kändes så den dagen. Man vändes ryggen, som att gå som märren sina sista, steg. Tungt var det, tro mig.

– Jag tänkte… om det var en olägenhet för Westergrens affärer att ha ett utomäktenskapligt barn, borde han i så fall inte tänkt på det lite tidigare?

– Men kära barn, vad vet vi om Westergrens tankar? Vad vet vi vad vi tänker som är rätt, men som kanske ändå är så fel i slutänden? Vilka är vi att kunna vrida klockan tillbaka?

En lite blåsig augustidag, satte sig Amalia och Anna på spårvagn 10 nere vid Hornsplan för att åka till Renstiernas gata.

Man skulle förstås bli tvungna att byta vagn vid Ringvägen, så man hade löst en biljett med övergång. Det blev en trevlig tur för Anna som inte kom ut så mycket som exempelvis Nils. Nu fick hon se att man arbetade på alla de håll utefter deras färdväg. Breddade vägen, sprängde bort bergknallar, byggde stenhus och lade ner rör för avlopp från husen. De klev av vid hållplats Ringvägen och fick sedan vänta på en vagn nummer 4:a som skulle köra sin linje hela Ringvägen bort till Renstiernas gata.

– Ska vi verkligen åka dit? Nu är jag så nervös så magen är på väg att vända sig ut och in.

– Ja, lite kittlar det väl i min mage också, men nu tar vi den så kallade tjuren vid hornen.

– Här har vi ju bott tidigare, sa Anna och följde med blicken huslängan vid Sköldgatan, när spårvagnen ringlade vidare. Den ståtliga Ekermanska malmgården... ser man på, den står kvar!

– Ja, det är inte så väldigt långt ifrån de hus Westergrens bor.

– Westergren kanske bli rasande och undrar vad vi snokar efter?

– Westergren? Nej du, den gubben har alltid varit from som en gammal kamel. Han har aldrig velat stöta sig med någon och han var en bra arbetsgivare på det viset i Gråmanstorp. Ja, innan den lilla olyckan var framme, vilket på sätt och vis jag är glad för om du nu förstår hur jag menar.

– Jag kanske både förstår, och inte förstår!

– Vad är det här för stor gata, fortsatte hon och sträckte på halsen när de passerade en ganska trafikerad korsning?

– Den gatan vi passerade över, heter Götgatan.

– Det är en lång gata som går ända ner till Södermalmstorg och början på Hornsgatan. Anna, du skulle nog behöva se dig om en del i din stad, det här är inte som i Augerum en dammig grusväg rakt igenom byn!

– Lite större är det kanske, men lika grönt i alla fall sa hon när spårvagnen krängde runt åt vänster med en liten backe framför sig och ett berg på höger sida, inlummad i murrig grönska där några små faluröda stugor klättrade i skrevorna. Lantligt syntes det mitt i den stora huvudstaden. Hemtrevligt, men det kanske inte var så hemtrevligt inomhus. Dragit och kallt om vintern med en pump på gården som alltid frös till is i kylan, liksom man själv gjorde ute på gårdens dass. Så lagom hemtrevligt.

– Nu ska vi strax av, sa Amalia och såg sig om. Ja, nästa hållplats ska vi av, sa hon och tryckte på en knapp så det sa pling någonstans!

Damerna klev av på refugen vid hållplatsen och vände sig om för att rekognosera. Pekade på en gatuskylt där det stod, Folkungagatan. Men man vände sig om och började gå uppför den lilla backen, tillbaks där de nyss kommit med spårvagnen. Passerade Kocksgatan och Åsögatan.

Fick gå över gatan, för i hörnhuset på andra sidan låg deras mål, Renstiernas gata nummer 26. Anna stannade på trottoaren invid väggen och en skomakares verkstad.

– Ska vi verkligen, sa hon och såg bedjande på Amalia?

– Nu har vi ju tagit oss hela vägen hit, så nu löper vi den gamla linan hela vägen ut.

– Tänk om någon av dem ser oss här på gatan nu, så kanske de häller slaskhinken över oss när vi kommer?

– Men Anna, var inte barnslig nu. Hur ska Westergrens veta vilka vi är? Dig har han aldrig sett vad jag kan förstå, för då låg du i min mage och det är faktiskt nästan 36 år sedan jag kastades på porten. Vi kan vända i dörren om vi känner att det är oss obekvämt, svårare än så är det faktiskt inte.

Amalia knuffade upp porten och man möttes av ett lätt matos, ty det låg ett ölkafé i nederplanet av huset som hette, Lätta Livet. Det luktade stekt lök och det knorrade lite i magtrakten av bara den orsaken. Oj, det var flera i huset som hette Westergren, såg Amalia och Anna på tavlan nere i porten. Men, Per Magnus Westergren bodde på 2 tr. stod det. Man talade inte med varandra för det ekade så väldigt i trapphuset. Det blev att peka och nicka eller skaka på huvudet.

Så, det var bara att fortsätta på den inslagna linjen. Väggarna i trapphuset var ljust gröna med vita prickar och en gul rand följde trappens kurvatur uppåt. En bred ekdörr med namnskylten PM Westergren, i mässing och en smal fönsterdörr bredvid med vattrat glas och brevinkast, avslöjade att de kommit rätt. Trappavsatsen var stor och det fanns ytterligare en dörr på våningsplanet.

Amalia satte tummen resolut på ringledningsknappen till vänster om dörren. De hörde tydligt hur det någonstans inne i lägenheten ringde en klocka. Så plötsligt, öppnades den breda ekdörren av en dam. En storväxt dam, bred om barmen och i strikt svart klänning med svarta blanka knappar och ett smalt pärlhalsband. Hon mönstrade Amalia och Anna uppifrån och ner men verkade inte helt förtjust i besöket.

– Hon spände ögonen i Amalia och frågade i barsk ton, vem
är det damerna söker?

– Amalia sa förlåt, vi har kommit alldeles fel och så hade hon
och Anna snabbt vänt sig om och började gå nerför trappen
igen.

Det tog ett tag innan de hörde att dörren där uppe, slogs
igen och det gjorde den med kraft.

– Men vad otäckt, viskade Anna!

– Ja du, och det där var Charlotta Sofia, som du fick en liten
dust av, det är jag säker på.

– Det var alltså hon som inte ville ha en omoralisk slinka i
sitt hus nere i Gråmanstorp, log Anna?

– Tror på tal om omoraliskt, att hon hette Persdotter på den
tiden, ja det var innan hon blev fabrikörskan Westergren.
Och räknar man på fingrarna, tror jag hon är minst tio år
äldre än fabrikörn, själv.

När mor och dotter kom ut ur porten, vände de upp mot
Bondegatan och raskade på stegen mot Hvita Berget utan att
se sig om.

– Frun tittar nog bakom gardinen och försöker se vart vi tar
vägen, vi kan vänta på nästa spårvagn här vid Hvita Berget sa
hon då de närmade sig en spårvagnshållplats. Hon behöver
inte se att vi tar vagnen ner mot Ringvägen, fortsatte hon
och blinkade åt Anna.

De klev över gatan och upp på refugen som låg mitt i gatan
och markerade hållplatsen, Hvita Berget. Där stod redan ett
par andra vid hållplatsen, som verkade vänta på vagnen.
Anna sneglade över axeln på Amalia för att se om de var
sedda ifrån hörnhuset de nyss flytt hals över huvud.

Men hon kunde inte se huset ifrån den plats de nu stod på.

Hon drog efter andan nästan i panik, rent reflexmässigt då hon såg "Busfasan" som var Spisrakans kollega inom det polisiära.

Han kom i maklig takt gående uppför den lilla backen de nyss lämnat bakom sig. Han gick med händerna på ryggen och med den långa sabeln dinglande utefter långrocken. Hans pickelhuva var välputsad för den blänkte gnistrande i solen och Anna tyckte att han tittade efter dem.

– Ser du konstapeln där, sa Anna och nickade försiktigt nedåt backen. Det är han med öknamnet, Busfasan. Alla busars fasa! Han är väl inte efter oss?

– Nej, vi har inte gjort något orättfärdigt. Vi har bara gått lite fel alldeles nyss helt enkelt och det bad vi om ursäkt för. Nej, den där konstapeln är bara ute för att visa att här finns en ordningens man, mest för alla busars skull. Men se där, nu kommer vår vagn. Vi kanske har tur och får åka tillbaka på samma biljett, det har inte gått en timme ännu!

Anna drog en lättnandes suck när så spårvagnen startade med ett lätt ryck och rullade åter Ringvägen fram. Korsade Götgatan Amalia talat om, förbi sockerbruket, Tantolunden, Zinkensdamm och ner mot Hornsgatan. Där fick man byta vagn igen till 10:an sista biten Hornsgatan ner mot Hornstullen.

– Kommer du söka upp dessa människor igen tror du Anna, sa Amalia plötsligt?

– Nej, jag tänker så här. Om Westergrens barn vetat om att de hade en halvsyster, skulle de då inte försöka finna henne eller är det bara jag som är släktkär?

– Men, vad vet du om det? De kanske har sökt dig, men med allt flyttande hela tiden som ni har gjort, kanske det inte är så lätt alla gånger. Hur länge bodde ni på Långholmsgatan, egentligen? Och, vad är det som säger att Per Magnus berättat för dem, om dig? I så fall skulle ju den där barska madamen känna till dig och det tror jag inte hon gör. Jag gissar, och nu Anna säger jag gissar, att även dina fyra halvsyskon i det här fallet, är helt ovetande om din varelse. Svårare än så tror jag inte det är, lilla du.

– Jo mor, så är det naturligtvis. Jag är nog bara lite chockad ännu efter det mottagande vi fick som tog en ände med förskräckelse och ett abrupt slut. Jag kanske hade hoppats så mycket på detta besök men nu känner jag bara stor tomhet, besvikelse och ledsamhet.

När spårvagnen vände nere vid Tullen, klev bara Anna av och tog adjö av Amalia som skulle ta vagnen tillbaka hem till sitt. Hon hade hoppats Viktoria var hemma då hon kom hem och hade ordnat med någon mat. När vagnen åter satte sig i rörelse vid Hornstullen, stod Anna och vinkade. Men Amalia hade inte vinkat tillbaka åt henne!

Anna hade blivit snopen och konfunderad, och stått länge kvar och sett den blåmålade vagnen försvinna uppför Hornsgatan. Varför vinkade inte mor, hade hon tänkt!

Amalia hade suttit nerhukad med sin näsduk och var nästan otröstlig, när vagnen hade satt sig i rörelse igen från Hornstullen, eller bara Tullen, som man oftast sa. Ett herrskap hade tittat lite förundrat på henne och hon försökte därför med möda att gaska upp sig. Det var många minnen som hade ramlat över henne den här dagen uppe vid Renstiernas gata. Hon hade mått illa av att se fru Westergren, som hade kastat henne på porten en gång och kallat henne för en massa otrevligt. Och hon var bestört över att de inte fått träffa, eller kunnat träffa, Per Magnus för Annas skull.

Hon hade inte velat visa Anna hur hon egentligen kände det och mådde, men nu bröts alla spänningar och hon fick ta till näsduken igen.

Äsch, sa hon så igen och försökte rätta till anletsdragen.

Här sitter jag med min självömkan, som man bäddar får man allt ligga.

Vid Tullen hade Anna, fortfarande grubblande, så sakteliga börjat vandringen hemåt. Hon tog Långholmsgatan uppåt. Det hade blivit lite konstigt slut på en annars trevlig dag med mor, tänkte hon. Spännande! Så skyndade hon på stegen för att återförenas med hela familjen så snart som möjligt.

Allt återgick i de så kallade normala gängorna, om man nu kan tala om normala gängor. Vad är normalt, hade Anna frågat sig fler än en gång? Var det normalt att Kersten dog? Var det normalt att de hade mist sin lille Henning?

Var detta, normala gängor?

32

I gathörnen hängde nu girlander av tallris i bågar och jul-
stjärnor kunde man se vid affärsidkarnas bodar. Det började
närma sig jul och det var något trots allt Anna såg fram
emot.

Så firade man för första gången jul på Högalidsgatan och
Nils hade fått tag på en liten julgran. Alla i familjen tindrade.
Till och med Nils tycktes fylld av glädje och högtid.

Genom fönstren ut mot Högalidsgatan, såg man hur snön
föll tungt i stora flingor. Spisrakan kom stretande i långrock,
sabel och vintertovan. En svart fårskinnsmössa med det
blanka polisiära emblemet i gulmetall med Stockholms
skyddshelgon S:t Erik, framtill.

Det var så Anna tyckte riktigt synd om honom som behövde
arbeta en sådan här högtidsdag.

– På en julafton borde alla få kunna vara hemma hos de sina,
sa Anna.

– Ja, det får dom väl också om de vill, menade Nils.

– Spisrakan stretar på här utanför upp mot Varfsgatan.

– Har han inget hem, han?

– Spisrakan? Jo men. Jag tror han är ungkarl.

– Jaha, då är det därför han arbetar en sådan här dag.

Spisrakan stretade vidare mot snöandet. Han mötte en granne till Nilssons som kom släpande på en gran, gjorde honnör och önskade antagligen, en god jul.

– Jonsson kommer hem med en gran nu, sa Anna som hade översikt på det som hände utanför fönstret. Roligt för deras barn att få en gran. Fint att du kunde ordna en gran åt oss, Nils. Det känns så stämningsfullt med en gran. Oj, nu måste jag titta till grytorna i köket!

– Det luktar skinka, hojtade Nils ut mot köket medan han öppnade luckan till kakelugnen och stoppade in ett vedträ så gnistorna yrde.

Det hade lägrat sig en skön stämning i det Nilssonska tjället denna afton och det var något Anna strävat efter att hennes barn skulle få känna av. Anna hade med de största barnens hjälp, Hilly och Ida, sett till att stöpa egna ljus och baka pepparkakor. Man hade klippt av färgat papper och gjort julgransdekorationer i form av glättat rött papper. Nils hade köpt en flaska glögg som man ska ha på julen och en doft av den värmda drycken spred sig i deras bostad.
Alla var glada och till och med, nybadade. Nils hade ordnat ett stort runt kar i trä, som stått på köksgolvet där alla småttingarna fått tvaga sig julfina. Senare på kvällen hade även Anna och Nils sett till att göra sig julfina och doftade gott ända inifrån, som Nils sa och passade på att krama om Annas ljuvligt mogna bröst när han skulle hjälpa med torkandet. Nu satt alla barn som små tända ljus.

Man pysslade med sitt. Barnen hade sina dockor och annat
att förströ och roa sig med.

Hilly hade det vakande ögat över sina småsyskon. Hon rät-
tade till sina småsyskon, även om Astrid var den som kunde
kinka och sprattla emot, men Hilly sa åt på skarpen om det
trilskades för mycket. Mest var det snälla tröstande ord hon
delade ut, medan hon bar och kånkade de minsta på sin höft.

– Jag tror du ska bli poliskonstapel, när du blir stor Hilly, sa
far och log! Vi kanske får en ny Spisraka, sa han och skrat-
tade. Han hörde att det skrattades även utifrån köket.

– Spisraka sa Hilly, med ögonen stora som tefat? Jag vill inte
bli sotare!

– Anna skrockade igen och kom ut ifrån köket. Vet du, sa
hon till Nils, Kersten var ju i lag med en sotare i Norrkö-
ping. Axel, eller som vi kallade honom för, Acke. Han var
sotare och den Kersten höll av var antagligen spisrakare
också. Det var ju inte den flärd hon tänkt sig. Att bli hustru
till en sotare, var inte de vyer hon hade med att resa till
Stockholm, gifta sig och kanske skaffa barn, som hon sa.
Men som sagt, Acke var sotare och den hon föll för pladask
redan i Norrköping. Och då kommer det över mig igen, hur
jag saknar Kersten! Nils, du får ursäkta mig jag kan låta tjatig.
Men jag tänker på Kersten vid sådana här tillfällen. När vi
har det bra och bor bra med massor av ungar. Vi har det så
vi klarar oss, så är det just så som Kersten hade velat leva.

– Nu tror jag det är dags att smaka av glöggen du Anna, sa
Nils med lite mer än glättig ton.

– Mor och far tar sig en pepparkaka och ett glas glögg, me-
dan barnen får lite hallonsaft och en pepparkaka, sa Anna.

Ja, eftersom det är jul och vi har bakat pepparkakor ska vi väl låta oss väl smaka av vårt bakverk, eller vad säger ni barn?

Anna hade inte behövt fråga mer än en gång. Barnen jublade och far satt och mös i sitt soffhörn. Krafsade fram en cigarr och tände den. Alla tyckte det luktade gott och jullikt. Kakelugnen gav ett lite sprakande knäppande ljud ifrån sig och spred en ljuvlig värme. Nils smuttade på sin varmt rykande glögg och skålade med sin kära Anna. Så sjönk han lite mysande ihop, i soffhörnan.

En tanke som flög i honom lika väl som tankar hade väckt Anna, var om fröken Olsson, Annelie Olsson på Nybrogatan. Hur hade hon det nu och hur hade hennes son det just nu? Det var tankar som for genom hans hjärna.

Han blev lite dov till sinnes och tänkte, det här var felaktiga tankar i familjens gemenskap en dag som denna, det går inte för sig. Han klev upp och gick till köket för att hämta sig lite glögg. Bara alla dofterna i köket berusade honom och han såg nöjd ut då han kom tillbaka med sin lilla glöggmugg.

– Anna, ville du ha mer glögg?

– Nej tack, kära Nils. Det här är så bra så, sa hon och höll upp sin mugg med glögg i! Vi ska äta julaftonsmiddag om en knapp timma då skinkan är färdigkokt och griljerad och så måste vi bara ha dopp i grytan först med rågbrödet.

Familjen samlade ihop sig. Man lät Astrid och lille Gunnar få sin kvällsmat innan de stoppades i säng och de lite äldre syskonen med mor och far, gav sig hän åt lite skinka och sill samt lite prinskorv. Man hade sparat och gnetat för att få julen att gå ihop. Men med lite trollande gick det bra. Skinkan räckte ju flera dagar liksom sillen, så det blev ändå inte så kostsamt i längden.

Veckan efter, firade man även in det nya året och det var frid och fröjd i boningen där man dock inte visste vad morgondagen hade att bjuda. Vem visste och vet det förresten, om morgondagen?

33

Ett nytt år var som nya bollar nya insatser, ute på Lindgrens nöjesfält vid Allmänna Gränd, på Djurgården. Det var länge sedan han var på nöjesfältet, konstaterade Nils där knappt nyårsblossen och de bengaliska eldarna hunnit slockna, på tal om insatser. Där hade Nils gjort några besök då han var ny i den stora staden och hade bott på Oxtorgsgatan.

Han log för sig själv åt sina minnen. Nils var inte känd för att gå omkring och le, han var mer neutral i det avseendet.

Så kom våren till Södermalm även detta år. Solens strålar letade sig ner mellan husfasader och brandväggar och nådde ända ner på gårdarna. Till och med även på Söder. Spisrakan kom patrullerande med händerna på ryggen, fortfarande i långrock, för reglementet sa antagligen att det inte var vår ännu. Spisrakan fick säkert vänta till den 1:a maj innan det var dags att ömsa skinn. Konstaplarna hade sina regler och bestämmelser att rätta sig efter, hur konstiga de än var. Regler och bestämmelser var till för att följas och det höll spisrakan och hans kollega busfasan, styvt på.

Den här söndagen, en försommardag en skön dag då man hade tänkt sig som en liten utflykt till Långholmsparken, blev inte riktigt den utflyktsdag barnen hoppats på.

Man hade fått besök, eller rättare sagt Anna, hade fått besök. En yngre dam, välklädd och tjusig, hade Nils senare konstaterat så Anna tittat lite konfunderad på honom. Han hade dock bara harklat sig och tittat ner i golvet.

Det var Annas halvsyster, Tony Ulrich-Håkansson som kommit på besök. Numera med namnet stavat, Toni. Ja, det skulle bara bli som hastigast hade hon sagt redan då hon klev över tröskeln. Men mor Amalia hade berättat att hon haft en syster, även om det bara varit en halvsyster, så skulle hon således finnas på denna adress, Högalidsgatan 25.

– Ja, det här stämde ju alldeles precis, sa hon med mogen röst trots sina unga år. Jag har sett fram emot detta möte Anna, sa hon med ögonen fästade vid Annas. Verkligen trevligt och vad fint ni bor.

– Fint, sa Nils något undrande?

– Ja, ombonat, med olika bekvämligheter inomhus. Jag förstår ni vill ut till parken med barnen, jag ska ila vidare. Men om jag får kommer jag åter, sa hon medan hon reste sig och sträckte fram sin lilla spensliga hand.

– Ja, det var verkligen trevligt besök och lite oväntat. Amalia brukar annars tipsa oss om något är i görningen, sa Anna. Senast fick vi besök av din andra syster, Viktoria!

– Ja, men det var väl generöst? Viktoria är en mycket fin människa, men kan vara lite svårhanterlig om ni förstår hur jag menar och inte misstycker. Ja intet ont om Viktoria, hon är mycket nogsam, korrekt och ordentlig. Men hon har ju

sina religiösa nycker och så den underhaltiga uppfattnings-
förmågan enär systers hörsel inte är henne till fromma. Det
där kände ni säkert till eftersom ni träffat henne.
– Ja, Viktoria berättade själv om sin nedsatta hörsel.
– Då ska väl jag tacka för mig och Anna, har du vägarna
förbi Saléns Konfektion nere på Götgatan, Götgatan 16 så
välkommen att titta in, vet jag. Jag arbetar som brodös hos
Saléns!
– Jo, Götgatan 16, det ska jag anteckna lilla Toni och tack så
väldigt mycket för att hon tittade in. Nästa gång får det bli
lite mer ordning.
– Adjö då, alla barn, sa Toni och satte sig ner på huk och
kramade om dem alla som vågade sig fram. Och adjö Nils,
det var trevligt att få göra er bekantskap även om den blev
lite hastig och plötsligt påkommen men det ber jag om ur-
säkt för. Men det var så att jag var här i kvarteret bredvid i
ett ärende, se.

Ute var solen fortfarande på ett strålande humör och bar-
nen radades upp och korgen var ju redan packad med lite
ätbart och en filt att sitta på, så kosan ställdes mot Lång-
holmsparken i alla fall.
Man ville varken lura sig själva eller barnen på den rekreat-
ionen. Nils hade tagit med sig en pilsner och en flaska starkt,
så det skulle nu äntligen bli en skön avkoppling.
Många familjer hade sökt sig ut på Långholmen och dess
gröna oas numera, för rekreation och lite skön avkoppling
med familjen.
De som ägde ett handklaver, hade det med sig de kunde man
höra på avstånd, andra hade en gitarr. Den Nilssonska famil-

jen lät solen stråla över sig och man åt av det mor hade stoppat i den medhavda korgen. Nils tog sig en smakbit och en öl. Han unnade sig också en sup. Nej två förresten, innan han bullade upp sin kavaj som en kudde att vila huvudet på. Så somnade han, medan solen kittlade honom över näsroten och vinden rufsade om honom i hans hår lite lätt. Anna njöt av friden. Hon njöt av att se sina barn må väl och sin lilla gubbe förtjänstfullt få vila ut i vår herres friska natur och hage. Mellan träden kunde Anna se en segelbåt komma glidande fridfullt över den lätt krusade Riddarfjärdens vatten. Någonstans, slog en kyrkklocka två slag. De båda karlarna i familjen snusade, det vara bara den feminina delen som var vaken. Man roade sig på sitt vis och rullade runt fnittrande i det solvarma gräset. Anna satt rak i ryggen och med knäppta händer i knät, kisade mot solen och om hon bad något till högre makter, får vi aldrig veta. Hon började metodiskt plocka ihop deras medförda saker och vika ihop de kläder barnen kastat av sig och som de nu inte var i behov av. Hon började förbereda återtåget, själva reträtten.

Gunnar lades i en vagn, och pappa Nils purrades av sin dotter Hilly. Strax var hela familjen på reträttväg liksom många andra familjer runt om. Som om någon tryckt på en knapp. Nils med familj hade mindre än en kilometer att gå och det tog bara tio minuter att traska den vägen. Man bodde i stan, men ändå så nära naturen och vattnet. Det var rogivande att se den glittrande Mälaren bort genom träden mot Essingeöarna. Nils tänkte, jag måste nog skaffa mig en liten båt. Det var en återkommande tanke.

– Vi kanske skulle skaffa oss en liten båt, sa han högt!

Han hade inte riktat sig till någon.

– Ja, det ser väldigt härligt ut och du är väl hemma på di där med båtar, sa Anna och sneglade på sin man. Vi kanske skulle ha en ångbåt, eller en sådan där segelbåt?

– Segelbåt? Nä, sa Nils. En liten motorbåt, det skulle jag kunna tänka mig. Segelbåtar är så beroende av att det blåser och när det blåser på havet då är det inte särskilt skönt, bekvämt eller minst av allt behagligt. Fråga mig, jag vet.

– Jo, jag förstår att det kan gunga en del på havet, men di här är ju inte havet.

– Jag minns när vi stampade hårt i Nordsjön med S/S Maldon of Hastings och jag fick klamra mig fast…

– ”Vid relingen, blöt huttrande och eländig” vi har hört det några gånger, min lilla gubbe. Men jag tror inte vi skulle behöva råka ut för sådan storm här på Mälarens vatten, eller vad tror min lille kapten?

– Vad jag tror, kan göra det samma, sa Nils lite stött. Vad jag vet, är att en liten motorbåt skulle vara trevlig, men dyr. Jag har några arbetskamrater nere vid varvet som har båt och som jag blivit erbjuden att låna. Vi får se, man vet ju inte vart åt det lutar.

Sommaren raskade undan fortare än nödvändigt. Allt, gud ske lov, flöt på normalt. Man arbetade och stretade, Fick visit av Viktoria och Toni, som hade gjort ett besök igen hade haft lite karameller med sig till barnen. Precis som syster Viktoria hade haft första gången de sågs.

Nils hade tyckt det märktes lång väg att de var systrar.

Karamellstrutar hade de båda två då de kom.

De kanske är tvillingar, hade han skojat?

Så kom vilodagen, efter veckans slit och Nils satt och läste tidningen. Det var han noga med.

– Jag såg i tidningen att ett krig brutit ut, sa han innan ens Anna hunnit komma innanför dörren. Tur man inte gjorde affär på en liten motorbåt jag hade på hand, sa han. Det kan bli kärva tider som det verkar ändå. Man vet ju aldrig vart det pekar eller hur ett sådant krig sprider sig till andra länder, fortsatte han när han stod där i dörröppningen och räknade in barnen när de passerade. Det stämmer, sa han då han stängde dörren om den siste i raden. Det stämmer på pricken.

– Vad var det som stämde, undrade Anna?

– Antalet barn, sa Nils och log. Dom har inte blivit fler och inte färre heller.

– Men så bra, Nils!

– Ja, fem stycken fick jag ihop. Varken mer eller mindre, som sagt var.

Nils gick till sin tidning igen för att fortsätta sin läsning. Söndagens tidning brukar vara lite tjockare, så den ägnade han sig åt som ett privilegium. Han tände sig en cigarr, det var ju söndag som sagt, prasslade ljudligt då han vände blad. Han grymtade då han läste vidare. Skakade på huvudet och grymtade igen.

– Vad sitter du nu och grymtar om?

Han tittade upp, liksom helt oförstående vad hon menade!

– Vad?

– Jo jag undrade bara vad du nu satt och grymtade om, för det var de du gjorde?

– Jaha, gjorde jag? Jo, man skriver om inkallelse här…

och om mobilisering…

– Men Nils är inte vi, eller Sverige, neutrala eller vad det heter, vid krig?

– Jo det är vi. Men det kan vara så att vi får och måste vakta vår neutralitet, vi får se om och vakta vårt lands gränser.

– Hur kan du allt, eller vet sådant där?

– Ja, man gjorde ju exercisen nere vid Bredåkra heden som du kanske minns. När vi muckade, hade vi samma resväg på tåget. Ja som en väverska ifrån Yllan som visst var på väg upp mot den stora staden. Du kanske också minns, sa han och tittade upp leende ifrån tidningen.

– Oh ja, det glömmer jag aldrig, jag menar den tågresan. Minns också att jag skrev ner mina intryck under resans gång. Måste leta upp den dagboken vid ett tillfälle för att läsa igenom vad jag skrev. Det var nog kanske lite naivt skrivet, jag vet faktiskt inte. Jag hade tänkt, ja med min dagbok, att den ska Hilly få då hon fyller 21 år! Det var 21 år jag var då jag började notera saker och ting i den dagboken. Det blir i så fall en liten historiebok för Hillan skulle jag tro. Om hon nu kommer vara intresserad av den, det vet man ju inte, men jag tror det. Eller i vilket fall, vill jag tro att det är så.

– Jag undrar, sa Nils grubblande utan att antagligen hört vad hans hustru hade sagt, om man kommer bli inkallad? Ja jag var ju vicekorpral då vi muckade och sådana underhuggare, brukar man ta in först.

Nästkommande natt, blev en orolig natt för Nils. Han var mån om sitt arbete nere på Bergsund och tänkte på utebliven inkomst och försörjningen för familjen. Visst, de hade en sparad slant de hade de. Men krig är oförutsedda utgifter.

Frampå morgontimmarna somnade han, men då var det dags att stiga upp för att ta sig till arbetet.

Augustisolen spred varma strålar och målade med långa penseldrag de långa skuggorna över Högalidsgatan denna förmiddag.

Men det var ingen dag vilken som helst, nej basen nere på Bergsunds Mekaniska hade berättat för Nils om mobiliseringen.

Han hade fått telefon om att Nilsson skulle bege sig hem för att ta emot ett brev ifrån militären! Nils hade heller inte varit hemma särskilt länge, innan det knackade på dörren. Utanför stod brevbäraren Sture Trapp.

34

– God morgon Nilsson, ett litet kuvert att kvittera.

– Inkallelse, sa Nils och tittade upp på Trapp, som var en lång smal ordning med rött hår och områdets postiljon.

– Ja, jag vet inte hur många jag delat ut idag sa han. Lycka till i Gråbo, god morgon!

– Gråbo?

– Ja alla ska till Gråbo, sa "Trappen". Men fråga inte var det ligger för det vet jag då rakt inte.

– Jaha, så ska man iväg då någonstans sa han och suckade.

– Vart då?

– Det står Gråbo, mer får man inte berätta. Inte ens för sina anhöriga, sa han dystert.

– Gråbo, det har jag inte hört talas om?

– Inte jag heller, men det är ett täcknamn för något annat.

– När ska du åka?

– Vi ska se vad det står, det är måndag idag och det är redan i morgon som man ska ställa sig till landets förfogande, svårare än så verkar det inte vara. Ja, sedan står en massa annat vad man ska ta med sig, och så vidare. Men det står i alla fall, vicekorpral Nilsson, i handlingarna.

Nu började ett planlöst letande efter en lämplig resväska han kunde ha med sig. Inte för stor och inte för liten. Man visste man skulle ha en lagom väska, men var finner man den? Till slut, föll man till föga för den lite större otympliga väskan och öppnade dess lock… just det, där låg den minde resväskan!

Det var en chockartad stämning på Högalidsgatan. Och man funderade hur länge han skulle bli borta. Det står inget om det i försändelsen kan jag säga dig, sa Nils lite vresigt. Det knackade på dörren.

– Vem kan det vara så här dags, undrade Anna?

– Vi får väl se efter sa Nils, fortfarande lite vresig och öppnade dörren.

God afton, hörde Anna någon säga utanför, i farstun. Det var en bekant röst, men hon kunde inte placera den för att det ekade där ute. Det blev ett kort samtal, så kom Nils åter.

– Det var Pickel Nicke, sa Nils. Han undrade om han kunde få låna en liten ryggsäck, för han ska in i landstormen, precis som jag i morgon.

– Jaha, jag tyckte väl det lät som en bekant röst. Vad bra då får ni ju sällskap, kanske blir lättare då. Men, det är ju rätt årstid. Vad ska det här vara bra för?

– Vara bra för, undrade Nils och stirrade på Anna? Jag ska ju ingå i Landstormen och vakta vårt fosterland, det land vi bor i där vi vill leva i lugn och ro. Det är, vad det är bra för!

Anna hade aldrig hört Nils snäsa och vara så där vresig tidigare, aldrig någon gång tidigare. Han var på ett riktigt stridshumör, var vad hon tänkte. Nils gick själv och våndades, inte för inkallelsen, men för hur hans familj skulle klara sig under tiden han var borta och det inte blev någon inkomst. Han visste ju var "Gråbo" låg men fick ju inte berätta för sin Anna, vart han skulle ta vägen och befinna sig den närmaste tiden. Alla förstod han, hade fått platsen Gråbo som var det ställe man skulle bevaka under den annalkande oroshärden. Nåväl, det skulle väl lösa sig med tiden.

Morgonen kom fortare än vad man räknat med. Nils hade sin väska klar, tack vare Annas omsorg. Han stoppade bara ner en flaska brännvin, innan han knäppte igen locket. Det kan vara bra att ha hade han sagt. Och så log han för första gången sedan det där bruna kuvertet kom med inkallelsen. Leendet gjorde Anna på bra humör igen.

De kramade om varandra och han pussade sin lilla hustru på munnen, den första gången på flera veckor. Oj, kors i taket hade hon sagt och skrattat. Till slut hade det blivit, tre kors i taket!

– Sköt om dig, kära Nils! Och behöver jag säga, var rädd om dig?

– Vi ska egentligen inte kriga, vi ska bara observera, vakta och iaktta. Det kanske kommer bli rena semestern, men en dåligt betald sådan. Det olustiga är ju att vi inte vet hur länge, jag tycker inte om när jag inte själv kan bestämma vad och när saker och ting ska hända. Nä, nu måste jag skynda mig. Jag tror som sagt jag får sällskap av Pickel Nicke.

– Ja, hur går det nu med hans skrotaffärer nu?

– Ja jag tror äldste sonen Johan, blir den som tar hand om den delen när pappa är i Gråbo. Johan är i alla fall redan 11 år. Hoppas han kan hjälp till med den verksamheten när Pickel Nicke är bevakar landet.

– Vad fånigt det där med Gråbo!

– Det kanske inte är så fånigt när allt kommer kring. Tänk om gubbarnas kärringar och gummor kommer sättandes bittida som sent. Bara för att undra om hennes gubbe möjligen har nån krona till övers? Ja ja, vi får se hur det blir. Jag kanske kommer hem till kvällen, vem vet?

– Puss igen, min tappre lille krigare, sa hon för att försöka lätta upp den lite gråtmilda stämningen. Men hon var ändå nästan färdig att ta till lipen, i alla fall.

Nils öppnade dörren, kramade för vilken gång i ordningen gick inte att hålla reda på, åter sin lilla älskade Anna. Han klev ut i ovissheten, ut i ingenmanslandet med en liten resväska i handen. Han såg vilsen ut.

Vände sig om i hörnan av Långholmsgatan och vinkade farväl.

Nere vid tullen, hade han så mött Pickel Nicke och grannen Jonsson. Båda hade ryggsäckar och Nils kände sig lite fånig med sin lilla resväska.

– Ska du resa på semester sa Jonsson då Nils kom, och nickade åt hans resväska.

– Ja, det skulle man ju kunna kalla det, kanske.

– Jaha, sa Jonsson. Då ger vi väl oss iväg. Vi kan ta vägen över plan här, klättra ned för slänten innan vattnet och följa stigen utefter Årstaviken, som att peka ut riktningen. Lika bra vi börjar vänja oss, sa han och skrattade lite ansträngt.

– Och vad har du för militär grad, undrade Nils lite förnärmat? Själv var ju i alla fall vicekorpral!

– Militär grad! Ha ha, skrattade Jonsson lite ansträngt igen, ja det är väl menig!

De följde tysta stigen med den glittrande Årstaviken på sin högra sida och egentligen hade man det lätt att hålla sig för skratt.

Men det såg ju inte så krigiskt ut där de gick, det gjorde det inte, men ändå. Solens morgonstrålar var precis som de gamla vanliga.

De stora tårpilarna som växte utefter strandkanten, var precis som vanligt massivt gröna och lummiga. En del inkallade bröder kom uppifrån sockerbrukshållet och anslöt till gåsmarschen. Man började bli en liten armé i civila kläder som utan någon större disciplin tog sig fram utefter den väl upptrampade stigen mot Tantolunden och berget högt däruppe. Man stormade fram så gott man kunde och orkade. Det var mandom mod och morske män, finns i gamla Sverige än... en del gnolade på den gamla visan.

Andra var lite väl morska inför allvaret och hade stärkt sig med både en och två knappar i västen, men sådant kunde straffa sig, tänkte Nils. Ja, han kom ju inte tomhänt han heller, men man kanske skulle se sig om först vad allt handlade om, var hans tankegång.

Väl uppe på berget, möttes man av en officer som skulle vara den som organiserade landstormen. Man hade ställt upp lådor med innehåll av tält och kamin.

– Det här började ju bra, sa Jonsson och såg sig omkring. Fyra trälådor han har sett tidigare och förstod vad de inne-

höll. De var gråmålade och hade några svarta siffror målade
på sidan efter någon mall.

– Vad är det som börjar så bra, undrade Pickel Nicke?

Pickel Nicke som egentligen hette Per Mickel Nicklasson,
men i militärt språk, 518 Nicklasson. Nicklasson drev en
liten rörelse som hanterade skrot, helt enkelt. Det var hans
födkrok att vara skrotsamlare. Alla landstormens män hade i
stort sett, en daglig syssla som inbringade några kronor för
honom och hans familjs överlevnad. Den var inte särskilt
stor, men nu hade den blivit om möjligt, ännu mindre. Med
dyrtider som ofta ett krig förde med sig, blev många tvungna
att söka sig annat boende. Man hade kanske inte råd att bo
kvar där man tidigare bott. Ett fåtal av männen, fick det
dock bättre än vad de hade det till dagligdags. Ensamstående
som bodde i något skjul i de stadsdelar där man ännu inte
hunnit fram för att sanera, fick nu mer ombonat och varm
mat två gånger om dagen. De kunde koka sitt eget kaffe på
tältkaminen där både röken och kamratandan stod tät innan-
för tältduken.

Det kändes som man låg i fält för att vila och äta upp sig.

En officer av lägre rang, vilken kan göra det samma, hade
mottagit dem uppe på Tantoberget och förklarat hur och
vad som gällde för dem. Man hade fått en karta över områ-
det där tältens placering var utritat så mannarna hade något
att gå efter då man skulle resa dessa dukhyddor.

Och man hade även inritat i vilka väderstreck man skulle
kontrollera. Tid då kokvagnen skulle komma och alla sådana
praktiska detaljer fanns nedtecknade i de handlingar som
överlämnats till platsens vaktchef. Han var målare i det civila

och alltså, men inte tack vare, utsedd till vaktchef. Han hade en korprals märke på en armbindel och hette, Andersson.

Alla hade för övrigt fått en armbindel och en trekantig hatt och landstormsmärket, patronbälte och ett gevär m/96 en Mauser, som Nils kände igen från rekryten.

På den vänstra sidan av den trekantiga hattens uppvikta brätte, skulle märket sitta och ingen annan stans! Mycket handlade om disciplin och ordning. Patronbältet skulle sitta på sitt speciella vis, ja det var mycket som skulle vara antingen si eller så. Riktigt vad som hände under den här tiden, var det ingen som hade kläm på.

Dagofficeren skulle återkomma med jämna mellanrum för att inhämta rapport om vårt spaningsläge samt göra en enklare visitation, men om den var av enklare slag, berättades naturligtvis inte i förväg.

Officeren lämnade platsen nedför berget till en väntande lastbil, medan gubbarna började med att märka ut var varje tält skulle stå med kaminen i centrum. Några avdelades för att samla in ved, andra gick igenom manskapslistan där det var antecknat vilka landstormsmän som skulle ingå i vilket tält. Man skulle härbärgeras 12 stycken i varje tält under första veckan, sedan skulle vakthållningen komma igång efter ett schema. Under tiden detta pågick var redan en spaningsgrupp utsedd och som nu skötte den sysslan. I söder, kunde man se mot Skanskvarnen där det också fanns landstormsmän med vilka man skulle bygga upp en fälttelefonlinje. Skanskvarnens män hade samma uppdrag som Tantofolket och de landstormsmän på andra sidan Årstaviken, som även hade att bevaka järnvägen över Liljeholmsviken från Årsta till Söder, men i övrigt i samma syfte som de vid Tanto. Det var ju samma järnväg som en gång Nils och Anna kommit via, det kändes lite kusligt så här efteråt.

En fältpostordonnans med cykel, skulle upprättas mellan Tanto och Kvarnen, samt Kvarnen och Årstaskogen.

I väster hade Tanto en härlig utsikt över Årstavikens blå vatten och berget och skogen bortom den. Man var kommenderade att se och njuta av naturen, var den allmänna uppfattningen bland mannarna. Något krig kunde de inte se röken av. Däremot såg man tydligt röken från sina tältkaminer som gav ifrån sig kraftig rök genom en nyhuggen, färsk granved som de tydligen även hade borta vid Kvarnen i Skanstull, av deras rök att döma.

Det rök även bort över Årsta, så enkelt uttryckt, var det lätt att se var alla grupperingar var belägna, i deras närområde så länge man eldade. Röken skvallrade tydligt om var de höll hus, eller i vilket fall var tälten med tältkaminerna stod, för de inblandade.

Stadens innevånare, förstod inte innebörden av röken runt om.

<h1 style="text-align:center">35</h1>

Hemma på Högalidsgatan, gick livet vidare. Inte som vanligt kanske, men Anna tog dagen som den kom, dag för dag och lade timma för timma då hon hade tid att tänka efter. Alla barn gav henne inte mycket tid till eftertanke på dagarna, men när kvällen kom och det var sovdags, kom också tankarna. Ovissheten och längtan efter Nils, var svår. Det hade bara gått några dagar ännu, kanske en vecka. Hon hade inte riktigt ordning på tankarna, men det kändes som år. Ännu led man inte av någon större fysisk nöd, bara en psykisk ovisshet. Amalia hade tittat över ett tag under dagen, och det var ett skönt stöd att ha för Anna. I morgon tänkte hon, skulle hon gå ner till det lilla torget vid Tullen. Kanske kunde hon komma över något bra och billigt där. Hon hade nära att gå så de minsta kunde också tulta med och få lite luft.

Kanske skulle man bli tvungen att återigen se sig om efter ett annat boende, gärna billigare och gärna något rum till. Men hon visste hur svårt det var att få tag i något sådant i stan. Många var betydligt mer trångbodda än vad hennes egen

234

familj var. Men att önska som hon sa, kostade inget, inte att titta heller. Hon hade träffat en grannfru från den tiden de bodde på Brännkyrkagatan, och som hade blivit vräkt av vicevärden, men som nu funnit en bostad i Gröndal på Granvägen 5 hade hon glatt berättat. Det var ett grönskande område berättade änkefru Lilja, med stora gester.

Mest gamla grosshandlarvillor med punschverandor som de haft som sommarnöjen, men nu stått och väntat på hyresgäster. Vapensmedsänkan var nöjd och glad över att bo i Gröndal, att slippa storstaden och hade sin äldsta i skolan, i Blommensberg. Hyran var billigare än den de hade på Högalidsgatan och bara en sådan sak var skäl att ta sig en titt i Gröndal och på dessa grosshandlares sommarvillor. Måste tala med Nils om det när han kommer åter, när det nu blir. Denna dag hade varit förunderlig. Hon hade mött fru Lilja nere vid Tullen och bland annat kommit över ett större parti ägg och mjöl för ganska överkomliga slantar. Astrid hade hittat en hel femtiooöring och visade sin mamma. Ja från början såg man inte vad det var för någonting. Bara att det var litet och runt, men smutsigt så Anna fick ta en bit papper och gnugga bort smutsen. Då kom det fram att det stod 50 öre, på den. Femtio öre, det var pengar det! Anna kände sig orättfärdig med att ta hand om en slant någon stackare tappat, men hon kunde ju inte heller gå runt och fråga om någon tappat en slant. Hon kände sig illa till mods för hon visste vad denne stackare kunde fått för en femtiooöring.

Någon, som kanske hade det sämre ställt än hon själv, var kanske den olycklige. Så när de kom till ett salustånd med en tombola, beslöt hon sig för att göra sig av med slanten genom att ta en lott. Det var väldigt fina priser så lotterna kostade just en femtiööring. Herrskapsvinster var det minst sagt.

En av de fina vinsterna var en silverservis... en kaffeservis i silver.

För att vinna den uppsättningen, fordrades det att man hade nummer 399 på sin lott.

Anna rullade försiktigt upp lotten för att kontrollera lottnumret.

Hon fick nästan hicka. På lotten stod det, 399...

– Fick frun någon vinst, sa lottförsäljaren och skramlade runt några varv med sin tombola igen. Vi har finfina vinster, sa han och visade på en lista, och log. Den nya uppfinningen brödrosten, eller vad sägs om... en Lux dammsugare?

– Jag har nummer 399, på min lott sa Anna och visade lottförsäljaren sin vinstlott.

– Jaha, nummer 399 då ska vi se. Frun har vunnit en kaffeservis i silver! Det kommer väl bra till pass i sådana här tider?

Människor hade samlats runt lotteriförsäljaren som passade på att högljutt saluföra vinstmöjligheterna i hans tombola. Se på frun här som nyss vann en kaffeservis i silver, nästa gång är det din tur. Kom å köp, kom å köp, en lott i tombolan. Finfina priser!

Anna försökte greppa om den ganska stora otympliga kartongen inte tung, men som sagt otymplig. Hon fick genast hjälp av Ida att bära i andra änden av kartongen.

Så tågade man hemåt under glatt tjattrande från småttingarna och en stolt och glad mor som tagit en lott, om än för den slant som lilla Astrid Amalia, hittade i smutsen på torget.

Och för femtio öre för en endaste lott, vann hon sedan en hel kaffeservis i silver.

Anna hade knappt trott varken på sina ögon eller öron, när lotteriförsäljaren basunerade ut att hon just vunnit en silverservis.

Det blev ett litet triumftåg som vandrade Långholmsgatan uppåt och svängde så till höger in på Högalidsgatan. De minsta i barnaskaran förstod kanske inte så särskilt mycket av det historiska, men de större var saligt lyckliga.

Nu hade syskonen att berätta för Hilly, då hon kom hem.

36

Där uppe på Tantoberget, hade Nils naturligtvis inte heller
någon aning om vad som hade utspelats nere vid Tullen.
Han skulle med fältpost till gruppen uppe vid Kvarnen på
andra sidan Årstaviken. Det blev en ganska lång cykelutflykt
i skymningen. Det kom att bli Nils första äventyr på cykel.
Han kunde ju inte gärna säga bland de andra landstorms-
männen, att han inte kunde cykla, när han fick kommende-
ringen att föra fältposten till kvarnen.
Alla skulle säkert skrattat, vare sig de själva kunde cykla, eller
inte.
Det ville Nils inte bjuda på. Han var lite egensinnig och
skulle det cyklas, skulle han fan ta mig cykla också. En or-
donnanscykel stod till gruppens förfogande och han tog
cykeln och ledde den nedför berget. Inget konstigt i det.
Ingen reagerade heller. När han kom till sitt gamla boställe
på Sköldgatan, vid Malmgården, krängde han benet över
ramen och satte sig på sadeln och lät sig rulla. Vingligt till en
början nedför den lilla backen och ner, ut mot Ringvägen.

Det gick ju bra! Hej vad det går, fartvinden tårade hans ögon.

Han satte fötterna på pedalerna och kände sig för. Det rullade fortare och fortare. Till slut fick han syna diket, på höger sida av gatan på närmare håll. Han skrattade för sig själv där han låg i diket och torkade ögonen. Nu såg han säkert ut som en riktig krigare. Lerig och smutsig upp till hårfästet, en svidande rispa på högra kinden och en reva på armbågen på sin kavaj. Men, han sadlade om och kom igång med rullandet och började så trampa också. Ha, sa han sig. Vem är väl jag en Blekinges son, om jag inte kan cykla?

Detta skulle bli hans melodi. Varför har han inte skaffat sig en cykel? Nils tog sig lätt fram genom att med fötterna föra pedalerna runt sin hävstångsaxel på vevpartiet med kugghjulskransen, där kedjan löpte och drev hans bakhjul på cykeln framåt. Det var i dessa tekniska termer, lite kantiga kanske, men så som han tänkte där han stretade på.

Och han kom även underfund med hur han skulle bete sig för att det inte skulle rulla på alltför fort i backarna.

Till höger såg han en skylt där det stod, Eriksdalslunden.

Här var äkta bevarad södernatur såvitt Nils kunde förstå och se. Det såg helt enkelt orört ut.

Orörda berg, ofantliga häckar av slån. Med solen rätt på hela dagen, så skulle lunden genom sitt vackra läge kanske förtjäna tillnamnet, underbar. Inne mellan all denna vilda natur såg Nils små hus. Små kolonistugor och trädgårdsland och några gamla ärevördiga lador som låg i anslutning. Detta måste vara Söders oas, tänkte han när han trampade vidare och svängde ner mot den provisoriska bron där en ny farled skulle öppnas mellan Årstaviken och Hammarby sjö. Det här gröna stråket verkar följa ända bortifrån berget vid Tanto som vi är baserade på, tänkte han vidare medan han försökte sig på att vissla den där gamla rallarvisan, hur den nu gick.

Grönskan verkar må bra av att följa hela Årstavikens stränder för det ser ju faktiskt lika grönt ut upp mot Årsta.

Det dundrade lite när han rullade över den provisoriska träbron där troligtvis kanalen så småningom skulle bli färdiggrävd. En farled ut från Mälarens söta vatten, till den mer salta Östersjön.

Här fick han kliva av cykeln. Det bar brant uppför, men han såg kvarnen ut mot höger och drog sig åt det hållet.

Hoppas man blir bjuden på mat, tänkte han.

Man börjar bli lite utsvulten. Vägen var oländig och lerig och det var mest att släpa på cykeln. Längre fram såg han deras förläggning och hur det rök ur fler än ett rökrör och kamin. Han tog sig fram den sista biten cyklandes till den lilla tältstaden.

Nils förklarade sitt ärende för en utsatt vaktpost och blev hänvisad till den i gruppen med högsta rang, en vicekorpral Lindgren.

Max Fingal Lindgren, som dagligdags annars arbetade på slakthuset strax intill. Man bytte fältpost och Nils fick med sig post även från Årstaskogen. Slarvig honnör utväxlades och vaktposten ville bju på en färdsup när Nils vände om åter mot sin förläggning. Nils hade vänligen tackat nej, jag synade diket på vägen hit sa han. Det räckte! Men innan han for iväg, spanade han mot det område han trodde var det berg han var förlagd vid, Tantoberget.

Strax lokaliserade han några rökstrimmor som steg upp över träden och han antog det var där de befann sig. Då hade han en bra bit tillbaka. Inte blev det någon mat heller. Ah, hoppas det står färdigt i kokvagnen när jag återvänder till vårt berg!

37

På Högalidsgatan, är Anna på väg att lägga sina småttingar. Hilly är till stor hjälp redan och donar med sina småsyskon så de kommer i säng innan hon själv kryper ned mellan sina lakan. Det är ändå skoldag i morgon igen.

– Mor, när ska far komma hem?

– Men lilla Hilly, mor vet inte. Vi får se till att ha det så bra vi kan under tiden.

Anna satte sig vid den stora kartongen med silverservisen och tänkte, vad ska vi med en silverservis till? Gud så dumt!

– Vad ska du med en silverservis till, undrade även hennes halvsyster Toni, dagen efter?

Toni hade kommit på ett oväntat besök som var kännetecknet för henne numera. Aldrig avisera en visit, utan bara hux flux, så stod hon där. Men Anna tyckte ändå det var trevligt att hennes syster besökte henne. Viktoria var mer planerande och ville gärna skicka en liten biljett om sin bebådade ankomst. Det hade Anna heller inget emot, hon kände bara att det var hennes syskon och hon ville inte gärna förlora dessa för allt smör i Blekinge!

– Ja, hade Anna svarat på Tonis undran. Vad ska man med en kaffeservis i silver, till? Dricka kaffe i, kanske! Vi får si du Toni, vi får si. Nils har inte sett pjäsen ännu, så jag avvaktar nog till dess. Kriget är väl snart slut och då kommer han hem, om inte förr.

– Vet du var de håller till?

– Vilka menar du, landstormsmännen?

– Ja!

– Ånej det vet jag då rakt inte. Nils nämnde, Gråbo!

– Gråbo? Jamen kära Anna, det är ju ett täcknamn för den egentliga platsen. Alla som ryckte in, skulle till Gråbo.

– Menar du det?

– Ja, Nils ”Gråbo” kanske ligger runt knuten.

– Men att han inte kommer hem då?

– Så kan man ju inte göra, förstår du väl. Tänk om alla ville gå hem till sin gumma om kvällen, då blev det inga kvar som försvarade vårt land och oss, vad?

– Jo visst är det väl så, men man hoppas. Hoppas det här evinnerliga krigandet snart tar slut. Det rör ju egentligen inte oss, bara en massa länder runt om oss.

– Ja det kan ju ta slut fortare än vi hinner blinka eller råttorna slinker ner i sina hålor.

– Vi kan väl hoppas du har rätt, syster! Men man behöver ju sin försörjning som Nils stretade för, kriget tär på kapitalet, de lilla man har till förfogande. Men, det blir väl alltid någon råd.

Det var sällan eller aldrig Anna lät på det viset.

Självömkan var inte hennes signum. Nä hon var stolt. Stolt
över sig själv och stolt över sin fina familj. Nog reder di sig
alltid på något vis, tänkte hon. Och det får väl bli paltbröd
och fläsk, å de är så gott så de kan man äta om man är aldrig
så hungrig, som Nils brukade säga.

– Ja du Anna, nu ska jag fara vidare. Vi ses nog snart igen.
Och du vann en väldigt fin kaffeservis, ska jag säga. Den är
fin den du, Anna.

– Ja, det var rysligt så glad jag blev för den ska du veta. Jag
känner mig riktigt stolt för den. Men om man tänker efter,
som sagt var, vad ska jag med en sådan till?

– Allt blir sällan som man tänkt sig och jag har svårt att
tänka mig Nils sitta och dricka sitt kaffe på bit, med en sil-
verservis till bords.

– Nils han har sin speciella kopp, en kopp med en kunga-
krona på sidan. Han brukar ta den och säga, man kanske ska
ha sig en kaffe med Kron… ja han är för lustig med sina
uttryck. Jag undrar ja hur han har det där ute. Vad gör di,
vad äter di, hur sover di? Sådant vi tar för vana här hemma,
men hur har di, det?

– Tror nog di har både mat och det som behövs. Kan tänka
mig de tar sig en och annan kaffe med Kron också mot
myggen.

De båda systrarna skrattade och Anna följde sin betydligt
yngre syster till dörren där man tog farväl.

38

Vid kaminen inne i tältet berättade Nils, då Jonsson petade in en vedklabbe till, att han sett röken bortifrån Kvarnen.

– Jag kunde se hur det rök här över Tantoberget.

– Hur kunde du se att det var vår rök, andra eldar väl de också så det måste ju ryka lite varstans?

– Men jag gjorde det, jag såg att det var fyra rökpelare samlade precis som vi har våra tält uppställda. Ja, det var lika över Årstaskogen, och den gruppen.

– Det rök väl även från skorstenar och annat?

– Du hörde väl vad jag sa? Jag såg röken ifrån vårt berg vad är det för konstigt i det, har du svårt för att fatta?

– Man bara undrade, är det förbjudet?

– Nej, det är inte förbjudet. Men vad ska man ha er här uppe på berget för, om ni inte kan skilja på en så enkel sak som rök, å rök?

Det var lite tyst inom gruppen.

– Jag har hört talas om att det ska upprättas vaktlistor, sa Jonsson och såg sig om efter ett vedträ till.

– Vi ska visst gå fyra och fyra, de övriga sover i sin säng hemma!

– Fan sa Pickel Nicke, det var på tiden.

– Det här är bara vad jag hört talas om. De landstormsmän med någon form av gradbeteckning ifrån rekryten, går en extra vakt.

– Men, det är väl fortfarande så att det bara är vad du hört viskas, Jonsson?

– Jo, så är det naturligtvis. Men min mor sa alltid när jag var liten, ingen rök utan eld!

– Det ska vara riktigt torr ved då i så fall. Men den här veden ryker ju värre än Nilssons cigarrer!

– Har du inte hört något om att det är bryggdans med lottorna i morgon kväll också?

Gubbarna har det gemytligt under tältduken, fyra man var dock ute för att bevaka området runt om. Luften i första hand. Men i övrigt var det den vanliga lunken. Man har en kaffepanna som står på kaminen och de som har rökverk, de bolmar på. Berättelser och historier blandas i en faslig hast så kamratandan står högt under tälttaket.

– Tänk om det blir vaktlistor och man får knalla hem och sova i sin egen säng, ja om den inte är upptagen förstås medan man varit borta. Om inte annat, har väl ungarna erövrat den. Här har vi det lugnt och fint, inget kivande med kärringen och inga kinkiga ungar. Gott om mat har vi också och gratis är det med. Man har det bättre här och blir det bryggdans i morgon kväll, ja då är det här att föredra. Eller vad säger ni gubbar?

– Äh, jag tror inte ett dyft på vad du säger. Hade din Hulda varit här, skulle det säkert varit andra tongångar.

– Man kan väl få skoja lite?

– Jo, du skojar så lagom Jonsson när Hulda sätter händerna i sidorna! Då skulle inte jag heller skoja. Har ni sett Hulda, gubbar?

– Näe ropade Pickel Nicke, men det vete fan om jag skulle vilja göra det heller.

512 Andersson, tyckte inte riktigt om skroderandet där ingen tog något på allvar. Kriget var ju allvarligt, borde man inte tänka på kriget och sina anhöriga där hemma hur de har det. Andersson satt mest för sig själv, tyst och tillbakadragen. Han rökte inte, han tog inte någon sup heller som de andra gubbarna gjorde. Han var inte ens med och skrattade!

39

När Toni hade gått och Anna stängt dörren, satte hon sig i köket och en tår trillade på hennes kind. Det stack i bröstet när hon hade hört Toni undra över vad di skulle ha en kaffeservis i silver till!

Ja, hon hade haft tanken själv men att höra det ifrån någon utomstående, det var lite nesligt. Skulle inte vi vara fina nog att använda en silverservis vid vårt söndagskaffe, kanske? Frågan hon ställde sig var retorisk. Att vara fin, behöver absolut inte vara symptomatiskt med en hög adlig ställning. Nä det kan mycket väl gälla även oss, för jag tycker vi är lika fina och värdiga innehavare av en kaffeservis i silver, även om vi inte är av adlig börd eller har en hög plattform i staden. Men, nu skulle ju Nils absolut inte vilja ha en sådan pjäs i sitt hem av andra orsaker. Anna hade bara varit så stolt och glad den där dagen och rent impulsivt jublat inombords när hon vunnit på sin lott i den där lilla tombolan vid Hornsplan, att hon bara var fylld av obeskrivlig och sann glädje. Därmed hade hon nu beslutat sig.

I första hand åka med servisen till pantbanken för att få ut
några kronor för den, nu när det är krigstider och pengar
behövs för att köpa bröd för dagen.

Hon skulle bara invänta Hillys hemkomst ifrån skolan, sedan
skulle hon ta vagnen upp till Ringvägen där hon visste det
fanns en pantbank.

Om hon inte mindes fel skulle pantbanken, eller stampen
som Nils skulle sagt, ligga på Ringvägen 19. Nils var ju hem-
tam i dessa trakter sedan han bott på Timmermansgatan.

Redan samma dag satt Anna på 10:an upp till Ringvägen.
Hon klev av på hållplatsens refug och behövde bara korsa
halva Hornsgatan, så var hon på Ringvägen och det var den
andra porten som var nummer 19. Hon bar kartongen för-
siktigt och skämdes lite när hon knuffade upp porten. Där
innanför i valvet, fick hon så ta en ny port till höger som
ledde henne rakt in på pantbanken, Erlandsson & Son. Det
doftade naftalin och påträngande instängdhet.

En lång disk mötte henne i den ödsliga tystnaden som trots
allt härskade i lokalen. Någonstans bakom disken tickade en
pendyl dystert och ödesmättat. En lång magerlagd man kom
gående runt något som såg ut som en uppstoppad björn,
men var en päls som hängde på sin galge och förklarade
naftalinlukten. Den långe var blek och tunnhårig men var
oklanderligt klädd och var den som förestod pantbanken.
Troligen Erlandsson själv, eller hans son. Han hade i alla fall
en ljus skjorta med mörkgrön fluga under hakan och mat-
chande gröna muffar om armarna som skydd för skjortär-
marna. Han bar runda glasögon och en skärm på hjässan, en
grön skärm.

– Ja, sa han, lite uppfordrande och tittade på Anna?

Anna blev lite perplex över hans lite kantiga välkomnande. Hon förklarade sitt ärende och ställde kartongen på den långa disken.

Mannen som nu presenterade sig som Erlandsson, Viktor Erlandsson, tog upp en lupp ur bröstfickan på sin väst, för att granska servisens stämplar. Han nickade nöjd samt godkännande och Anna andades ut av bara den anledningen. Tänk om det inte varit en silverservis, den tanken hade aldrig förespeglat henne tidigare. Sedan vägdes samtliga föremål var för sig, kaffekannan, den lilla sockerskålen, gräddsnipan och den stora ovala brickan.

Tillsammans vägde det 1420 gram.

Erlandsson bläddrade i en bok och antecknade samt räknade en del och gjorde ett överslag på ett papper. Stoppade pennstumpen bakom örat och tittade på Anna.

– Vi kan ta emot denna silverservis som pant för ett belopp av sextiotvå kronor sa han, men nu säger vi väl, sextio kronor jämnt!

– Sextio kronor, repeterade Anna?

– Ja exakt så, sa Erlandsson och såg lika ointresserad ut som när Anna klev in i hans lokal.

Hon hade inte i sin vildaste fantasi tänkt sig ett så stort belopp som drygt sextio kronor. Hur skulle hon nu göra? Ah, Nils ville inte ha servisen i alla fall och det var ju ändå ett väldigt bra utfall på den hittade femtioöringen.

– Ja, sa hon så. Vi säger väl det då.

Medan hon skrev under en del papper och sin adress, så var hon ännu mer osäker om hon gjort rätt. Men ibland har nöden ingen lag, även om nöden inte stod för dörren just för tillfället. Och kom hon på välstånd, hur nu det skulle gå till, kunde hon ju alltid lösa ut servisen igen. Det var ju egentligen bara ett lån, inget annat.

Anna stod åter utanför porten på Ringvägen 19 efter avklarad affär och hörde hur porten bakom henne gled igen med ett klickande som en bekräftelse på ett avslut.

40

Det började bli kväll även denna långa dag för vakten uppe på Tanto. Fyra nya vakter var redo att avlösa dem som stått de senaste timmarna. Två man som höll utkik, två som vilade i vakttältet.

Man hade en rotering på två timmar i taget. Två man vilade eller sov, två som vaktade och så bytte man under sin vaktperiod och följde schemat som var uppgjort. Nils skulle gå på tidigt påföljande morgon. Redan klockan fem, började hans pass.

– Upp å hoppa höpåsar, gormade Jonsson. Jag kan glädja er med att det regnar. Inte mycket, men det regnar!

Nils satte sig sömndrucken upp i tältslafen liksom de flesta andra gjorde.

– Jag somnade ju nyss, sa Nils och tittade på Jonsson.

– Möjligt du gjorde, men nu är du vaken och ska ut för att ta vakten! Upp och hoppa, kamrat!

– Och hungrig är jag också. Finns det kaffe i pannan?

– Kaffe i pannan? Det ska ju i så fall andra vakten ordnat
tills vi kom in. Finns i vakttältet i så fall. Ut med er nu!

Fyra trötta figurer tog sig från sitt tält och den varma slaf-
en, till det lilla vakttältet med en liten kamin för att hålla ex-
empelvis kaffe varmt. Där stod också en panna med kaffe
och bleckmuggarna hade man ju med sig, så det blev en
skvätt Kron och lite kaffe. De som hade rökverk bolmade på
så gott de kunde, det gällde att komma igång.

Man stegade fram och åter, alla fyra i vaktstyrkan samtidigt,
det var bra, så man fick igång kroppen. Det man skulle hålla
utkik efter, höll sig vänligen bortom synhåll.

Inom synhåll, innebar bara merjobb, för manskapet om de,
gud förbjude, syntes.

Efter en halvtimmas marscherande fram och åter efter den
nu väl upptrampade stigen, avvek två gubbar. Antingen för
att avvakta anrop, eller bara för att avlösa Nils och hans
vaktkollega Nicklasson, om två timmar.

Det som den första vaktstyrkan hade reagerat på, var ett
entonigt motorljud.

– Lite bluddrande, sa Nicklasson och vände och vred på
huvudet för att försöka lokalisera var ljudet kom ifrån.

Nils stod vänd bort mot kvarnen och hade ena handen
bakom ett öra i akt och mening att försöka pejla var ljudet
kom ifrån. Det var fortfarande en ganska regndisig morgon
där röken hindrades att stiga av lågtrycket. Sikten var därför
långt ifrån den bästa, inte ens god.

– Nils pekade med hela handen som han fått lära sig i rekry-
ten, håll ett öga i den riktningen, Nicklasson, sa han. Fortfa-
rande var ljudet ganska svagt, men ett motorljud var det.

– Vad kan de vara tror du Nils? Det låter orent…

– Låter som ett flygplan i mina öron. Jag såg flygbaronen Carl Cederström göra en uppvisning ute på Ladugårdsgärde i en flygfarkost och det är påfallande likt detta ljud.

– Flygplan?

– Just så, nu är jag mer säker än så på att det är ett flygplan. Jaga upp en av våra vaktkamrater så de kan underrätta korpral Andersson. Annars får vi väl fan för att inte ha varskott om okända rörelser i vårt område. Se till att även få tag på Gösta Sjögren, jag vill minnas han har arbetat nära flygbaronen som mekaniker och han kan en del om flygplan.

– Väcka dom?

– Utgå, för höge farao. Jag kan inte göra allt själv, tänk på att jag är vice korpral. Och jag undanber mig få höra vad sådana brukar kallas inom det militära. Men se så, sätt fart för fan, det är en order!

Medan Nicklasson sprang iväg bort till vakttältet för att utföra sin order, såg Nils det han anat. Där kom ett flygplan ur den regndisiga gryningen, lite suddigt i dess konturer. Maskinen hade rak kurs på det berg Nils stod på.

Det var verkligen ett flygplan. Ett flygplan med dubbla vingpar till och med, ett biplan. Motorljudet ökade i styrka när det närmade sig och Nils stod där han stod som förstenad ett tag.

Men, var det ett fientligt flygplan, eller var det ett svenskt?

Hoppas man kan se någon beteckning på sidorna eller vingarna, tänkte han ju mer ljudet närmade sig. Höll föraren denna kurs och höjd, ja då kunde han landa på berget, högre än så gick inte denna flygfarkost.

Ur diset kom 502 Sjögren och anmälde sin ankomst till Nils.

– Sjögren anmäler sig, sa han när han kom flåsande.

– Bra! Som du ser och hör har vi en flygfarkost ganska snart över oss här på berget.

– Ja, jag ser. Det är en flygbåt som jag tror håller till vid flygstationen i Galärvarvet, för reparation. Kalle var ägare till den tidigare. Den kallas flygfisken, och har varit målad som en fisk, men nu ser den ut att vara gråmålad.

– Kalle?

– Ja, flygbaronen Cederström, Carl Cederström. Det är ett franskt flygplan, eller ett hydroplan. Jag skulle tro att det är kapten Krokstedt, som är aviatör på detta biplan vi ser komma emot oss.

Det kan vara en provflygning efter reparation eller helt enkelt en bevakningsflygning över Stockholm. Flygplan kommer att bli något stort inom Sveriges försvar, tro mig, pläderade slutligen soldat 502 Gösta Sjögren.

– Men vad är det för typ av flygplan, vad har det för benämning, framsköt korpralen Andersson, Tantos högsta befäl, som just anlände?

– Den är ifrån Frankrike som sagt var, och är en Donnet-Lévêque, ja jag kan inte uttala det bättre än så, om ni ursäktar. Den kallas allmänt alltså för flygfisken! Vi kan lätt se att den har tre kronor målade i svart, både på kroppens sidor och på vingarna. På fenan ska det vara en tretungad svensk flagga målad i gult och blått. Används i Flygplanet för spaning!

– Ja det såg vi nu när maskinen dundrade över oss på väldigt låg höjd, man fick riktigt huka sig. Där var den tretungade flaggen på flygplanets fena och roder. Det var någon som vinkade ifrån sittbrunnen i flygplanet när det passerade. Kan det ha varit kapten Krokstedt, undrade korpral Andersson?

– Ja, det var nog ingen tvekan. Det var flygfisken som var ute på en tur, och troligt var det Krokstedt vid spakarna, ja.

Nästan hela tältlägret var på fötter för att se vad det var i görningen. Manskap som skulle sovit, stod yrvakna och häpna och undrade om det var främmande makt som kom.

Det var en kaotisk stämning i det lätta duggregnet och Andersson beordrade utkommenderad vaktstyrka att sammanfatta en rapport om händelsen.

Två man utsågs 504 Nilsson och 502 Sjögren, att sammanfatta den oväntade händelsen i en rapport att snarast sändas till högre instans för kännedom. Både Kvarnen uppe vid Skanstull, som grupperingen på Årstaskogen, var säkert i färd med sin rapport och det gjorde ingenting om vår rapport sammanföll med det övrigas klargjorde Andersson, gärna bättre utformad.

– Hur vi nu ska veta vad de andra grupperna rapporterar, sa Nilsson. Om de observerat något över huvud taget!

– Vad andra grupper rapporterar, får dom svara för, men det vi rapporterar bör naturligtvis inte gå stick i stäv med vad andra grupperingar eventuellt har observerat i luftrummet. Vi gör vårt, andra får göra sitt, men försvarsledningen skulle nog vara tacksam om våra iakttagelser stämmer överens med vad andra poster observerat. Så vi kan verka trovärdiga och vaksamma.

Det kallas samordnade iakttagelser. Jag har ju själv sett det som ni förtjänstfullt observerat.

– Det var de mest förvirrade uttalande jag hört korpral An-
dersson yttra sedan vi anslöt första dagen, sa Nilsson till
Sjögren och blinkade. Det här med landstormen, är lika
snurrigt som ett tivoli med karuseller. Och någon större
samövning är det inte heller. Hur många av oss på det här
berget har gjort rekryten? Hur många har hållit i en bössa
tidigare? Hur du gjort rekryten, Sjögren?

502 Sjögren hade skakat på huvudet.

– Nej sa han, jag har inte gjort någon rekryt. Det är egentlig-
en ett fåtal av gubbarna som har något här uppe att göra
över huvud taget. En del det vet jag, tar det här som en vilo-
period och får bygga upp sig lite med mat och god kamrat-
skap. Men det går inte att lita på att de utför det de är här
för. Någonstans har man missat i planeringen och utbild-
ningen för oss landstormsmän. Men, snart kommer solda-
terna och tar över vår verksamhet. De har ju både utrustning
och utbildning, men jag kommer inte sakna tältlivet särskilt
mycket, Nilsson. Du själv då, kommer du sakna den här
cirkusen?

– Jag vet inte riktigt, jag har ju gjort min militära utbildning
nere i Skåne…

– Skåne? Då räknas det inte!

– Tror utbildningen har varit bättre än vad ni haft för er här
uppe, ja de som gjort rekryten, alltså.

– Lugn, Nilsson! Inget illa menat, jag skojade bara. Tänkte
att du kanske längtade hem till de dina.

– Jo, det gör man ju. Man undrar hur de har det där hemma
och hur de klarat allt ekonomiskt. Kanske blir tvunget att
flytta igen nu i dessa krigstider.

Det har ju blivit indragningar på förnödenheter i landet re-
dan. Det blir svårt att klara av de ekonomiska utan någon
inkomst. Man hade inte råd att bo kvar. Många fick flytta
ifrån sin trygghet, sin lugna vrå med ombonad för sina barn.
Så, sa Nils lite eftertänksamt som sagt, klart man längtar hem
till de sina.

41

Anna suckade än en gång och började gå mot spårvagnshåll-
platsen för att resa hem. Det blev en billig resa för hon
kunde åka retur på biljetten. Hon hade suckat för hon var
inte säker på om det var rätt gjort. Anna var stolt och glad
över silverservisen. Hon hade aldrig ägt något så fint. Samti-
digt kände hon på sig att Nils skulle föra ett oherrans väsen
över den plötsliga högfärden som stigit hans Anna åt huvu-
det om servisen skulle stå där hemma och glittra. Nils före-
drog mat på bordet och kläder på kroppen.
Väl hemkommen talade hon med Amalia om sitt bryderi och
den olycksaliga silverservisen. Men Amalia tyckte bara att
den där smutsiga femtiooringen hade förräntat sig väl.
– Var glad och förnöjsam, hade hon sagt. Nu har du ju en
slant på fickan och det är inte fel i dessa tider. Jag kom för-
resten över lite amerikanskt fläsk på vägen hit och så köpte
jag paltbröd, vad säger du? Ska vi laga lite mat. Paltbröd med
fläsk är inte fy skam, Anna?
Amalia började rota fram godsakerna i sin pappåse.

– Nämen mor, inte ska väl hon sta å köpa mat åt oss, kära hjärtanes då.

– Jag blir alldeles som villrådig.

– Ja, jag hade förstås tänkt göra er sällskap vid middagsbordet och det är så pass med fläsk att det räcker till ett par omgångar till och paltbrödet ännu längre, jag kom över fyra ringar.

– Tror mor Nils får paltbröd där ute, sa hon och nickade mot fönstret och mörkret? Det duggregnade och var höstlikt. Jag tyckte jag hörde något flygplan i luften på vägen hem från Ringvägen. Det lät som de kom ifrån Tantolunden till, men jag kan ju hört fel.

– Flygplan, ja se nu tror jag nog du yrar, Anna.

– Ja, det var precis så jag tänkte. Nu yrar du Anna, sa jag till mig själv. Nils hade ju varit och sett den där Cederström flyga med någon farkost över Ladugårdsgärde tidigare, så det var nog det minnet jag hade i mitt huvud. Han berättade så inlevelsefullt.

– Jag har lagt en ring paltbröd i blöt sedan någon timma nu och börjar steka fläsk, blir det bra? Och jag råkade köpa med en kanna mjölk också, det höll jag på att glömma.

– Ja tack, kära mor. Hon är alldeles för vänlig. Ursäkta, men jag måste allt snyta mig. Jag kanske har blivit förkyld. Se på barnen, de har redan flockat sig kring ditt kjoltyg. Vi är nog lite hungriga lite till mans. Eftersom barnaskaran är runt dina ben, kan jag i lugn och ro duka.

– Ja, om du nu inte ska vila dig ifrån din förkylning, Anna?

Amalia sa det på ett sätt så ingen av dem kunde hålla sig för skratt. Till slut skrattade alla barnen också, ända från

Hilly, den äldste, ner till Gunnar, minstingen. Det var första gången på, ja Anna visste inte när, alla skrattat så hjärtligt. Det kändes förlösande på något vis.

– Jag tänkte på min halvsyster, Toni. Hon är lite som ett mysterium. Man vet inte riktigt var man har henne. Heter hon verkligen Toni?

– Hon är döpt Tony, sa Amalia. Och när hon var 1 år gammal, tog hennes far henne med då han flyttade till Norrköping för något uppdrag inom arkitektområdet. Tonys far var arkitekt, han ritade hus och liknande. Han har ett tyskt påbrå och namnet Tony, vändes till Toni och hon fick även hans efternamn, Ulrich. Men när hon var fyllda tolv, kom hon åter till Stockholm och bodde hos mig och hennes efternamn kom åter att bli, Håkansson.

– Men, har Toni inga barn?

– Toni är ogift, men har ett barn vid sidan av, som man säger. Jag tror hon är gift på Stockholmska!

– Men ingen far?

– Såklart barnet har en far, du tror väl inte på storken?

– Jag menar en fader på pappret. Som står i födelsepappren, inskrivet i kyrkoboken?

– Fadern är en mycket trevlig och gladlynt man vid namn Axel Myrman. Han arbetar på Sockerbruket vid Tantolunden. Det man kunde se ifrån den tiden ni bodde på Sköldgatan.

– Oj vad Stockholm verkar vara litet, ändå så stort och utbrett. Men alla människor man undrar över, ja de sitter nästan redan i knät på en.

– Ja, visst är det underligt, Anna?

– Ja, jag tänker på min far, när jag blev till nere i Blekinge.
Nu kan man ta spårvagnen till den östliga delen av Söder-
malm, så bor han där! Det är bara Nils som inte har någon
gammal bekant nerifrån landet och som plötsligt befinner sig
här i stan. Det är bara jag som har det. Mina rötter finns
numera i Stockholm!

– Jo, hur som helst Anna. Toni har en dotter som är tre år
nu, vill jag minnas. Dottern och Toni, har det bra ställt eko-
nomiskt, så hon har en piga att se efter sin lilla dotter medan
hon själv arbetar. Hon är brodös, på ett företag på Götgatan,
men det har hon säkert berättat för er. Gertrud heter den
lilla. Så Gertrud är ett barnbarn till jag har, jämngammal med
Gunnar. Snart kommer de bo tillsammans med Axel också
har jag hört.

– Så, Gertrud kan man säga är kusin med, Hilly, Ida, Inga,
Astrid och Gunnar?

– Ja, så kan man se det. Ja inte bara se det, det är så också.
Dina barn är kusiner med Gertrud, eller tvåmänningar som
man också säger.

– Men jösses Amalia! Förlåt mig, då måste ju alla mina halv-
syskon på Westergrens sida, om de nu har barn, alltså vara
kusiner till mina barn? Halvmoster är jag ju redan, men nu
kan jag även bli, halvfaster! Men gudars skymning, det svind-
lar för både ögon och öron. Är det sant?

– Ja, nu har jag ju inte satt mig in i tankegången så där or-
dentligt som du nu gjorde i ett nafs, men det låter rimligt det
du säger. Om inte kusiner, så i alla fall tvåmänningar!

– Men vad ska det här sluta?

– Ja lilla vän, se det vet jag verkligen inte.

– Tänk om Kersten sa Anna, tystnade och bet sig i läppen. Hon torkade en tår med baksidan av handen... tänk om Kersten skulle hört det här, oj vad hon skulle skrattat. Hon skulle tagit det för vad di var, och så hade det varit bra med det. Vilka minnen!

Anna fick torka sina tårar igen medan hon tittade på sin mor och skakade långsamt på huvudet.

– Jag tror du saknar din kamrat ifrån Yllan och Norrköping, sa Amalia.

– Ja saknar, det gör jag. Det kan man då rakt säga på en gång. Hon var en riktig vän, en med stor och äkta livsglädje, men vad hjälpte det henne?

– Det är ledsamt, jag tror jag förstår. Men plötsligt när allt är som ljusast och livet leker, ja då står den där liemannen där. Det gäller att ta för sig när det bjuds, leva medan man lever, sanna mina ord!

– Jo, det båtar föga att se tillbaka, jag vet. Det går inte att få något ogjort av det som redan är gjort, nickade Anna och snörvlade igen, sagda ord är sagda. Nä, nu vill jag Nils kommer hem från det där fåniga, så det blir lite ordning på familjen Nilsson igen. Jag vill och hoppas innerligt, att han kommer snart. Det är för dyrt att bo så här fint och bra nu när vi inte har någon inkomst ifrån Nils arbete och vi vet ju inte hur länge kriget pågår. Jag vet att vi kan få det skapligt i ett fyrfamiljshus i Gröndal. Mor minns nog att jag talade om smedänkan som blev vräkt när vi bodde på Brännkyrkagatan, änkefru Lilja. Hon bor nu bra och billigt i Gröndal, säger hon, inte vet jag, men det är hon som tipsat mig. Jag ska tala med Nils om det så fort han är inom våra väggar, det blir nog alltid någon råd. Kriget kanske snart är slut. För guds skull, låt det ta slut!

Det slamrade ute i tamburen, och det lät som om någon blåste i en lur eller liknande. Anna och Amalia tittade förskräckta på varandra.

– Men jösses Amalia, sa Anna igen, förlåt mor! Men, vad är det där?

– Verkar som vi får besök, sa Anna och log när hon skymtade Nils i tamburen i en trekantig hatt på väg in till dem.

Nils hade kommit in snubblande lindrigt nykter, stannat upp när han såg dessa damer och deras skrämda ansikten.

– Kom jag olämpligt, undrade han med outgrundlig min som med penseldrag tecknade hans ansikte.

– Nils, sa Anna och fick torka tårarna igen denna kväll.

– Försvarsmaktens stolthet, sa Nils och försökte sig på något som var ämnat som en honnör och enskild ställning.

Det blev lite kramande och förklarande, frågande och berättande där Nils försökte besvara liksom ställa undrande frågor. Man kom dock fram till att återta frågestunden dagen efter då Nils fått liksom, sova på saken.

– Vad skönt att han är hemma igen, sa Anna lite senare då de hörde ljudliga snarkningar inifrån deras sovrum. Han verkade aningen påstruken. Man har tydligen haft en avskedsfest på enbart brännvin innan de skiljdes åt, alla tappra landstormarna. Soldaterna hade tagit över vakten nu.

Det var söndag, det var sol och en hög luft som gjorde det lätt att andas. Advent stod för dörren och Nils hade nu varit hemma i nästan två månader. Han hade jobbat en del på Bergsunds Mekaniska och det gav ju lite ekonomi i det.

Det var få som hade arbete just nu och ransoneringarna stod på lut hela tiden.

En ny bro hade byggts mellan Horstullen och Liljeholmen. Den gamla pontonbron som sträckte sig från Liljeholmen mot södra stadshusporten där tullhuset var beläget, dög numera endast som en bro för gående. Bron var gammal och murken och det behövdes något mer gediget som också kunde underlätta för sjöfarten till och från staden. Den nya bron som invigdes 1915 var förbered för att spårvagnarna nu skulle kunna gå hela vägen ifrån Mälarhöjden och Gröndal in till i första hand, Hornsplan. Detta förde med sig att det nu var mycket lättare att komma ifrån landet in till staden och tvärt om.

42

– Jag trivs nog bättre ute på landet, sa Anna just som blomsterängen ner mot Mälarviken stod som frodigast inför midsommar. Om man nu kunde kalla Gröndal för att bo på landet.

– Jo, det är nog det här som passar oss bäst. Det är ju egentligen ifrån landet vi kommer.

Nils drog av axet på ett timotejstrå så fröna sprutade, eller var detta en art av starrväxter?

– Visst är det rena rama landet här i Gröndal. Du har väl sett alla kor som går på bete inte långt härifrån. Vid Poppelgatan tror jag, ja i hörnet av Lindvägen. Kreaturen tillhör greve Gustaf Lagerbielke borta vid Älvsjö gård.

Anna hade nickat och de sträckte ut sig på den filt hon tagit med och de lät solens strålar kittla sina näsborrar.

Till slut blev det för mycket för Nils som nös ljudligt och ihärdigt tre gånger så Anna började skratta. Härliga dagar var det bäst att ta till vara, ty annars var det bara gråt och tandagnisslan som gällde. Det var allt knöligt te å vare människa, hade Nils sagt en gång, men idag var det inte lika svårt, när han väl hade stillat sig.

Anna hade börjat bli lite rund om magen nu och i slutet av året var det så dags igen att ta en resa in till förlossningsetablissemanget. Det var ett tag sedan man besökt Södra barnbördshuset.

Nils vältrade sig över på rygg och slöt ögonen igen. För en kort sekund virvlade bilder ifrån Nybrogatan, en ringande spårvagn, den lite slitna bakgården, den handskrivna lappen fäst på en dörr med ett häftstift, den varma famnen...

– Nu snarkade du, fnissade Anna! Drömde du?

– Drömde, det vet jag faktisk inte, sa han lite yrvaken.

– Men du drömde kanske om mig, sa hon och strök sig över magen.

– Vad tror du det blir det här gången, undrade han med riktning åt sin lilla hustru och med en nick mot hennes mage?

– Blir och blir, hade Anna sagt... du menar, filare eller en tösabit?

– Ja, det var närmast så jag funderade, sa han.

– Det blir ena filare, sa Anna självsäkert!

– Jaså det säger du, log Nils. Ser man på. Ja, det kanske skulle vara bra för jämvikten. Alla kan ju inte bli sömmerskor eller väverskor.

– Di kan inte bli sådana däringa verkstadsmekaniker heller... eller filare eller rent av, varvsarbetare och plåtslagare.

Ransoneringarna kom tätt. Ena dagen var det socker, nästa dag utökades det till även mjöl för att nästa dag igen kunde det vara smör och fläsk, det blev kupong på. Så det var svårt med förnödenheter.

Nils hade tumme med folket vid Tanto där han tidigt i våras hade petat ner sättpotatisen.

Han hade fått ihop nästan 25 kilo, när någon bonntjuv varit där och länsat landet på resten av hans skörd. Det var dock ett bra tillskott och det hade inte kostat honom annat än arbetet. Att klara sig skapligt i staden, berodde på vilka känningar man hade och hur tjänis man var med den ena och andra. Nils hade ju skaffat sig lite kontakter under åren och tumme med en del inne på Maria Saluhall liksom bagarn han hade arbetat extra åt ibland för ringa dusör eller så fick han ut lite ersättning i form av bröd. Icke att förakta.

Deras äldsta dotter Hilly, hade fått åka till en gård utanför Örebro. Där skulle hon vara över sommaren, till dess skolan började igen efter lovet. I Björklingekil som gården hette, hade hon det bra. Där fanns det gott om mat och hon fick vara på landet bland djur där hon fick hjälpa till. Hon hade tur att komma till en godhjärtad och snäll bondefamilj. Andra barn som också fått möjligheten att vistas på landet under sommaren hade det inte riktigt så bra förspänt, som Hilly.

– Jag undrar hur Hilly har det, ja?

– Hon har det bra ska du se sa Nils. Hennes brev tydde ju på det i alla fall. Hon skriver riktigt duktigt ska jag säga. Men jag tror hon tyckte bara det var långt att resa. Först tåg ifrån Stockholms Centralstation till Örebro Stad, sedan buss i någon timma till Björklingekil vid Kilsbergen.

– Jo jag tänkte nog på det också, må du tro. Men vi har fler att tänka på, hela stugan full. Nu är det Ida som håller ord-

ning på småttingarna och snart får hon ju en till att hålla reda
på, sa hon och klappade på sin mage.

Nils sköt fram sin vegamössa så skärmen skymde solen och
föll snarkande in i en som det verkade, skön middagsslum-
mer igen.

Nere vid vattnet var det några som badade, och utanför gick
små motorbåtar ifrån varvet längre bort vid Bergsund. Man
kunde från platsen där Anna och Nils tog sig sin middagslur
på en filt, se bort mot Liljeholmsviken och rakt över till
Reimersholme där man höll på med husbyggen. Där svängde
kranar vid kajkanten, där dunkade motorer där var liv och
rörelse. Trots ransoneringar och andra indragningar, fort-
skred staden att sjuda av liv. Ur grönskan på Reimersholme
sköt hustaken upp som trattkantareller mellan trädkronorna.
In mot Bergsundstrand, kunde man se stenhusen trona mäk-
tigt bakom den blå vattrade spegeln.

Nedanför dem åt vänster, kunde man skönja varven vid går-
den Stora Gröndal. Där låg det stora varvet, Hjalmar Jans-
sons Båtvarv. Hjalmar var båtbyggare och en som Nils
kände sedan tidigare arbeten i Gröndal och dess varvverk-
samhet. På kajen var mastkranen i full gång, annars var det
mest motorbåtar som Janssons båtvarv tillverkade.

Nu skulle man tydligen masta på en smäcker skapelse som
låg vid mastkransbryggan.

Intill Janssons Båtvarv, låg Nya Varvet, som till stor del
byggde fritidsbåtar och hade sin flitige båtkonstruktör C G
Pettersson, med kontor och ritstift en kabellängd ifrån var-
vet.

– Undrar hur det är nere i Mörrum nu.

Hon hade bara viskat och kittlade Nils öra med ett grässtrå
samtidigt som hon kysste honom på hakan.

Nils bara grumsar och tar sig snabbt åt örat och pustar lite.
Kliar ena foten med den andra och faller åter in i sin slummer.

Anna petar sakta och försiktigt upp hans mössa och kysser
honom på nästippen. Känner kittlingen av hans mustascher
på sin hakspets och har svårt att hålla inne med fnissandet.
Hon ser då att nu har Nils slagit upp ögonen och ser lite
oförstående ut och kisar mot solen. Kliar sig åter i örat som
nyss kittlats av ett grässtrå.

– Vad är det, undrade han?

– Jo jag undrade bara, hur du tror det är nere i Mörrum nu.
Är allt nerlagt, finns något kvar?

– Jag vet faktiskt inte och jag är inte så säker på att jag egentligen vill veta det heller. Vad jag har som minne därifrån och
på den tiden farfars bror Eugene, härjade som värst, är den
där vågen far påstod Eugene hade vägt de guldkorn han vaskade fram. Du kanske minns vågen jag har. En liten våg jag
fantiserat mycket om en gång i tiden. Jag fick den som sagt
till minne av Eugene, av min far, det tror jag inte jag berättat
men så var det. Eugene Nilsson var en riktig rumlare. Han
var rik som ett troll en gång i tiden på sina guldfyndigheter
och var ägare av stora delar av ån. Men han hade också sinne
för starka drycker och spel, vilket kastade honom i fördärvet.
Allt har man bara hört berättas, jag har aldrig sett någon
form av dokument, brev eller papper på att det verkligen var
så. Men, det ryker sällan utan att där finns en glöd. Han trillade, troligen mindre nykter, ner i ån från bron.

I Mörrum fanns på den tiden en mindre bro som korsade ån där han troligen trillade i och drunknade. Sorgligt öde. Vi hade annars kunnat vara på riktigt grön kvist vid dags dato. Ja om Eugene tagit vara på guldet alltså. Nu valde han att leva i sus och dus istället och det var ju trots allt, hans guld. Vi hade kanske inte varit lyckligare om vi haft farbror Eugene Nilssons guldkantade förmögenhet. Han hette förresten, Gottfrid Eugene Nilsson!

– Men varför skulle detta egentligen bara vara en skröna?

– Tja säg det, sa Nils och ryckte uppgivet på axlarna. Vad vet jag och som jag sa, kanske lika bra det. Jag har hört att man kan bli både tunnhårig och gråhårig av att grubbla.

Hela tiden de samtalat, hade man gjort det på genuin Blekingska det hade bara fallit sig så när de var helt ensamma. Annars försökte man prata mer den dialekt som användes i staden och som man kallade för, stockholmska.

Nils var den som hade lättast för anpassningen eftersom han träffade så många Stockholmare om dagarna, inte minst på Bergsunds Mekaniska. Alla var dock inte infödda som Nils talade med, utan de kom ifrån Småland och en del norrifrån, ja i stort sett från varje landsända.

Blekinge var dock dåligt representerat, om man då undantar Anna och Nils samt Amalia och familjen Westergren, de man kände till. Det troliga var väl att det fanns fler än så ifrån Blekinge, men det var inga innevånare i staden man hade kännedom om.

Nils funderade på om det var en M 22:a man skulle masta på nere vid varvet! Han låg på armbågarna och kisade i solskenet ner åt varvet och mastkranen.

– Jo det är en 22:a Anna, sa han med en nick ner mot varvet. Det sir ja allt klart å tydligt. Nog är det en 22:a du Anna, konstaterade han igen! Sissådär ser di ut.

– Så där smal som en speta, undrade Anna och skuggade ögonen med handen när hon kikade. Ja, ja.

Så lade sig Nils tillrätta igen, kliade sig åter i örat där Anna kittlat honom med sitt grässtrå.

– Inte en gång till, sa han och försökte se barsk ut.

– Nej då goa herrn, men jag lovar ingenting säkert.

Anna lade sig också på rygg och låg och följde molnen som sakta gled förbi högt där ovanför. Dom hade olika formationer hela tiden och hon försökte se vad de kunde föreställa. Hon hörde att den goa herrn nu åter fallit in i sin slummer, och hon suckade både uppgivet, förnöjsamt och glatt. Mest glatt, tänkte hon…

Hon såg de vita ulliga stackmolnen sakta, sakta glida över himlavalvet. De såg på något sätt rogivande ut, avkopplande och harmoniskt positiva. Det djupblå valvet med det ångvita, eller ska jag säga det prästkragevita, stackmolnen, var en himmelskt underbar vacker sommartavla, en gobeläng.

Anna låg där och fantiserade vidare om de ulliga tottarna där uppe på himlen, som ulltottarna nere på Yllan, tänkte hon. De kunde även vara som vita ångbåtar, fiskmåsar eller som borta på Lagerbielkes koäng, full med vitsippor.

Hon blev rent lyrisk över synen.

Nej, det här duger inte, upp å hoppa, tänkte hon.

– Upp och hoppa, min lilla gubbe. Här kan vi inte ligga och dra oss längre även om det var helt sagolikt.

– Jag låg och funderade, sa Nils då han satte sig upp…

Jag måste ta och täta det som kan vara dragit i huset, springor vid fönster och dörrar. Vi kan inte ha det dragigt och rått om vi ska få en liten i stugan till vintern. Man minns allt för väl det tragiska med vår lilla Henning.

– Gör du det, sa Anna. Täta det som tätas kan. Kom nu.

Man släpade på sin korg och filt uppför sluttningen mot sitt gamla hus vid Granvägen. Ett hus där det bodde fyra familjer. Två familjer i bottenvåningen och två familjer en trappa upp.

Fyra familjer således, med var sin ingång i varje gavel på huset.

Det skulle visa sig vara av stor betydelse, men mer om det senare. Nils hade berättat för Anna på vägen tillbaka att han hört det skulle byggas mer i deras område.

Man såg redan huskroppar lite hipp som happ, kors och tvärs utan någon större ordning, resas runt om dem.

Bland annat på Granvägen, men också vid Lindvägen, byggdes det.

– Konstigt om de ska bygga så här vind för våg, sa Nils. Ja, inte för att det angår mig hur man tänkt inom posthanteringen, men inte kan alla ha postadress, Stora Gröndal 17 antar jag?

– Ja ja, Nils, det blir nog bra med det däringa. Ja tyar inte tänka på det, kanske blir det ett nytt vägnamn av det. Vi får la si.

– Ja, vi har ju en redig adress att bo på, det vara liksom lita behändigt å bra.

– Till hösten får Hilly börja i en ny skola, den borta vid Blommensberg. Jag tror den heter, Blommensbergsskolan. Man talte om att vid Hillys skola på Maria. Di talte om Blommensbergsskolan, men inte vet jag vad den kan vara belägen.

– Jamen lilla Anna. Blommensberg, vet du väl vad de ligger? Men jestanes de är inte långt bort di inte. Jag har hört att där bodde tre bröder någon gång på 1700-talet som var stenhuggare, di hette Blom...

– Ja, det reder sig ska du si, Nils. Det reder sig. Jag tror smedänkan Lilja har någon av sina döttrar går i den skolan. Jag ska se om jag kan tala ve henne om skolan. Hon bor ju bara två hus ifrån oss, vet du si.

43

Uppe i våningen på Renstiernas gata, vankade Westergren över salsmattan med pannan i djupa veck. Händerna hade han korslagda över gumpen där han gick. Han hade inte kunnat släppa tanken på vilka de där fruarna varit som besökt dem, men sagt att de gått fel. Han tyckte sig lägga märke till en nära bekant dialekt och om han inte tagit fel, tyckte han även sig känna igen rösten, men han kan ta fel.

Det som brydde honom, var just det att han inte kunde komma på var han hört rösten tidigare, om han nu gjort det.

Han ville minnas att han ju haft någon liten affär vid sidan av som inte Charlotta kände till, men det var ju nere i Blekinge. De hade varit av det ytterst beskedliga slaget och mycket diskret, nu gick han där och gruvade sig om det kunde vara någon av dem. Hans hustru kunde ju göra stor affär av bara en hårnål. Det som bekymrade honom mest, och som fanns i hans huvud, var ju förstås den piga de hade städslat i Augerum en gång i tiden.

Han hade kurtiserat och svansat hos pigan så de hade skett en olycka. Ett barn med pigan hade blivit resultatet under den tid de hade henne i tjänst hos honom och det passade sig verkligen inte.

Men vid närmare eftertanke så måste ju hon vara gammal idag, så det kan inte varit hon, tänkte han. Amalia, tyckte han sig minnas hennes namn, men var långt ifrån övertygad om namnet. Vem den varit som kom i sällskap, det visste han heller ingenting om.

Charlotta hade bara sagt något om ett par människor som troligen gått fel. Han hade försökt titta ifrån fönstret vilka som lämnat porten, men han såg ingen alls vilket han minns var förbryllande.

Och trots de nu varit borta från storstaden och Hagalund några år, ja tre år närmare bestämt, så gnagde den där lilla olyckan i Augerum honom. Vilken blamage!

Han vankade fram och åter över salsmattan. Kastade en blick på den gustavianska pendylen, lät blicken vandra planlöst över kakelugnen medan han funderade på vem rösten hade tillhört?

Under de där tre åren i Skåne, hade han inte funderat alls på den där fadäsen, eller närt några tankar om den. Då hade han haft annat att tänka på.

Buteljkorgstillverkningen vid hans lilla fabrik, var vad som tagit varje minut av hans tankar och tid. Fru Charlotta hade kommit i andra hand till och med, vilket han blev påmind om lite då och då.

Korgarna med plats för fyra vinflaskor hade sålt bäst, över lag, kom han ihåg.

Men bara de köpte, brydde han sig inte om vad de skulle ha dem till. Och buteljkorgarna med lock, hade sålt bäst i Malmö, vilket gjort honom fundersam.

Nu var han snart före detta fabrikör, men Charlotta ville fortfarande kokettera med att kalla sig, fabrikörskan Westergren!

Han föste försiktigt undan spetsgardinen och vek undan några blad från fikusen och tittade ut genom fönstret. Där nere ringlade spårvagnen fram i snömodden och tunga flingor singlade ner trivsamt och jullikt. Vagnen tog av ner mot Folkungagatan, mer än så såg han inte. Vitaberget gjorde skäl för namnet och var nu inbäddat i så mycket vitt det bara gick. En fröjdefull jul var vad Per Magnus nyss upplevt, nu väntade nyårsafton.

Oron kom gnagande igen och så hörde han Charlotta komma klapprande igenom serveringsgången, för det knirrade om den gamla ekparketten.

– Vad står du där och smyger om, sa hon i en sådan där misstänksam ton som han lärt sig känna ända sedan tiden nere i Blekinge.

– Smyger, sa han i så lätt ton han kunde? Hur menar du nu, jag förstår mig inte på dig med dessa ideliga insinuationer.

– Gör dig inte till Magnus, du står och tittar efter något eller någon där ute på gatan. En kurtis kanske en liten mamsell, eller annat kjoltyg, ah?

Det hördes lång väg att Charlotta var på sitt svartsjukehumör, ett humör som Per Magnus hade svårt för nu för tiden. I unga år tyckte han det var charmerande och älskvärt, nu var det endast patetiskt trams hon höll på med.

– Jag funderade bara på om vi verkligen ska ha den här fikusen kvar här i fönstret, den verkar inte trivas, den tappar blad Charlotta! Den kanske inte tycker om dofterna ifrån julgranen?

– En fikus eller en glåmig mamsell, kan väl göra detsamma, lilla Magnus?

Nu gällde det att låtsas som han inte hörde. Lika bra att stormen får mojna i lugn och ro. Beslöt att inte besvara henne med en skur sura sarkasmer, lika kärvänligt som hon yttrat sig.

– Charlotta, känner du till om Konrad möjligen är bortrest eller bara kommer hem senare?

På tal om ingenting, hade han tänkt i samma veva som han släppte ut katten i farstun.

– Konrad?

– Ja, jag skulle vilja tala med honom om hans företag. Du känner säkert till att det knakar lite i verksamheten.

– Men lilla Per Magnus, Charlotta lät lite nedlåtande nu för tiden och inte så sällan sa hon, *lilla Magnus*, om sin make. Hon var ju både längre och betydligt omfångsrikare än sin make. Det får du verkligen hålla reda på själv. Men visst, det är bättre du ägnar dig åt Konrad och hans företag än att ranta efter någon mamsell du skulle kunna vara pappa till.

– Men Charlotta, jag undanber mig verkligen detta snäva språkbruk i mitt hem.

Konrad var ju typograf och arbetade på ett tidningstryckeri för en mindre tidning. Detta medförde att han hade startat en liten rörelse vid sidan av. Han sysslade med olika trycksaker som till en början var riktigt blomstrande, men nu hade allt börjat vackla vilket Per Magnus hade sagt berodde på den rådande konjunkturen.

Stadens folk hade inte längre råd och pengar att lägga på olika trycksaker. Och utan omsättning för en egen företagare, blev det svårt att hålla en rörelse på fötter hur litet företaget än syntes vara.

Hyror skall betalas och leverantörer ersättas. Men utan inkomster, blir det ganska ohållbart i längden. Nästa år blir nog bättre, det är bara en dag kvar till nyårsafton.

Det var med sorg i hjärtat Per Magnus såg hur den äldste sonens företag småningom och troligen, skulle haverera.

Själv hade han inte längre någon som helst möjlighet att hjälpa sonen rent ekonomiskt. Han hade tagit på sig utgifter för en ganska stor våning själv på Renstiernas gata, samt införskaffat ytterligare lägenheter i samma hus, samma adress, för sina telningar att bo i. Något utöver detta, fanns det inte utrymme för. Per Magnus hade även stöttat dottern Elna med sin verksamhet. Han var minsann inte gjord av pengar, som han sa nästan högt. PM började åter vandra över salsmattan medan det ymniga snöfallet fortgick utanför fönstren och julgransglittret gnistrade.

Hade han varit lagd åt rökverkens fördärv hade han tänt en cigarr, det var hans omdöme, grubblade han vidare.

Han var ju hela 63 år och ingen ungdom längre. Hans tankar var dystert gråmurriga.

Saken blev ju inte bättre av Charlottas ideliga insinuationer om än det ena än det andra. Per Magnus undrade i sitt stilla sinne om det var brottsligt på något vis att se sig om på gatan efter ett passerande kjoltyg, i uppskattande syfte. Han visste nog och mer än väl, hur Charlotta sneglat mer än en gång på Kurt, hans revisor. Han var fem år yngre än Per Magnus själv och femton år yngre än hans hustru. Kurt Birgersson var visserligen några år yngre som sagt, men hade därmed heller inte den erfarenhet av kvinnor han själv var begåvad med, vilket stärkte Per Magnus en hel del. Därför hade han inte brytt sig nämnvärt om Charlottas ohämmade flirtande och försök att göra honom svartsjuk. Charlottas kurtis med revisorn, rörde honom inte, det rann bara av.

Per Magnus hade istället njutbart konstaterat ett fundamentalt och fulländat faktum.

Charlotta min lilla duva, tänkte han. Du är allt en liten gås, log han inåtvänt åt sin tanke.

44

Så var Anna åter installerad på Södra Barnbördshuset vid Wollmar Yxkullsgatan 27. Hon tycker det känns invant och flera av personalen har hon träffat tidigare, även ett par andra mammor.

Nils hade återvänt ut från den bekanta lukten av linoleum, desinfektionsmedel och stärkta förkläden, till civilisationen. Han stod återigen, för vilken gång i ordningen kunde han inte erinra sig, på trappavsatsen och sög in den friska luften. Det hade slutat snöa och gubbar var i färd med att skotta undan snön vid ingången där han stod. Det var antagligen ett lag ifrån renhållningen, som bytt sina kvastar för sommarbruk till snöskyfflar för vintern. Han lyfte handen till hälsning och gubbarna hälsade tillbaka.

Rediga karlar, tänkte Nils. Ett ordentligt arbete, gör redigt folk av gubbarna.

Det var barn nummer sju som var på väg ut i världen som han var fader till. Ja, åtta egentligen. Det hade blivit mörkt och de lyktor som fanns var tända sedan ett tag tillbaka. Nils

började släntra iväg ut mot Ringvägen för att ta en spårvagn
ner till Hornsplan.

Sedan fick han gå över den nya Liljeholmsbron där spårvägs-
spår var lagda, men trafikerades inte av vagnarna ännu. En
av de lokala linjerna, kunde man sedan ta på andra sidan
bron som antingen gick ut till Mälarhöjden eller Gröndal.
Senare förlängdes Gröndalslinjen ända ut till udden vid
Ekensbergs varv.

I morgon är det nyårsafton, undrar hur den dagen ska firas
funderade han. Vi har inte mycket att fira med, men Amalia
brukar finna på råd på endera sättet. Han var glad över sin
svärmor som varit behjälplig många gånger med råd och dåd.
Hade Anna varit hemma, kanske de tu hade farit in till Skan-
sen för att höra skådespelaren, Bror Olsson läsa Alfred Ten-
nysons, Nyårsklockan, vid tolvslaget.

Lyssna till sångkören och värmt sig vid eldar, om man blev
frusen. Vi får se i morgon om familjen blivit större och om
det är en filare, som blivit född.

Den sista december fick familjen Nilsson ytterligare en fa-
miljemedlem, en liten gosse att fira, samt nyårsafton.

Men Anna skulle bli kvar några dagar på barnbördshuset
som brukligt för att samla krafter, men om några dagar
kunde Nils få hämta hem henne och den lille krabaten.

Hemma i Gröndal, blev det livliga önskningar vad han skulle
få för namn. Här var det Hilly och Ida som bestämde och
skrev ner vad alla hade för önskemål om namn. Men Anna
var den som skulle få ett ord med i laget först och främst,
innan alla småttingar kom med sina vilda namnförslag. En
gosse var alltså född på självaste nyårsafton, vilken födelse-

dag! Nils kunde kosta på sig att tända en cigarr dagen till ära, även denna gång. Cigarr kanske inte är rätt benämning idag, nu hade han något som hette Cigarillo. Det var en lite enklare och billigare form för att lukta herre. Nils hade förkärlek för en sort som hette Bellman Siesta.

Familjen var nu alltså utökad med en liten herre som efter många palavrers hade döpts till, Axel Ivan. Vem som till slut fick sin vilja igenom bland alla namnförslag, kan göra det samma.

På gården vid deras hus, stökade och bökade Nils i den jordplätt som fanns och tillhörde den bostad de hyrde.

Fyra bostäder i huset, gav fyra jordplättar att, om man så önskade, odlas upp för privat konsumtion. Vid Tanto, var det ingen idé längre att bruka jorden när Nils inte hade någon uppsikt över den nedlagda mödan. Det kändes tröstlöst när någon kom och tillgrep det man odlat upp. Nils hade sina aningar tack vare en liten fågel som viskat i hans öra. Här i Gröndal, kunde han ha större uppsikt över grödorna och så hade han nära till odlingslanden.

Nils skulle sätta potatis i första hand, och så morötter.

Lite persilja kunde han alltid så, liksom dill. Anna ville gärna ha några blommor att ta in, och det fanns naturligtvis plats för ögonfägnad också.

Fortfarande var det ransoneringar på det mesta så Nils fick lov att dela varje sättpotatis med en kniv. På så sätt kunde man i bästa fall få en större skörd. Anna var stolt över sin forne krigare och sjöbuse, han fann oftast på råd vad som än hände.

En bild for upp igen inför hennes inre…

Hon såg den framför sig som om det vore igår. Tågkupén och en uniformsjacka som svängde och slängde under tågresans färd… vicekorpral Nilsson, hade han sagt, slagit ihop klackarna på de blanka stövlarna och gjort en stilig honnör… äsch, sa hon för sig själv men log samtidigt. Anna fick ta en snibb på förklädet för att torka en tår igen ur ögonvrån. Något av barnen tittade upp och såg undrande ut, men sa ingenting. Anna log bara. Äsch så fånig man är, gamla människan, sa hon så till sig själv. Lipar för ingenting.

Blicken lät hon vila ömt, men aningen tårfylld, på sin stilige krigare där han släpade på korgen och en av de minsta på armen. Han såg kraftfull ut med spänstiga steg som om ingenting för honom var omöjligt eller oöverstigligt. Han vände sig om för att som det såg ut, kontrollera eftertruppen. Han log mot Anna och fortsatte de sista metrarna till toppen av deras berg.

Anna var tvungen att åter torka en tår.

Sommaren hade varit gudomlig i det gröna Gröndal.

Denna dag var troligen en av de sista riktiga sommardagarna, trots att det var en höstmånad. Familjen hade röstat för en liten utflykt. Det vill säga, Hilly och Ida hade tjatat, med utflykten som resultat.

Nils hade burit sonen Gunnar på armen och i den andra handen hade han haft, matsäckskorgen. Han travade vant utefter den upptrampade stigen på deras favoritberg, ett favoritberg som delades av fler än familjen Nilssons. Det var inte långt hemifrån, så de minsta familjemedlemmarna skulle orka med strapatsen. Det var ju en del småttingar att ta hänsyn till också. Den sex månader gamle Axel Ivan, bar Anna på själv.

Deras berg var begåvat med en sagolik utsikt över Mälarens blå vatten. Rakt fram, Reimersholme på andra sidan Lilje-holmsviken.

Några segelbåtar kom slörande och en vit ångbåt var på väg in mot staden med skummande bogsvall och pustande skor-sten. Den skulle snart glida förbi Essingeön inte långt ifrån dem och deras gröna oas där uppe på berget. Anna höll ord-ningen på barnaskaran och hade stor hjälp av både Hilly och Ida med småttingarna och hon trivdes över måttan med sin situation och med alla sina barn. Även om det kanske ändå var dags att sätta stopp. Men hur man skulle få stopp på en skenande vildhingst, det visste hon dock inte på några som helst råd.

– Det är vi som är barnvaktare förklarade Hilly, för sina småsyskon och pekade på sig själv och på syster, Ida!

Sedan utförde Ida och hennes storastyster sin lek med att klappa i varandras händer efter ett tillkrånglat mönster för den utomstående. De sjöng på en ramsa under tiden också som antagligen ingick i själva leken och jag tror den lät så här...

Alla balla tjafs ut i fiska balajka,
alla balla tjafs uti binga bånga bej.

Hej skudderi skudderumpen stumpen,
hej skudderi skudde rullan lej.

Kläderna vi bära på, är utav kinatråd,
tjipp tjapp, tjipp tjapp, kinaman.

Det var ett väldigt skrattande under tiden, både på Hilly och Ida och så deras småsyskon som skrattade så de tjöt.

Efter många, många år blev denna lek en paradgren för Hilly och hennes syster Astrid Amalia.

Just nu, mitt i allt stojande, vilade vildhingsten ut under ett idogt snörvlande mitt i barnaskaran. De minsta hade nu följt locktonerna och fallit in i samma lyckorusliga sömn som deras pappa verkade befinna sig i. Men de snarkade inte, de hade bara somnat med ett leende på läpparna.

Det var redan september, men den här sommardagen med alla i familjen ute i sommarhagen en sista gång, kanske var en riktig vitaminspruta att leva på under den mörka årstiden som började göra sig påmind där det nu mörknade fort om kvällarna. Fina höstdagar kunde det naturligtvis fortfarande bli, men kanske inte så att man kunde vederkvickas på det vis man upplevt denna dag.

De drog sig hemåt i samlad trupp med familjens härförare i ledning för sin lilla familjearmé. De sneddade över en liten stig så de kom ut på Granvägen i höjd med fru Liljas hus, men de såg ingen vid huset, annars hade de tänkt hälsa och höra sig för om hennes situation.

I trädgården till deras hus på Granvägen 1 satt en dam på en av stolarna vid det lilla runda bordet, i närheten av alla grönsakslanden. Anna och Nils tittade på varandra som om de inte förstod vem damen var. Det var ingen de kände igen det var ett som var säkert, men ändå något bekant. De stiliga kläderna, den raka ryggen, ja besökaren lyste lite stadsmänniska. Inte som någon vilken bodde där ute bland arbetarna inte. Anna var den som reagerade först och tittade på sin familj och log. Gjorde en elegant svepande gest mot damen och sa, se vem som kommit på besök!

– Toni, vad trevligt! Sa Anna, och menade det också. Oj, vad roligt, vilken överraskning!

– Ja, jag ber verkligen om ursäkt att jag kommer såhär oanmäld, sa hon medan de hälsade.

De minsta barnen drog sig bakom sin mor och var lite avvaktande, vem kunde denna madame vara? Hilly och Ida, var utom sig av glädje. De kände igen moster Toni på en gång och mindes hennes karamellstrut de fått förra gången moster var på besök.

Sådant glömmer inte barn som det verkade.

– Vad trevligt att ni kunde hitta ut till Gröndal och göra oss den äran, sa Nils. Det lät lite övermaga, men var inte alls menat så.

– Jo, det har varit lite detektivarbete att finna er nya adress, hade syster Toni berättat. Jag träffade vicevärden på Högalidsgatan av en händelse då jag sökte er på den gamla adressen. Han hade då haft vänligheten att förmedla den nya adressen, Granvägen 1 här i Gröndal.

– Ja, tänka sig vilket besvär man kan ställa till med sa Anna, urskuldande. Det var naturligtvis inte vår mening, men allt hände så fort så man glömde både det ena och det andra. Tillökning har vi också fått i familjen så vi sitter inte still direkt, sa hon och skrattade lite förläget.

Nils tog med sig barnen in och Anna satte sig ner för att tala med sin syster och få reda på hennes ärende.

– Mitt ärende, sa Toni då Nils föst in hela skaran av barn, gäller den där kaffeservisen, fortsatte hon.

– Kaffeservisen, sa Anna undrande?

– Ja, den där kaffeservisen i silver Anna hade vunnit på lotteri, jag skulle gärna vilja köpa den av dig om den är till salu.

– Men oj, hade Anna sagt och såg förundrad ut. Den har jag totalt glömt bort! Den har jag på pantbanken uppe vid Ringvägen. Jag hade ju ingen användning för den servisen, men tyckte det var mer förståndigt att kunna låna pengar på den.

– På så vis, sa Toni. På så vis.

– Ja, och nu har jag som sagt totalt glömt bort den.

– Men, om jag löser ut den ifrån pantbanken, får jag då köpa den av dig?

– Men kära hjärtanes. Lösa ut servisen… det var ju en skaplig slant jag fick låna på servisen, inte ska väl Toni göra sådant?

– Hur mycket, rör det sig om?

– Ja, om jag inte minns fel, fick jag sextio kronor för servisen. Det finns på ett pantkvitto jag har där inne, sa Anna och nickade mot det gulmålade huset. Anna reste sig och tog de få stegen till dörren och försvann in, kom för en kort stund åter ut i dörren för att bjuda sin syster, stiga på.

– Tack Anna, men det är så skönt här ute i er grönlummiga trädgård, jag blir här om jag får. Det är inte ofta man kan få sitta såhär i guds gröna hage, lilla du.

– Jag är då strax tillbaka, hade Anna sagt och vände om in igen.

Sextio kronor, hade Toni tänkt är beloppet hon kan lösa ut servisen med på pantbanken. Ja plus räntor då och sådant man lägger på.

Låt oss säga det kommer kosta mig sjuttiofem kronor att lösa ut silvret, och det var mindre än jag trott. Ja, jag har aldrig litat på pantbanker, de ser till att sko sig mer än tillräckligt och lyckligtvis har jag heller aldrig behövt vända mig till dem. Undrar om Anna är nöjd med sextio kronor för pjäsen tänkte hon, då gör jag en bra affär.

– Här, ska Toni se, sa Anna då hon kom åter med gult avlångt papper i handen. Här har jag kvittot från pantbanken. Erlandsson & Son, heter pantbanken. Tror han hette Viktor Erlandsson som skötte min pantsättning. Någon annan såg jag inte till när jag var där.

– Anna, om jag som sagt var löser ut servisen och köper den av dig, vad skulle du vilja då ha betalt för den?

– Nämen, det kan jag då rakt inte säga, det har jag inte tänkt på. Jag har ju inte tänkt på att sälja den heller.

– Om jag ger dig lika mycket för servisen som det står här på pantkvittot, sextiotvå kronor, kan det vara något bästa Anna kan godta?

– Men oj, kära hjärtanes då och jösses Amalia. Så mycket?

– Jag tycker servisen är söt, och den skulle passa så bra hemma hos oss förstår du. Extra kärt när jag känner till historien bakom servisen. Ska vi säga att vi är överens, Anna?

– Ja, om syster vill betala det beloppet och är stadd i penningar, så ska inte jag vara den som säger, nej tack.

Man reste sig och kramade om varandra som en överenskommelse och Toni tog upp sin säkert dyrbara lilla handväska och räknade upp sextio kronor, och ur en ficka på sin kappa kom det, två enkronor.

– Nu har vi gjort en bra affär båda två, sa Toni. Värdefull för mig eftersom jag ju vet att du varit ägare till den och du har fått ersättning för den av samma storlek som jag nu fått betala, plus de där två kronorna, förstås.

– Oh, jag är så tacksam ska du veta bästa syster, så tacksam så. Jag har ju många munnar att mätta så dessa pengar kommer väl till pass, må du tro. Tack så väldigt mycket.

– Ja, då ska jag genast ge mig iväg och lösa ut klenoden. Det blir spårvagn nästan hela vägen, så det kommer gå geschwint. Ja, adjö då storasyster, ska jag väl säga. Och hälsa Nils och barnen från moster, Toni.

– Ja tack, det ska jag göra. Och tack för annat också.

– Det var mig bara kärt bästa Anna. Jag hoppas vi kan ses snart igen.

Anna såg hur hennes syster med snabba lätta steg gick iväg bort mot Liljeholmsbron och spårvagnen ner mot Ringvägen och Erlandsson & Son. Hon kramade bunten med sedlar i sitt förklädes ficka och visste hur de skulle användas och hur länge det skulle komma att räcka. Guds försyn, sa hon för sig själv när hon öppnade dörren och klev in till den övriga familjen. Guds försyn...

Vildhingsten hade troligen vilat riktigt ordentligt, för denna kväll hade han tydligen både fått kraftfoder och fria tyglar igen.

Det innebar att det påföljande år, kunde räkna med tillökning i familjen igen. Familjelycka, lär det kallas också. Och visst var de lyckliga. Från familjens beckbyxa och väferska, till minstingen Axel Ivan, den trolige filaren. Så stod plötsligt ett nytt år, för dörren. Och man hade både husets lilla ettåring Axel Ivan, liksom årets skälvande dag, nyårsafton att fira.

Valet att fira hemma, var lätt i år av förklarliga skäl. Det var en av de kallaste vintrarna på fler år, och i skafferiet gapade tomma hyllor. Man fick äta det som fanns, tända ett stearinljus som man hade kvar. Titta ut genom fönstret och kanske se något fyrverkeribloss på himlen. Man fick samlas och dela det bröd Nils kommit hem med ifrån bagare Bengtsson inne på söder. Nils hade jobbat från tidig morgon och var trots det nöjd med de bröd han fick med sig hem.

45

Hela familjen hade övervintrat och klarat den kallaste av vintrar på många år och Nils tog numera en genväg över isen på Liljeholmsviken, från Liljeholmen till Bergsundstrand. Det gick betydligt snabbare att ta sig in till stan på så vis och med denna kyla, var det ett ordentligt istäcke som skymde det svarta vatten som lömskt lurade under den snötäckta skorpan. Anna och Nils var tacksamma att de fått tag på boplatsen i det gamla huset på Granvägen.

Ja, det rymde ytterligare tre familjer och även om man inte behövde armbåga sig fram direkt, så var de trångbodda men som sagt tacksamma att ha någon plats över huvudtaget att bo på. På vissa håll i staden byggdes nödbostäder och det blev små kåkslummar i dessa områden.

Det utbröt också kravaller och på många håll kunde man se människor köa för att få tag i fisk, potatis eller rovor.

Parker i staden, var uppodlade med rovor och andra parker plöjde man för att sätta potatis. Nils var rätt ute där att försöka värna om potatis och morötter.

Men som Anna ofta pläderade, Nils är så påhittig och finner alltid på råd.

Detta år skulle som sagt, ett nytt Nilsson barn få se dagens ljusa skära. Småningom kivas med sina större syskon om dagens bröd, och därmed få ta del av livets goda.

Hon, eller han, skulle få den förmånen att njuta detta otium av frihet i den behändiga boplatsen på Granvägen 1 i Gröndal och ha den som sin hemvist.

– Var vänlig vänta här, hade en syster på Södra Barnbördshuset sagt då Nils i vanlig ordning kom travande med kurs på avdelningen för mödrar med nyfödda avkomlingar.

Nils var ju nästan som barn i huset, tyckte han. Ska man komma här och… han var tvungen att sansa sig lite kände han… men vara så näbbiga, fortsatte han så i tankarna?

Vad falls?

Sköterskan hade han inte känt igen sedan tidigare. Men det hade ju varit ett tag sedan han hade satt sin fot på linoleummattan för första gången också. Han kom fram till att det måste vara… tja, sådär en tolv år sedan. Men ändå, fortfarande låg den evinnerliga stickande lukten av linoleummatta kvar. Lukten påminde om ett kartrum då han gick i skolan. Där hade förvarats gamla urblekta planscher på gamla kungar och fartyg. Där hade förvarats gamla böcker som i ett litet herbarium. Blir sådana golvmattor aldrig gamla och förlorar sin lukt? Det kan ju förstås bero på evigt bonande och skurande. De starka dofterna av rengöring satt också i näsvingarna, eter, desinfektion, sterilisering, narkosmedel och vad de nu kunde vara. Huset doftade egentligen, ond bråd död likaväl som födelse.

Anna hade berättat att många mödrar som legat där, hade mist sina barn. Kanske inte många ändå, men det var flera hon kände till som mist sina avkommor i barnsäng.

Ja, både Nils och Anna mindes själva hur det var. Även om de hade lidit och plågats under mer än två år av hemskheter. Både för lille Henning Ingvar, och för dem själva när han hade ryckts ifrån dem av liemannen som lurat runt hörnet under denna tid ute i Oskarsro.

– Herr Nilsson, sa någon med en frågan i rösten bakom honom?

Nils vände sig om, slog armbågen i en sjukhussäng på hjul som stått hopfälld. Det var nära han hade sagt, aj fan.

– Ja, hade han istället sagt med en liten illa dold grimas av smärta, det är jag.

– Jag skulle vilja tala med Herr Nilsson sa sköterskan med det för honom, nya ansiktet. Om vi kan stiga in här, hade hon sagt och pekat på ett inglasat litet kontor.

Nils hade stigit in utan att säga något men gnuggat sin armbåge, satan.

– Är det något illavarslande som hänt, hade han undrat medan han hade blivit erbjuden att sitta ner?

– Nej då. Herr Nilsson har blivit far till en välskapt flicka, sa hon med ett litet vänligt leende.

– Jaha på så vis, hade han sagt. Och modern?

– Modern mår också bra, men är trött naturligtvis. Det är det jag vill tala med Herr Nilsson om. Jag får ju inte enligt lag propagera för användandet av kordonger, men jag önskar jag kunde göra det. Fru Nilsson har ju fött ganska många barn nu och hon skulle kunna föda många barn till. Men...

Det finns alltid risk för modern och barnet, ju äldre modern blir. Inga som helst moralpredikningar, nejdå Herr Nilsson. Jag vill bara moderns bästa och att hon ska fortgå med god hälsa. Det är för övrigt en fantastiskt stark kvinna, ska jag säga.

Nils hade bara suttit lite förstummad. Han tyckte det kändes märkligt med kordonger. Det var nästan att legalisera prostitutionen, tänkte han. Hade han haft kordonger med sig då han träffat den där Annelie Olsson, som var ett fördärv förövrigt, så hade inget barn blivit avlat. Men han hade kanske tagit en svängom till hennes lilla lya på Nybrogatan, fler gånger. Nu blev han villrådig och ångesten grep ett stadigt tag i honom. Han blev lite allegoriskt omskakad, nästan bokstavligt.

– Sköterskan tog till orda igen då Nils satt där och såg lite chockad ut. Jag förstår att det kanske kom plötsligt. Herr Nilsson ska dock tänka att jag säger detta endast i all välmening, inte som någon ordination. Men, tänk gärna på vad jag sagt och tala med Fru Nilsson om saken i lugn och ro.

Så reste hon sig och bad Nils följa med för att träffa Anna och det lilla flickebarnet.

– Lycka till med den lilla, hade hon sagt till Nils och klappat honom på hans arm. Det är ett välskapt och vackert barn, Herr Nilsson!

– Tack så mycket, hade Nils undsluppit sig. Tack!

Efter utbytta ömhetsbetygelser på Södra barnbördshuset, så var det bara att fortsätta på den inslagna traditionen. Promenaden bort till Hennings tobakshörna vid Hornsgatan. Han passerade nummer 19 på Ringvägen.

Det var strax innan Hornsgatan, han stannade plötsligt.

Vände sig om rent reflexmässigt, för det var något som for upp i hans huvud. Där ovanför gårdsvalvet, till 19 hängde en skylt där det stod Erlandsson & Son, Pantbank.

Just så, där låg stampen Anna talat om. Det var där hon lämnat in den där kaffeservisen i silver som sedan Toni lagt vantarna, eller sidenhandskarna på, tänkte han.

Strax efter, stod han så med tio öre mindre i portmonnän men en Bellman Siesta, rikare. Han satte sig på en låda vid gathörnet och bolmade friskt på cigarren. Det var väl ett år sedan sist, tänkte han. Det känns som man handlat sin sista cigarr nu. En spårvagn kom uppifrån Hornsgatsbacken ner mot hållplats, Ringvägen. Det var tian, den har en bra sträckning och den kommer man långt med. Han lyfte på vegamössan åt några från renhållningen som kom med sina kvastar. Förra gången han sett dem, då skottade man snö ifrån trappen utanför Barnbördshuset. De såg ut som karlar i sina bästa år, senigt spänstiga och kraftfulla.

Nils såg länge efter dem, som om han närde en avund.

Han försökte gilla det han såg av staden och visst gjorde han det också. Men kryddan var nog ändå att bo nära vattnet, att höra vågskvalp, känna dess doft och i blåst höra sjöarna slå in mot strand i våg efter våg och sedan rulla ut.

Hans nuvarande arbetsplats vid Bergsunds Mekaniska och båtvarv, skulle småningom läggas ner hade han hört.

De större fartygen byggdes numera borta på Saltsjösidan hos Finnboda Slip. Så det hade blivit färre arbetsmöjligheter nu så han hade lagt ut sina garn vid Nya Varvet i Gröndal, bland andra. Det gällde liksom att se om sitt hus i tid. Troligen skulle Bergsunds hamn och varvsområden bli själlösa bostadsområden vad det lider och Liljeholmsviken med dess brusande båtliv, bli en död vattenspegel. Det enda som kommer vittna om en svunnen tid, kan bli gatunamnen, funderade han. Men vilka kopplar ihop Varvsgatan, Slipgatan och Verkstadsgatan, med att Bergsunds Mekaniska Verkstad och varv, har legat där en gång i tiden? Där har jag slitit och släpat, filat och donat i mitt anletes svett för brödföda, chef och familj, halleluja!

Han reste sig för att gå och så när, hade han tänkt kasta cigarrstumpen i rännstenen, men mindes gatsoparna. Kastade den istället längre bort på gatan där det ändå låg lite hästspillning kvar.

Spårvagnen kom nerifrån Södermalmstorg och han klev upp i den bakre vagnen, betalade sin tioöring till konduktören för att komma ner till Hornstullen och fick en ljusgrön liten biljett för övergång. Han kunde med denna biljett åka vidare ut med en annan spårvagn, Gröndalslinjen, och hade sedan bara några hundra meter att gå hem till den väntande, säkert ylande vargflocken då han klev över tröskeln.

Någonstans ska man ju sätta punkt, tänkte han med sköterskans ord ringande i öronen. Man fick lov att skaffa sådana där kordonger, för sina lustar. Kanske dags och lämpligt nu. Det är mitt sjunde barn, ja, ja. Men, det beror ju på hur man räknar förstås, tänkte han med en besk grimas.

Hilly, mina drömmars dröm och nu Nelly, mina drömmars mål.

Den euklidiska geometrins parameteriserande var fulländad.

Så långt hade han tänkt när han släckte nattlampan vid sin huvudgärd.

Cirkeln var så att säga, sluten. Hoppas Anna har samma syn på saken, funderade han innan han somnade med ett leende på läpparna.

Numera var det ganska lugnt på Granvägen 1 om dagarna. På morgonen avtågade en mindre tropp till Blommensbergskolan, något hundratal meter bort. Då fanns bara, Gunnar, Ivan och Nelly, kvar hemma. Nästa år, så började även Gunnar skolan. Han var riktigt trumpen för att han inte fick gå i skolan.

Nils hade fått arbete hos Janssons båtbyggeri och även hos Nya Varvet. Nils var eftertraktad såsom filare och allmänt kunnig inom mekanikeryrket med svarvning och annat. Duktig arbetskraft var efterfrågad och Nils hade därför väldigt förspänt. Han kunde, faktiskt välja och vraka. Trots detta ville han inte sluta jobba extra hos bagaren Bengtsson på Krukmakargatan. Det blev alltid en påse bröd när han gick hem därifrån, men han behövde inte vifta med brödpåsen, som Bengtsson skämtsamt sa. Det var ju ransoneringar på bröd också men som betalningsform dög det bra, tyckte båda två. Ett par limpor, var inte fy skam och de var ofta ljumma när han gick mot spårvagnen så folk på vagnen vädrade varifrån den goa doften kom.

Det var en riktig lyx!

46

Nu stod julgranen klädd och grann i stugan igen. Barnen
sjöng med ledning av storasyster...
*"granen står så grön å grann i stugan, granen står så grön å grann i
stugan, tra-la-la-la-la, tra-la-la-la-la, tra-la-la-la-la, la-la!"*
Det blev mest en enda röra till slut och man skrattade, roade
varandra så det stod härliga till. Anna tyckte det var en gu-
domlig familj hon hade. Riktigt så jag tror ibland jag kan bli
religiös som syster Viktoria.
Småttingarna verkade rent musikaliska, vad Anna kunde
uppfatta som den mor hon var, hur illa det än kanske lät.
– Vid sådana här tillfällen, tar mina tankar åter vägen upp till
Kersten och hur hon kan ha det i sin himmel. Hoppas det är
en fin himmel, det är hon värd. Kan du förstå, Nils?
– Jo, sa han, jag kan tänka mig hur du känner med saknaden,
men ändå inte riktigt förstå. Det där kommer väldigt ofta till
dig, men det är kanske för att hon var, en som du. Ni hade
era tankar och vilja att flytta upp hit till huvudstaden, hon
var den som manade dig.

– Det var du, Anna, som kom iväg, medan hon blev kvar.

Anna hade nickat och torkat en tår, för vilken gång i ordningen då det gällt Kersten, det hade hon inte räkning på, och var egentligen inte heller så intressant. Det kunde göra det samma. Nils förstod, att hon aldrig skulle glömma Kersten. Inte så länge hon levde.

Ja om någon dag var det dags för barnkalas igen. Då är det Ivan som har födelsedag på nyårsafton. För ett par månader sedan hade man lite lätt firat Nelly Maria, på hennes namnsdag i oktober. Nils hade läst i almanackan, att namnet Nelly, betydde "raskhet – munterhet" och det tycke han allt stämde på den lilla tösabiten. Det märkte Nils redan, sa han.

– Hon skrattar mer än hon gråter, var hans omdöme, när han hörde kvittret ifrån den väl nötta barnsängen. Så munter, det är hon allt. Om man tänker på vad hennes namn betyder, så var ju detta ett bra och roligt val. Och det var ju ett populärt namn, det läste jag i Stockholmstidningen för någon vecka sedan. Tror man hade listat de populäraste namnen, och Nelly var ett namn som kom ganska högt på listan. Och så fick du äntligen en namne också, Maria!

– Ja tänk vad mycket di kan hitta på i de där tidningarna, ack ja, sa Anna när hon stökade inför nyårsafton.

– Reymers ska visst spela match mot Hagalund på nyårsdan, sa Nils där han bläddrade vidare i tidningen.

– Reymers, sa Anna?

– Ja, Reymersholms IK, med Mulle och Masse å de där kisarna, om man säger. Bandy, förtydligade Nils, medan han vände blad till Namn & Nytt, bandy! Dom stavar bara

klubbnamnet lite annorlunda än hur själva Reimersholm
stavas.

– Jaha, bandy! Det är väl då de har sådana där käppar, eller
klubbor kanske det heter. Men det var väldigt vilket ”snack”
herrn lagt sig till med, sa Anna och skrattade… ”Mulle och
Masse å de där kisarna”! Har du blivit en sådan där, söderkis,
plötsligt?

– Ja de kan hon hoppa opp å sätta sig på lilla hon. Söder, de
e alla tiders de. En annan bor till och med, söder om Söder!
Men du, man får hoppas att Hilding e me på nyårsdan, för
då vinner vi.

– Vi, säger du. Ska du vara med och spela sån där bandy?
Vem är den där Hilding?

– Jamen de är ju Hilding Gustavsson vet ja, ”Mogglie”. Och
såklart ska jag inte vara med och spela, jag kan inte åka skrid-
skor. Men man håller väl lite på sitt hemmalag Reymers e ju
lage hela dan. Ett lag ifrån Söder, vet ja.

– Det ska fortsätta vara kallt, står det här. Bra, då får dom fin
is att skrilla på. Dom har tecknat en skojig bild av en snö-
gubbe med både hatt och halsduk… snögubbe med halsduk,
ja ja. Och Elna Anderssons Mjölkbod på Verkstadsgatan,
utökas och blir också brödbod då ransoneringarna upphör,
står det. Var ligger den mjölkboden egentligen?

– Ja si de vet inte ja, sa Anna när hon satt sig för att stoppa
ett par strumpor.

Det var ständigt att laga och stoppa. Man behövde inte
fundera på vad man skulle ta sig för om dagarna. Satt inte
Anna med nål och tråd i nyporna, var hon ute på jakt efter
förnödenheter om det fanns några ören att handla för. Det

fanns ju ganska mycket kvar efter silverservisen, men dessa
slantar skulle inte bara räcka för dagen, de skulle räcka längre
än så. Man fick allt vända på slantarna både en och två
gånger, för att de skulle räcka.

47

Så hade även nyårsafton avverkats och ett nytt år stod på lut. Ett år man förklarligen inte visste mycket om, och tur var väl det kanske många gånger. Hilly skulle bli tonåring och minstingen Nelly, skulle fylla 1 år.

Och årets positiva händelse var att första världskriget tog slut på senare delen av året.

Det skulle nalkas en sommar även detta år och man såg fram emot den blomstertid som skulle komma. Det kändes lättare i sommarens soliga dagar, till skillnad från de tjyvsnåla vinterdagarna som man hade bakom sig. Man hade lärt sig leva med det snåla man hade att leva av. Braxen och abborre började bli lika ensidigt som rovor och morötter, men så länge man inte funderade över eländet, gick det riktigt bra.

Anna hade fått höra att fru Liljas äldsta dotter, var sjuk.

Ja flera hade insjuknat i någon influensa, man visste inte riktigt vad det var. Nils hade hört att andra också insjuknat i något man kallade för influensa. I tidningen kunde Nils läsa att det var en epidemi som man kallade Spanska sjukan, som härjade i landet och utbrutit skoningslöst. Några hade redan dött av sjukdomen. Det började spridas en otäck panik i landet och man försökte undvika att träffa andra människor för risken av att bli smittad. Man litade inte på någon och tidningen varnade också för folksamlingar. Begränsningar gjordes på antalet passagerare på spårvagnar och efter varje tur, rengjordes vagnarna ordentligt med karbolsprit, ett starkt frätande desinfektionsmedel. Biografer och teatrar stängdes och skolstarten uppsköts efter sommarlovet med flera månader. Regementena var lamslagna. Som om inte kriget som härjade runt hörnet fortfarande var nog, så hade man ju även ransoneringarna att brottas med och så nu denna epidemi.

Nu kunde Nils läsa hur många offer sjukdomen skördat.

Flera hade redan dött av Spanska sjukan än människor tidigare hade gjort av pesten. Och de som dukade under av denna dödliga influensa var fler än de som dog av senapsgas, bomber och gevärskulor under hela första världskriget.

I Sverige dånade döds- och begravningsklockorna snart sagt, dygnet runt denna vinter.

Människorna dog inte av själva viruset utan av lunginflammation. De flesta avlidna var unga människor mellan 20 och 30 år gamla, män och kvinnor i sina bästa år, som rycktes bort på några få dagar.

Staden var lamslagen och fylldes av sörjande människor i alla samhällsklasser. Ingen gick säker, även om det var de fattiga som var värre utsatta och som trots sitt otröstliga tillstånd, ändå var de som var tvungna att gå på jakt efter förnödenheter under sitt sörjande.

Stå i kö för några sillar eller några potatisar, trots risken för att bli smittade av denna gräsliga farsot som oftast ändade i dödens snedvridna anlete. Vad hade dessa själar för val? Till och med julhandeln för de mer besuttna, visade klara prognoser för återhållsamhet. Dessa hade oftast sina försänkningar så de kunde komma över både en julskinka, korv och syltor, visserligen på ett mycket diskret vis, men ändå. De levde farligt då någon av tjänsteandarna lätt kunde prata bredvid mun. Å andra sidan var de ytterst försiktiga då de i förekommande fall blev körda på porten och därmed miste ett gott arbete med mat och husrum i de finare kvarteren. Det stod således mycket på spel för de lösmynta som hade sin utkomst hos de mondänare i samhället.

Att familjen Nilsson i sitt lilla krypin i den gamla kåken vid Gröndal delade huset med tre andra familjer, alla dock med egna ingångar, var deras räddning i eländet.

Detta var antagligen nyckeln till att man klarade sig från den dödliga influensan. En av familjemedlemmarna i Anderssons familj på övervåningen rakt ovanför Nilssons, hade insjuknat och Anna var orolig över detta.

Anderssons dotter hade varit sjuk nu i hela två månader.

Man hade beslutat i samförstånd med Amalia, att inte ha något födelsedagskalas för någon. Trots att Amalia fyllde 65 år, Nils blev 35 år och Anna redan var sina 40 år fyllda. Det fick vänta, av flera och rent förståeliga skäl.

Man kunde också fira att första världskriget nu tagit slut och hoppades ransoneringar och annat småningom skulle lättas upp, men det skulle dröja något halvår innan de sista brödkupongerna kunde avfärdas helt.

Nu hade man det mesta av vintern bakom sig igen och man kunde se lite ljusare på tillvaron. Barnen traskade iväg till Blommensbergskolan och lugnet lägrade sig åter på Granvägen 1 och till hösten skulle Gunnar börja skolan. Äntligen som han tyckte. Sent om sider skulle han få se vad hans syskon gjorde om dagarna där borta i Blommensberg.

Nils stod åter i skjortärmarna och grävde i deras trädgårdsland där man skulle sätta potatis igen och så morötter. Ljusare blev det då solen lyste på smått som på stort.

Den hemska Spanska sjukan verkade vara över och man kände inte längre till någon och hörde inte talas om någon som insjuknat. Någon notis om epidemin i tidningarna, stod inte heller att läsa. Anderssons dotter, en trappa upp och ovanför dem, hade körts till sjukhus för ett par veckor sedan och var en av dem som ökade statistiken för avlidna genom farsoten.

Smedgesällsänkan Lilja, borta i 5:an hade däremot återfått sin dotter Johanna som var några år äldre än Hilly, från dödens kalla och girigt spretande grepp. Just detta, var Anna särskilt glad över.

Även om hon inte kunde vara så sorglös när hon fått vetskap om att grannens dotter ovanpå, var ett av epidemins offer. Det var Lilja, som tipsat Anna om den kåk de bebor idag, vilket Anna var verkligt tacksam över. Man hade känt varandra sedan tiden på Brännkyrkagatan då smedgesällsänkan blivit vräkt med sina små barn för att de låg efter med hyran. Den gången hade det varit Spisrakan, den förhatlige polismannen som jobbade extra som vicevärd i huset och hade en viss förkärlek som det verkade, för att sätta folk på gatan. Det var en otrevlig typ, någon Anna inte skulle vilja ha med att göra. Ändå var det han såsom vicevärd, förevisat dem lägenheten de bytte till på Högalidsgatan.

Det var en fin, men för dyr lägenhet de flyttat till strax innan Nils for ut som Landstormsman vid krigsutbrottet.

Då hade man ju inte vetat om något krig eller att ett sådant skulle vara i faggorna, men utan Nils inkomst från sitt arbete, blev det ohållbart att bo kvar i lägenheten och det var då hon av en händelse stött på Lilja nere vid Hornstullen och hon hade fått tipset om kåken.

Anna kände därför ett visst samröre och gemenskap med Agnes Lilja sedan den tiden, ja ända sedan tiden på Bränn-kyrkagatan om man nu skulle vara noga.

Hon var en rekorderlig kvinna som tog väl hand om sina efterkommande så gott hon mäktade. Visserligen var hon lite väl förveten, men vem var helt oförvitlig, tänkte hon?

Amalia hade under tiden farsoten härjade som värst, fått en mindre släng av sleven, men var fullt återställd enligt ett lä-karutlåtande. Hon ville inte träffa sina barn och barnbarn om hon fortfarande bar på någon smitta. Men således hade läka-ren varit förtröstansfull och stillat hennes oro på den punk-ten. Väldigt omtänksamt av fru Håkansson, hade doktorn på Serafimerlasarettet sagt.

Amalia bodde numera hemma hos Toni sedan några år.

Potatisblasten stod fin och utblommad, så det var dags att ta lite färskpotatis till dagens sill. Det var nästan feststämning att få egen, nyupptagen potatis.

Nils satt på trappen in till kåken där solen låg på och värmde gudagott. Det kom att bli under denna tid på året, hans plats att läsa tidningen på så fort han kom hem ifrån verkstaden. Nu satt han där och läste om allt elände som kom efter kriget men samtidigt kunde han läsa hur man bit för bit släppte på ransoneringarna.

Fortfarande var det ransonering på bensin, så det var inte många bilar man kunde se rulla omkring på stadens gator. Det som numera var av stort intresse i tidningen, var spalten under Namn & Nytt. Där kunde man se långa listor på döda, och de som hade ingått äktenskap. Där fanns ett särskilt stort intresse för Nils. Han hade också denna dag skådat att typografen, Ernst Emil Löfqvist och den icke helt okända, pigan Annelie Viktoria Olsson, hade vigts vid Gustav Adolf-skyrkan. Det var en garnisonskyrka för Svea Livgarde, och det var tack vare att bruden arbetade på Stockholms vapen-fabrik, som denna möjlighet till kyrkvigsel gavs.

Nils hade känt ett styng i hjärtat som han inte ville kännas vid.

Så hade alltså fröken Olsson, den stilla flirten i Ronneby som ändå hade varit hans lägrade kvinna i Stockholm på Nybrogatan, nu gått och blivit fru Löfqvist. Och min… hennes son tänkte han, heter han nu också Löfqvist, möjligen? Hur gammal kan han vara, funderade Nils?

– Vad du ser grubblande ut. Anna hade kommit och satt sig bredvid honom på trappen. Är det dåliga nyheter nu igen i bladet?

– Jo, det är sällan goda nyheter i tidningen, oftast bara elände. Nu har tydligen den där spanska sjukan satt fart igen i Sverige, dags att stänga dörrar och fönster. Men, den är inte alls så utbredd, den härjar mest på logementen och inom de

militära leden. Men jag har en arbetskamrat, eller kanske ska
jag idag säga, hade en arbetskamrat på svarven, som insjuk-
nat i spanskan… Allmän rösträtt, det har regeringen genom-
fört nu. Vad säger du nu då, nu kan du göra din stämma
hörd, Anna. Något positivt i allt det grå.
– Ja, di ger sig du Nils. Jag ska gå bort och höra med Lilja
hur de är fatt. Jag blir inte borta länge.

Nils bläddrade åter tillbaka till Namn & Nytt medan han
såg hur Anna tog sig bort en liten bit på Granvägen, mot
Liljas kåk.

Här stod det ja, hm. Jaha, hon har gift sig nu det var väl
kanske bra för gossen, tänkte han. Gift sig med en typograf,
som tagit på sig adoption av en gosse med namnet Gösta,
född 1907 i mars!

Nils räknade på fingrarna och fann det stämma in väldigt bra
på den tidpunkten han skulle lägrat denna piga.

Det gjorde ont i honom. Han tittade bort mot Granvägen
igen för att se om Anna kanske skulle komma sättandes igen.
Nu mådde han inte bra, för han kände sig en aning skuld-
medveten. Hans ånger var påtaglig. Men, han hade fått så att
säga kvitto på att gossen troligen skulle få det bra.

Hur som helst måste han erkänna att Annelie var ett rekor-
derligt fruntimmer och hon hade gift sig med en yrkesman.
När han nu satt där med tidningen över knäna och tittade ut
över backen, ut över de vajande björkarna och upp mot de-
ras utsiktsberg, kändes det på något sätt som en befrielse.

Han vek ihop tidningen och ställde sig upp. Trevade i fickan
efter en cigarill. Han kom på sig själv med att le, visserligen
ett något inåtvänt leende, men ändå. Han drog girigt i sig

tobaksröken och såg ett stort tjockt rökmoln lämna sina läppar i en pust. Det steg som ett fredligt vitt cumulus med formen av ett torn, eller en mås. Kanske en papperssvala, rakt upp skruvade sig molnet. Och hans tankar vindlade en aning på samma vis.

Han smakade på orden, Gösta Löfqvist... Nils hade inte haft en aning om vad den son som skulle kunna vara hans snedsprång, och troligen var det också, hade hetat. Han hade undrat många gånger, men aldrig haft en aning. Hans tankar var ändå goda, även om hans handling möjligen kunde ses såsom svag. Vad visste man egentligen vad som var Nils tankar, hur de snurrade och kanske plågade, hur de vippade över ända ner i djup förtvivlan.

I sina stövlar stod han så i trädgårdslandet och slog med kraft ner ett par störar, där han spände ståltråd dem emellan.

– Vad gör du, undrade Anna när hon kom åter ifrån Lilja?

– Jag tänkte att vi skulle så luktärter här och de kan få klänga upp utefter störarna och tråden, sa han. Det kan bli riktigt fint på sensommaren. Jag gillar alla färger luktärter ger prov på. Vad säger du, kan inte det vara något. Jag är så leds på allt så jag vill göra något på tvärs... hade jag haft en segelbåt nu, hade jag legat på kryss ut mot Essingen, fortsatte han och spottade.

– De där luktärterna lär inte komma upp i år, min gubbe lilla. Så, vänta med fröna till nästa vår. Du ska ju ha något att göra då också. Nu ska jag gå in för att förbereda det som går och sedan steka sillen, medan du tar upp ett kok potatis. Det blir stekt lök också. Kanske passar med svagdrickan, och du tar kanske något starkt, de är ju lördag, Nilsson!

Anna vände sig om och såg minen på Nils… obetalbar.

– Hur var det med Lilja, undslapp det honom när han hämtat sig från både det ena och det andra?

– Jodå, det var prima, Agnes var ganska så uppåt. Hon hade träffat en murare som verkade bra och en som var riktigt skötsam till på köpet. Och så hade ju Johanna blivit fri från spanskan, men det tog väl ett tag innan hon hämtade sig, men Agnes gladde sig riktigt. Jag blev glad i sinnet när jag såg di så kuranta. Nä, här står jag och språkar. Hur går de med potätera?

Hösten rann på och julen avverkades i samma takt.

Detta år hade man åter julgran inne och barnen fröjdades åt denna lite konstiga tradition som dock inte inträffade mer än en gång om året. Nyårsafton följde på som en blink och därmed blev Axel Ivan, ytterligare ett år äldre.

Det ena året var det andra likt. Man slet för förnödenheter och sökte arbete. Nils hade ju det förspänt som var utbildad filare till yrket. En filare, stod högt på verkstadsgolvet. En mekanisk verkstad tarvade en filare av rang för att leverera förstklassiga produkter. Han hade börjat, mindes han, redan som sextonåring hos Olof August Johanssons Gjuteri och Mekaniska Verkstad hemma i Karlshamn, som filareelev. Han mindes avskedsorden efter utbildningen med ord från Johansson själv som, "till belåtenhet" och "goda anlag för yrket" samt "mycket gott uppförande"! Så, kanske var det med dessa vitsord han kunde rekommenderas arbete och ävenledes, städslas.

Nils hade ständigt arbete, men grannar och bekanta hade det besvärligare med sin försörjning.

Något som helst överflöd, levde man inte i utan man han-
kade sig fram så gott man kunde. Det blev sällan eller aldrig
utrymme för något vidlyftigare än dagens dikt och sill med
potäter på faten.

Att vara så gott som självförsörjd med potatis, var naturligt-
vis nu en stor besparing.

När det sedan kom till morötterna, fick man vänta ytterligare
en tid på sommaren. Dom var lite sena, och Nils hade börjat
fundera på drivbänkar. Han hade ju sett drivhus för att få
fram grödor snabbare. Det var egentligen så att man byggde
en ram runt det man odlade som man lade fönsterglas över.
Det var inte så lätt att få tag på glas, och fanns det så var det
dyrbart. Men, han hade tanken ändå.

Några hade även detta år insjuknat i spanskan, men det var
en epidemi som var på väg att försvinna helt nu.

Runt dem i Gröndal hade man åter börjat bygga hus och
man kom allt närmare deras eget hus. Snart var det väl gran-
nar inpå deras jordplätt de brukat och odlat, så den kanske
inte längre kunde användas. Nils hade börjat se sig om efter
något annat, kanske något trots allt inåt stan även om han
hade sitt dagliga värv i Gröndal, både på Nya Varvet och
Bohlins mekaniska. Nu hade man ju spårvagnen så helt
omöjligt skulle det väl kanske inte vara om så vore. Vintertid
gick det ju utmärkt att gå över isen, vilket sparade både spår-
vagnsslantar och tid. Kom det bara något bra och framför
allt billigt, så fick man väl lov att flytta igen. För vilken gång i
ordningen hade han ingen kontroll på. Men, familjen var ju
nu ganska ansenlig i antal och något rum till, skulle inte göra
något. Som det var i dag, sov alla barn i det stora rummet

medan han själv och Anna huserade i ett litet krypin bakom köket.

Han tänkte ibland att, ja ja, det finns dom som har det värre. Så var det ju, även om det inte blev lättare för dem. Men dom hade tak över huvudet och mat och potatis på bordet varje dag så inte skulle väl han klaga.

Det var länge sedan man hörde ifrån far nere i Karlshamn, tänkte han. Ja, mor med för den delen. Men, di reder sig nog bra.

50

Så var även detta nyår avverkat. Det var den sista nyårsafton man firade i Gröndal, i alla fall för denna gång.

Men, det var inget man visste just då. Men detta år blev det att packa sina pinaler och flytta över bron till andra sidan, in på Söder igen. Nils skulle få längre till sitt arbete men barnen, de som gick i skolan, de fick en ny skola för sina lärospån. Stadens män skulle inviga Högalids Folkskola vid terminsstarten och det blev ju alldeles förträffligt.

Man hade en lägenhet tre trappor upp längst ner på Hornsgatan, mot Bergsundstrand men mot gården, delvis.

Men delar av familjen var lite hemmastadda i området sedan tidigare, så det var lite av guds försyn, alltsammans.

Nästan där allt hade börjat en gång för 16 år sedan! Bara ett par kvarter därifrån till Brännkyrkagatan 117 och ett snöre med filt för en generad Nils, kändes kittlande på något vis.

När så sommarlovet började för de barn som man hade i skolan vid Blommensberg, inledde man de första stegen för avflyttning från den kåk man bott i under flera år.

Först ville Nils ta hand om den skörd som blev, det var ett bra startkapital på andra sidan viken, inne på Hornsgatan. Potatisen verkade växa till sig och bli riklig. Större skörd i år än året innan och detsamma var med morötterna. Nils skulle ordna med några jutesäckar då det var dags att skörda grödorna. Han var nöjd med detta odlande och skulle kanske sakna det när de kom åter in till stan.

Kanske kunde han få tag på en odlingslott bland koloniträdgårdarna ute på Tantolunden?

Strax bakom garveribyggnaden där Mariapolisens "gröna buren" låg, hade han sett dessa odlingslotter.

Gröna buren, var en polisfinka där busar och berusade fick sona sina ogärningar. I bottenvåningen på den gamla garveribyggnaden, låg alltså finkan. En slags filial till polisstationen som låg i Maria, vid Rosenlundsgatan. Dit det var för långt att släpa på busen som höll till i området runt Hornskroken. Och på våningen ovanför finkan, hade Frälsningsarmén en möteslokal.

Men, bakom huset och på andra sidan järnvägen, fanns det alltså odlingslotter som sträckte sig upp mot berget.

Där uppe, där han varit baserad i Landstormen och iakttagit ett flygplan på låg höjd.

Kanske man kunde få tag på något där tänkte han, i Tantolunden?

Så kom hösten fortare än man hann med att blinka. Trädens grenar avlövades till spretiga skelett i den allt tidigare solnedgången.

Nils önskade att fler familjer skulle få känna den trygghet i sitt leverne som de hade själva. Jodå, de hade haft sina törnar de också, men de hade haft tur och förtröstan på en ljusnande tillvaro. Han ansåg de var på god väg.

Barnen var friska och duktiga och stretade på i skolan, det var bara Axel Ivan och Nelly som fortfarande var för små för att nöta skolbänken.

De första snöflingorna singlade ner över Hornsgatan och på själva torget vid Hornstullen hade man rest en stor gran där man hängt girlander av glödlampor. Det var första advent och staden började inta den jullika posen, med girlander av tallris vid butiker och bodar. Snön lyste upp vintermörkret och det var lätt att ta sig till arbetet för Nils på Gröndal. Han hade bara de knappa hundra metrarna över Liljeholmens frusna vatten, att gå. Isen var tjock och bärig, så han var inte orolig. Han var långt ifrån ensam att ta sig denna väg till och från arbetet. Det var bara Anna, som var lite ängslig för det där att gå över isen.

– Äsch, sa Nils! Det är som en upptrampad stig där alla går sa han, inte ska du vara orolig för det inte.

– Tänk dig för bara och var observant. Man vet aldrig hur isen bär när det snöar som det gör nu, mästrade hans hustru.

Även detta år hade Nils skaffat dem en julgran. Mycket för barnens skull visst, men även för deras egen också.

Det var stämningsfullt med en julgran vid årets största, trevligaste helg. Hela transportsträckan fram till jul från den 1 advent, var magisk på något vis. Som på självaste julaftons morgon kröntes med en doftande gran. Anna hade pyntat med allehanda småsaker i granen medan barnens tindrande ögon skimrade ikapp med adventsljuset som nu flämtade på sista versen.

Man hade avnjutit sin julmiddag med tomtegröt där Anna hade lagt en skalad mandel i gröten. Ibland lägger man en mandel i gröten för enligt folktron blir den som får mandeln, gift påföljande år. Ja, så var det man sa. Men Anna menade nu att den som fick mandeln i gröten, skulle bli den av syskonen som först blev gift.

Den som fick mandeln i sin grötportion, var Ida… Storasyster Hilly, hade blivit besviken och lite sur att det inte var hon som fått den där mandeln. Men de andra syskonen hade blivit glada och pustat ut.

– Om vi ska följa folktron, så blir det Ida som kommer att bli gift först, sa Anna och log. Vi får se om den gamla sägnen slår in. Jul och nyår passerades i rask följd och man trivdes bra i lägenheten vid Hornsgatan, även om det var vid vägs ände.

51

Vardagen tog åter vid och Nils traskade till sitt arbete.

Ofta arbetade han sent på kvällar också, som att arbeta i skift.

Ordningsmakten var också i tjänst, man kunde undra när dessa var lediga egentligen. Det var Maria polisdistrikt som hade att avpatrullera ända ner till Liljeholmsbron.

Spisrakan hade haft tjänst tydligen på julafton, sedan hade det varit Busfasan man sett vid nyåret, och nu gick de båda två och då var det oftast Spisrakan som hade sitt distrikt neråt Hornstullen och Lignaområdet samt Bergsundstrand.

När Nils stretade mot vinden och det ihållande snöandet på väg över Liljeholmsviken och som han tyckte svajiga isen, tänkte han på sommarens fröjder. Han skulle se om det fanns utrymme för att skaffa sig en liten motorbåt, rent ekonomiskt. En Petterson, kunde vara lagom med en liten Albin AL-2 på 8 hästkrafter med vevstart. Nils hade sett motorn på varvet och hade blivit väl förtrogen med den då man monterade motorn i de båtar som byggdes. Han klev vant

upp på bryggan ifrån den snötäckta isen då han kom till Lil-
jeholmssidan. Nu hade han bara en bit kvar bort till varvet.

Medan han gick drömde han vidare i den virvlande snön.
Det här extra jobbet på kvällarna gav dem ett litet ekono-
miskt tillskott.

Efterfrågan på motorbåtar var tilltagande och Nils medver-
kan var en nödvändighet för varvet. Hans mångkunnighet
inom mekaniken är nu ganska omtalad.

Senare på kvällen var han så på väg hemåt igen. Ska bli skönt
att få krypa ner i en säng när man kommer hem, var hans
enda tanke.

Han pressade hatten djupt över skulten, rockkragen uppfälld
och han var nästan tvungen att gå framåtlutad i motvinden
och snöyran. Värst var det när han traskade över Lilje-
holmsviken och kände blåsten ta i ännu värre. Där fanns
inget som hindrade vindens framfart. Han såg knappt vart
han gick. Det var som han trampade luft och isen riktigt
gungade. Han upptäckte plötsligt att det var ett stort isflak
han gick på. Det var därför det gungade så infernaliskt. Han
försökte se sig omkring var han befann sig.

Som det verkade på en blinkade fyr, hade han passerat mit-
ten av viken.

Plötsligt kantrade isflaket han gick på nedåt och det sipprade
vatten kring hans fötter. Han försökte springande, så gott
det nu gick, ta sig framåt.

Nils hade hört talas om att man skulle bryta en ränna i viken
upp mot Årsta, till Skanstull ifrån Mälaren. Det var det man
tydligen gjort under kvällen. Helvete, skrek han på bred Ble-
kingska. Helvete! Allt var svart runt om honom, snön lyste

förstås och som tur var, upp en del. Han föll och hasade på magen en bit. Något ljus ifrån Bergsundstrand såg han inte till. Han visste inte var han befann sig, mer exakt. Han var nog någonstans mitt i den brutna rännan och isflaken var mindre nu. Han försökte hoppa som en gasell fort, vigt och lätt, från flak till flak. Men, hoppade han i rätt riktning, mot fastare is? De visste han inte.

Han kanske jumpade framåt i den brutna rännans längdriktning och inte tvärs, som han önskade. Han skrek på hjälp, men det var som om ljudet tystnade i samma veva som han skrikit. Inseglingsfyren längre bort åt vänster, blinkade rött nu och Nils förstod att han faktiskt var på rätt väg, in mot Bergsundstrand. Han blev med ens lite lugnare och förstod att detta skulle han trots allt antagligen överleva. Någonstans åt höger tyckte han sig se ett ljus som av en lykta av något slag, kanske något boningshus.

Plötsligt låg han på magen igen i snösörjan och han kände det kalla vattnet gripa efter honom. Han snörvlade medan han fortsatte ropa på hjälp och krafsade med fingrarna i issörjan för att försöka dra sig upp. Gråten var inte långt borta, sådan tapper krigare han ändå var. Han tog sig åter upp på det isflak han låg på, ett isflak som genast letade efter obalans och började vika ner sig och han halkade åter omkull. Om han frös, kände han det inte. Vad som var upp eller ner, visste han inte heller. Han kände det snarare som om han skulle föras bort någonstans. Bilden där han stod med prydligt uppvridna knävelborrar i den stiliga Blekinge Bataljons uniform där stövlarna var blankade, och gjorde honnör för sin blivande gemål, Anna... järnvägsvagnen hade dundrat på… Den synen kom upp för honom. Hans far Oskar, som överräckte guldvågen som minne av farfars bror, Eugene… bryggorna i hamnen vid Karlshamn… Han visste inte om det var en tår som rann utefter hans kind, eller om det var Mälarens kalla vatten som gjorde allt för att försöka dränka honom. Han låg nu på magen över en iskant. Det gungade på isen, vatten sköljde upp ideligen och han kände hur han höll på att dras ner ifrån isvakens kant. Han kände inte av övriga kroppen. Kände ingenting. Ropen på hjälp blev svagare om han nu ropade över huvud taget.

Som i ett virvlande töcken, såg han den där lyktan en bit bort igen. Det var kanske självaste Sankte Per som kom för att hämta hem honom. Han ryste till som av frossa och det lät nog bara som rossling, när han med en sista ansträngning försökte skrika, hjälp!

Spisrakan hade denna kväll det tvivelaktiga nöjet att avpatrullera området efter Bergsundstrand och Ligna.

Han hade klivit ut ur den ändå varma men provisoriska stationen, gröna buren, och sett till fyllbusen. Han drog ner sin pälsmössa och hade en virad halsduk som skydd i snöblasket som kom nästan horisontalt. Sikten var inte mycket att yvas över och han anade att det på så sätt skulle bli en lugn kväll. Inga busar brukade vistas ute i sådant här väder. Här släppte man inte ens ut katten, var ett vanligt talesätt.

Själv trodde han inte någon katt ville ut, heller. Han trodde sig därför vara helt ensam i denna del av Söder.

Ligna, Tullen och Bergsundstrand, skulle han patrullera av till en början innan han drog sig uppåt Högalid och Zinken.

Vägen ner mot Tullen blev bra, för här stöttade vinden honom i ryggen. Han tog Långholmsgatan upp mot Bergsund och vek ner mot Liljeholmen där han plötsligt möttes av en motvind som var i det närmaste ogenomtränglig.

Hans kappa och sabel slog i vinden och han funderade ett tag på att ta en annan väg för att slippa denna blåst.

Hans lykta svängde av och an, nu var han bara rädd den skulle slockna eller slås sönder.

Ingen är väl ute i detta väder. Ja om man inte har något som kanske inte är rättskaffens, förstås. Därför var det bra att busen inte kunde lita på att ordningsmakten satt bakom skrivpulpeten och läste avhysningar eller räknade hur många som fortfarande satt finkade. Spisrakan och hans kollega var noga med att synas ute i ur som i skur. Dessa konstaplar var busens fasa. Det var därför Spisrakans kollega kallades för, Busfasan.

Med lyktan i ena handen och den andra om kragen under hakan, stretade så Spisrakan framåt utefter kanalen.

Han stannade upp när han tyckte sig höra något. Näe, ingenting. Så fortsatte han vidare utefter Bergsundstrand.

Med vinden hörde han så något igen. Det lät faktiskt som ett rop på hjälp! Nu började han bli aktiv i alla kroppsdelar. Visst var det ett rop på hjälp han hört.

Han skyndade på stegen och hade den fria handen bakom örat för att kanske höra tydligare var ropet kom ifrån. Men effekten blev egentligen bara att blåstens vinande tjut, förstärktes mer än något annat. Men... där var ropet igen. Det lät som det kom utifrån kanalen. Han stannade upp och tog den fastklamrade stegen från gatan ner till bryggorna. Här kunde han se ut över isen. Han visste att man brutit ränna under kvällen. Det kan väl inte vara så att någon gått ner sig, var hans första tanke och han blev ännu mer aktiv. Han tog med sig båtshaken som alltid skulle finnas bredvid varje stege ner från gatan ovanför.

Javisst, därutifrån isen kom ropet. Han skyndade nu ut på isen med sin båtshake och lykta. Nu måste han stanna och se sig om.

Han höjde lyktan över huvudet som för att få bättre ljus och kanske någon skulle se lyktan, tänkte han. Något rop hörde han inte längre. Han kanske var försent ute. Han skyndade vidare ut mot den brutna rännan, halkade och for huvudstupa i isen. Lyktan for ur hans hand och han var rädd den skulle slås i spillror, men den brann fortfarande.

Så plötsligt, rakt framför honom såg han något på isen.

Han ropar när han närmar sig, men får inget svar. Nu ser han att det är någon som ligger i vattnet. Överkroppen uppe på isen mot honom, men han rör sig inte. Isen doppar ner och det sköljer mörkt vatten upp över isen runt den som ligger där. Med den långa båtshaken lyckas Spisrakan få en krok i klädseln på personens rock och börjar dra för allt vad han är värd. Men, han verkar inte komma närmare. Plötsligt märker han dock att det ser ut som en man och att han rör sig, lyfter på huvudet mot Spisrakan, men faller ihop igen.

Han är i alla fall inte död, tänkte han om han inte dog nu förstås.

Just då lyfter karln på huvudet igen och det verkar som han kämpar själv med att dra sig upp när han känner hur Spisrakan drar i honom med båtshaken.

Nils hade sett lyktan komma närmare och förstod att han skulle bli hjälpt upp ur vattnet. Om han bara krampaktigt orkade hålla sig vid liv ett tag till, bara ett litet tag. Överkroppen hade han på isen, det var från midjan och nedåt han låg i vattnet.

Han kände något som drog i honom uppe vid axeln och han försökte hjälpa till med benen. Till slut kände han i en sista kraftansträngning hur han gled upp ur vattnet och bort över isen. Någon hade alltså hört hans rop på hjälp.

Den korta tid han egentligen hade legat i vattnet, hade dock känts som timmar. Han var stel och ordentligt nedkyld och benen var bortdomnade. Han kunde först inte resa sig från isen.

Någon med lång rock stod invid honom och han sökte med en förvirrad chockad blick se vem det kunde vara.

Han hölls uppe av starka armar och började så smått själv få styrsel i benen. Efter en stund kände han att han fick något om sig, den svarta långa rocken antagligen. Där var en massa blanka knappar på rocken. Med stöd, började man långsamt ett återtåg in mot Bergsundstrand. Nils mådde bra av att få röra på sig, men han förstod ändå inte vad som hade hänt. Han skakade och mådde allmänt dåligt. Man kom upp på Bergsundstrand i höjd med Hornsgatan, en plats han kände väl igen och drog mot den första porten. Han stapplade fram mot porten stödd av den för honom okände välgöraren i en lång svart rock som liksom hasade utmed hans fötter. Fötterna var någon annanstans, för han visste inte hur han tog sig fram.

Välgöraren stötte lätt upp porten och Nils ramlade in.

Låg innanför porten och stönade, flåsade, skakade spasmo-
diskt och irrade med blicken och försökte resa sig igen med
den hjälp han fick.

Just nu var han långt borta. Man tog sig uppför några trapp-
steg och Spisrakan följde med så gott han kunde.

Men, till och med Spisrakan började bli lite tagen av allvaret.
Han tänkte att denne karl har han sett förr, träffat tidigare.
Var det i något gripande, tänkte han. Han var inte säker.
Verkade inte vara något bus. Så stannade man framför en
dörr som den halvt dränkte mannen i Spisrakans uni-
formsrock, som nu var nersölad och blöt, öppnade.

Man möttes av en förfärad kvinna som genast slöt sig om
den blöte mannen.

Spisrakan hade presenterat sig som konstapel Andersson vid
Maria Polisdistrikt. Han hade funnit denne man ropandes på
hjälp som gått ner sig på isen ute vid Liljeholmsviken precis
här utanför, under sena kvällen, hade han sagt.

I en hast hade frun, för Spisrakan misstänkte det var frun i
huset, satt på lite kaffe och hämtat en flaska konjak.

Under tiden försökte man få av mannen, som visade sig heta
Nils, hans kläder.

Varmt vatten ordnades på spisen och en stor badbalja drogs
fram så man kunde sätta den drabbade i det varma vattnet.

Det var gott gry i kvinnan som donade i en hast med alla de
saker på en gång, och i en vink stod där baljan med rykande
vatten på köksgolvet och man hjälptes åt att hiva den frossa-
skakande mannen i baljan. Han fick en filt om axlarna som
täckte baljan runt om och en mugg med konjak som för-
svann i gapet i en blink.

Chocken för magen blev antagligen för stor, för konjaken kom upp lika fort. Nils ryste igen och kippade lite efter andan. Vinkade åt Anna att få lite konjak igen. Den rann ner för hans skakande strupe och nu fick han behålla den. Han flåsade ljudligt och sjönk ihop med hängande huvud. Så ruskade han på sig igen och försökte morska upp sig i sin eländighet.

Spisrakan hade inte tackat nej till en kopp kaffe och några skorpor. Någon konjak kunde han inte ta eftersom han var i tjänst och ej nyttjade starkt. Men, han var som sagt lite tagen själv.

– Ja, sa han, det kunde gått illa om jag inte kommit som jag gjorde. Det var allt i grevens tid.

I baljan satt den tilltufsade Nils med slokande mustascher och hängande huvud. Han hostade lite rossligt och tog en klunk kaffe med konjak i och såg ändå lite piggare ut efter konjaken.

– Hade jag bara sett att man brutit den förbannade rännan i tid ändå, muttrade han huttrande. Han höll med båda händerna om den mugg med hett kaffe han hade. Han tittade skakad upp på Spisrakan.

– Men är det inte konstapel Andersson?

– Jo, sa Spisrakan, det stämmer allt. Hur står det till nu, Nilsson?

– Jag kanske börjar återvända från de döda, sa Nils och log lite skevt innan en ny hostattack uppstod. Jag vill tacka konstapel Andersson så väldigt mycket för att ni räddat mitt liv. Hoppas nu inte jag ställt till något oländigt för Andersson, fortsatte han.

– Jag kan lova honom att jag tänker då rakt inte göra omatt, di kan jag svära på så sant filare jag är.

– Det var ju för väl att Andersson hörde hans rop på hjälp, passade Anna in och snodde sina händer om varandra. De var som sagt för väl de, fortsatte hon och kom på sig med att niga.

– Ja, jag kanske ska dra mig tillbaka och fortsätta mitt pass utomhus, även om det var skönt att komma inomhus ett tag. Det är ett riktigt hundväder ute. Det var nog bara jag och Nilsson som var ute i snöstormen. Ja, det var nästan som snöstorm.

– Den dåliga sikten gjorde att jag inte såg den brutna rännan i tid. För plötsligt kände jag bara allt gungade och jag fick så snabbt som det bara gick, jumpa ifrån isflak till isflak. Så fort jag hoppat till ett flak, ville de liksom börja sjunka eller kantra. Jag hann nästan över hela rännan, innan jag antagligen halkade på isen.

– Det var nog tur Nilsson hade den tjocka skinnrocken som fungerade bra att flyta på. Och det var tur att han bara hamnade med underkroppen i vattnet.

– Ja tack, de räckte som det var, huttrade Nils där han satt i baljan.

– Jag tror konstapelns rock torkat ganska bra ovanför spisen, sa Anna när hon tog ner Spisrakans långa uniformsrock. Den som Nils sölat ner med det kalla vattnet på några ställen.

– Det reder sig allt, och tack för gästfriheten.

Spisrakan stod där påbyltad igen och gjorde honnör. Nils sträckte fram handen ur baljan för att tacka Spisrakan.

Nils sträckte fram handen ur baljan för att tacka honom än en gång för att han blev räddad.

– Tack än en gång för han räddade livet på mig. Vinterbadare kommer jag aldrig bli, sa han.

– Säj inte det, sa Spisrakan. Säj inte det, Nilsson. En viss fallenhet har han i alla fall. Go afton, Nilsson!

– Go afton sa Anna och tack som sagt var. Nu ska jag pyssla om gubben så han kvicknar till ytterligare.

– För all del, sa Spisrakan. Det ingår i mitt arbeta att hjälpa människor.

Anna följde Spisrakan till dörren, och så var de ensamma.

– Tänk så illa de kunde gått, sa Anna och såg med tårar i ögonen på Nils där han satt i baljan.

– Jag kanske ska gå upp nu och lägga mig i sängen istället, det är en dag i morgon också. Förexten så var det inte så märkvärdigt. Jag var ju på väg upp ur vaken, försökte han.

– Inte så märkvärdigt, sa Anna och såg lite barsk ut. Ändå har du varit på väg att ramla ihop flera gånger. Men du Nisse, Spisrakan är väl en ganska juste kis trots att han konar mässing, va? Ja för att snacka de språk du verkar va tjenis me'.

Nils hade till en början bara tittat oförstående på Anna.
Vad konstigt hon lät, hade han tänkt. Men så började det rycka i hans mungipor och ett kluckande skratt rullade mot väggarna i köket blandat med en hostattack.
Anna var tvungen att få honom att dämpa sig för barnen sov grannarna kunde ju undra, klockan var strax efter midnatt.
– Spisrakan som fått så många okvädningsord om sig som den hemskaste polisen på hela Söder. Men sitt jobb, de kan

han. Inte ett ont ord om Spisrakan, sanna mina ord fick han fram till slut.

– Nu är jag glad igen, sa hans hustru. Jag ville få liksom liv i dig igen. Men en annan liten detalj, sa Anna.

52

Nils tittade upp på sin hustru med undran och inte utan en viss oro. Vad kunde hon mena nu, tänkte han?

– Jaha, sa han med darrande stämma. Vad kan det vara?

– Nej, inget märkvärdigt alls. Men kommer du ihåg att jag härom natten drömde att du ramlat i sjön, gått ner dig genom isen? En poliskonstapel hade kommit hem och berättat sorgebeskedet och vad som hänt. Sedan så lämnade konstapeln din bruna Stetson hatt. Den var det enda man hittade och som man fann i vaken.

– Jo, sa Nils. Det där om drömmen kommer jag ihåg att du berättade. Men den tog jag bara som den dröm det var. Lite häxkonster.

– Häxkonster! Ja det kanske det var. Men drömmen slog in på sitt sätt, det måste du hålla med om. Men med den skillnaden att nu kom polisen hem med dig blöt och i ett eländigt skick. Men var har du hatten, din bruna Stetson, Nils?

– Hatten? Den blev kvar ute i rännan. Jag minns inget att jag skulle tappat den, jag minns inte så mycket alls. Men jo, den måste blivit kvar där ute på isen eller i vattnet. Den kan ligga där som ett varningsmärke. Nu går jag och lägger mig, sa han och reste sig vingligt ur baljan på köksgolvet.

Nils sveptes in i en handduk av Anna och fick en filt om sig medan han torkade. Han mådde inte bra. Han huttrade till gång på gång. Tyckte han hade lite tungt att andas och hostade rosslande igen.

– Du har väl inte gått och dragit på dig lunginflammation nu, Nils? Den där hostan låter inte bra. Jag städar upp och du går och lägger dig.

Nils strövade mot sin säng och satte sig. Han satt länge med filten över axlarna och bara stirrade framför sig. Han letade efter sina cigariller, men fann dem inte. Blicken irrade vidare för att se var flaskan med konjaken stod, det kändes som bra medicin just nu. Anna kom och satte sig vid sin gubbe och benämningen är inte helt fel i just denna stund. Hon lade armen ömt om hans axlar och kramade honom.

– Hur är det Nils?

Nils vände sig om mot Anna. Han skakade i hela kroppen.

– Jag hade kunnat lega på botten i Liljeholmsviken nu, men någon annan ville annorlunda, tydligen. Jag trodde det var Sankte Per som kom på isen med en lykta för att ta mig med sig. Då svartnade allt för mig. Sedan kände jag bara något i axeln som ryckte och drog. Det var Spisrakan, förstår jag nu. Det var han som drog upp mig, det var han som kom med lyktan. Han hostade igen medan Anna stoppade om honom i hans säng. Strax efteråt hörde hon honom snarka, och då visste hon ju att han levde. Snarkningarna avbröts bara av hostningar, men han vaknade inte av dessa. Anna låg länge vaken den natten. Hon låg och hörde hur vinden ven utanför och hur den regnblandade snön piskade mot fönstren. Vad skulle Nils ut över isen en sån här dag, undrade hon. Och Spisrakan är i grund och botten en rättskaffens karl ändå. Även om han dess emellan kunde ta sig en del friheter som kanske inte stod i reglementet för hans åtagande. Men då var det ju i och för sig i skepnad av vicevärd, förstås. Inte som poliskonstapel.

Påföljande vecka hade Nils legat till sängs. Han hade dragit på sig lunginflammation vid sitt vinterbadande. Han var så illa däran ett tag att andan inte gick att få åter. Det här hade Anna berättat för fru Lilja senare på våren. Han hade feber och andnöd.

– Jag fick ge honom en omgång ammoniak att lukta på, och se då kom han igång igen med andningen. Annars hade det varit slut med honom. De var då rakt otäckt hur han liksom, kippade efter andan. Men, en vecka hade han som sagt legat i sängen. Och de ska fru Lilja veta, då var allt ett elände. Ja, sedan tog det ju ändå ett tag innan Nils kom på benen och började arbeta igen, visst gjorde det så, och allt har sin tid. Tiden läker alla sår. Tiden, fru Lilja, läker alla sår.

Fru Lilja hade varit så vänlig och ömkat Nils så det var då rent rart av henne. Anna hade också berättat att hon ville få honom till lasarettet, men se det förslaget sparkade han bakut mot. De gick då absolut inte, hade han sagt. Inte ska man ligga till last för sådana där småsaker, hade han ansett. Men vad vet väl jag hur han tyar? Men segt gammal vresigt ene i karln, de är det. Sanna mina ord. Men jag har honom hellre lite karsk, än när han hade vinterbadat.

Ja, den kvällen då konstapel Andersson kom hem med honom. Då var det inte mycket att hänga i gran ska hon veta. Den där välsignade kvällen då rännan var bruten och Nils arbetat extra, kunde slutat illa för honom.

– Säg, vad skulle han ut å göra på isen den natten?

53

– Jag träffade Lilja idag, berättade Anna för Nils som kom hem precis lagom till middagen och på självaste midsommarafton. Hon hade inte hört om ditt vådliga äventyr i vintras, ack ja.

– De är väl inget att springa och babbla om, sa Nils. De var ju inget märkvärdigt att lägga ord över.

– Nähä, sa Anna!

– Var är alla ungar, var är Hilly?

– Det är märkligt, är ungarna runt benen och det är lite livat, då vill du ha lugn och ro. När di inte far som skottspolar genom rummet, ja då undrar du var di håller hus?

– Det står att nu kan vi åka spårvagn ända från Norra Bantorget ut till Sundbyberg, du. Redan i april var det möjligt.

– Tänka sig, sa Anna och slog ihop händerna. Det var väl bra?

Nils tittade frågande på henne och fortsatte…

– Ja du Anna, jag ser här i tidningen också att du dricker fem liter sprit om året.

– Det var de värsta jag hört, vad är det för amsaga?

– Jo man har räknat på försäljningen och genomsnittligt dricker varje person fem liter alkohol om året. Vad gör nykterhetsrörelsen egentligen?

– Kanske hade varit ännu mer om den inte fanns, du.

– Blir det sill idag denna gudsförgätna dag som äntligen ståndar. Sill och en nubbe, det skulle vara kalas det. Förexten Anna, på tal om ingenting. Jag ska iväg en dag och titta på en liten motorbåt. Vad säger du om det?

– Ja, oj vad trevligt det låter. Bara det är en ordentlig båt så. Ingen med sådan där mast på så allt lutar.

– Men Anna, jag skulle bara titta på den. Höra vad man vill ha för den. Kanske köpa om den verkar okej. Nejdå, ingen med mast på så att det lutar. Möjligen en gösstake.

– En vad?

– En liten gösstake. En liten stång längst framme i fören, på fördäck på en båt där man kan ha sin flagga på, eller båtklubbens flagga. Varför låter du så uppjagad?

– Oj nu vibrerar marken, ungarna kommer stormande, avslutade Anna. Ta betäckning.

Veckan efter, lånade Nils en liten motorbåt av Elof, en kollega på varvet. Den hade en inombordsmotor som gjorde som bäst sju knop. En liten delad vindruta fram och möjlighet att spänna upp ett kapell över sittbrunnen, fanns också. Nils tyckte allt verkade bra och han fick instruktioner hur motorn skulle startas, stannas och skötas. Elof var med Nils i båten och såg till att starta motorn och visade lite praktiska saker.

– Det finns en vev som man för i tändläge.

– Så här, visade han. Tändläget är då man känner med veven
att det är strax innan kompression, Förstår du?
– Nils hade nickat. Jo jag begriper, lade han till.
– Sedan rycker man till i veven för Gustav IV Adolf och hela
fosterlandet, så startar motorn. Men, det måste vara ett be-
stämt ryck. Annars kan motorn tjura och tända bakåt med en
knall i förgasaren. Det är inget farligt, bara du ser upp för
veven som brukar slå baklänges då. Man kan bli av med fa-
miljelyckan om det vill sig illa.

Elof Jansson, en son till gubben Jansson som hade varvet,
var en glad filur och hade ett munväder som få. Han kallades
egentligen för, Loffe.
– Okej, hade Nils förklarat sin kamrats genomgång.
– Lycka till på färden, hade Loffe sagt. Klappat Nils på axeln
och visat ett sjökort han hade liggandes inne i ruffen.
– Tack!
– De där kortet kan vara bra att ha så du ser var du befinner
dig, ropade han i det att motorn pluttrade på tomgång. Och
kom ihåg att slå över till fotogen när motorn är varm.
– Tack, kom det ur Nils igen. Med lite nervös blick.

Nils fick hjälp med att kasta loss förtampen och han back-
ade ut några meter för att sedan vrida rodret tvärt styrbord
och så gled han ut från bryggan. Det var ganska majestätiskt
och han vinkade åt sin varvskollega som stod där i sina blå-
byxor och med kepsen på sned.
Föröver såg han strax Stora Essinge ön och på styrbordsidan
försvann så sakta den gröna oasen Reimersholme, akteröver.
Han ändrade varsamt och trevande, kurs åt babord.
Vattnet glittrade och han fick nästan kisa för att se föröver.

Han drog ner vegamössan lite djupare så han fick lite avskärmat från solen. Men vattnet var lika hoppande, bländade blått i alla fall. Han såg att han inte var ensam ute i en båt, denna dag precis. Trenden visade att för varje år var det fler som skaffade sig en båt och dessa verkade som sagt vara ute på sjön denna dag. Några segel slog framför honom, för de verkade ligga på kryss i samma färdriktning som Nils. Vi har alltså motvind, konstaterade han. Han beslöt ta de båda segelbåtarna akter om på deras babordssida då de nu låg på kryss ut mot Ålstensskogen.

Nils följde nu sjökortet noga. Han strök nära en slätprick utanför udden på en liten ö han just passerade.

Sjökortet berättade också att på babord sida hade han nu en liten holme som skulle heta Lindholmen. Utanför holmens udde, på norra sida, skulle det finnas en slätprick.

Sedan skulle en mindre holme finnas strax efter som heter Rotholmen. Han var nöjd med att allt vad som han såg och iakttog, även fanns på sjökortet. Man kunde luras av det man såg framför sig som en enda stor holme.

Kortet berättade dock att det var tre öar, det såg man senare också stämma, det kändes betryggande.

Han hade färdats i någon kvart styvt och kände med handen på motorn om den var varm så man kunde vrida om kranen för fotogenbränslet. Nils gör ett försök och vrider kranen sakta till läget för fotogen. Jodå, det fungerade precis som Elof, hade sagt. Så nu tuffade han vidare på fotogen. I vissa vindkantringar, kunde han känna att avgaserna nu var av annan karaktär, det luktade mer åt brända avgaser, som från fotogenkaminen hemma i Gröndal tidigare.

Han mötte en fin blankpolerad båt med groggveranda akteröver och skepparen ombord hade vit vegamössa och en skarvs var knuten kring halsen. Han hade en klubbvimpel på gösstaken där Nils tyckte sig se, KMKR, vad de nu kunde betyda. På hans egen gröna vimpel, stod det GBK.

Skepparen hade gjort en skämtsam honnör och Nils vinkade tillbaka. Så här var det på sjön. Man var du och bror med alla och hälsade på alla man mötte. Oj, han måste följa med på kortet, för nu hade han passerat en liten holme igen, om babord. Vad annorlunda allt ser ut ifrån sjösidan, tänkte han.

Det var Rotholmen han hade passerat, dags att vända om för det skulle inte bli någon dagsutflykt inte. Det var inga som helst problem när han började gira styrbord i en snygg båge. Han följde med blicken bakåt, svallet han drog upp i giren.

Nils hade stått upp hela tiden, både för att han var nyfiken på allt som han såg, både de han mötte och vinkade till, liksom allt utefter stränder där ibland folk vinkade ifrån en brygga. En aning vemod smög sig innanför hans tröja och upp under vegamössan. Det var en frid att färdas över vattnet, känna doften och bedåras av alla synintryck.

Solen med sina strålar som spelade honom sina spratt och alla glada människor han såg och mötte med ett skratt.

Som en annan värld!

Motorn, den pluttrade på entonigt utan att Nils hörde det minsta missljud. Vägen tillbaka var en ny upplevelse. Nu fick han se det han tidigare lämnat i aktersvallet på väg ut.

Det blev nya synintryck, Han minskade på gasen då han såg Långholmsviken för över, och han lade rodret åt styrbord. Där kom Reimerholme upp i synfältet och han hade Grön dal nu till höger om sig. Varvet kom liksom glidande och bryggan där han tidigare avgått ifrån angjordes med en lätt knuff.

Elof kom springande för att ta emot tampar och vara behjälplig att lägga till.

– Har det gått bra, undrade han glad ihåg?

– Ja då, sa Nils. Det känns som man blivit båtägare nu. Ska bara förankra detta hos hustrun, sa han.

– De är okej, Nisse! Snacka du med huskorset. Vi ses i morron, så får du sova på saken.

Anna hade inte varit så svår att övertala. Hade inte behövts alls egentligen. Hon har sett med en drömmande blick på de båtar som passerat deras berg i Gröndal och hur rogivande det verkar vara.

– Gör du slag i saken, Nils. Tror du vi klarar det rent ekonomiskt, så gärna för mig.

– Ja, det tror jag. Vi skulle få lägga upp båten vid varvet nu i höst sedan får jag överta platsen Elof har vid Gröndals Båtklubb. Han har båtplats där. Men jag ska göra en liten större och längre utflykt nästa vår, det är då man brukar upptäcka hur båten egentligen fungerar.

– Men varför ska Elof sälja båten då?

– Han ska köpa en bil istället, en Ford.

– Jag förstår, den ungdomen, den ungdomen.

– Är jag så gammal då, undrade Nils?

– Nej då, inte är du det. Men Elof är yngre, eller hur? Gör du den där längre turen så du blir nöjd och då bli vi säkert nöjda båda två.

– Snön kommer tidigt i år igen, sa Anna.

Utanför fönstret singlade några vilsna flingor ner. Hon föste ena gardinen åt sidan för att se lite bättre. Jo, det började bli lite vitt ute också. Men, lite tidigt kanske det är ändå.

Och fikusen verkade trivas med ljuset även om den hade fått komma upp på en piedestal, eller kanske just därför.

Hon tyckte om de långa spetsgardinerna hon kommit över en gång på basaren inne vid Maria Hallen.

Utanför färgade gatljuset snön nu i en mjuk vithet och det tonades gnistrande och skimrande när flingorna nu föll tungt över Hornsgatans sista utpost. Det var de första flingorna denna vinter och de täckte snart hela gatan i hennes synfält. Det hade börjat i november, men så hade det varit de senaste åren. Snön kom tidigt och det som föll låg kvar onödigt länge.

Julen avverkades i glädje. Amalia och Viktoria hälsade på och Anna var glad över deras besök. Amalia besökte dem inte så ofta och inte Viktoria heller, för den delen.

Toni, höll sig på sin kant och kom ytterst sällan, eller aldrig, på besök. Hon nöjde sig med att skicka en hälsning på vykort som till denna jul. Visst, det var kärt med hälsningen, det var inte tal om annat.

54

Nils hade båten på varvet sedan i september och satt för att läsa en del om båtar och navigation. Även om det kanske inte var så mycket till navigation i Mälaren, så ville han känna till grundbegreppen. Han ville veta vad som gällde för kvastprickar, fyrar och annat som dök upp. Han lärde sig hur lång en kabellängd var och annat sjömannamässigt språk. Han ville ha en kännedom om vad de betydde och hur man skulle passera dem när man närmade sig något sjömärke.

Nils satt mest och planerade för sommarens båtfärder och såg nyåret an med glädje, ty då var det sedan våren och sommaren som var i antågande. Han skulle slipa och fernissa båten i vår.

Sedan skulle en ny bottenfärg målas, det hade han läst och var nu underkunnig om.

Sjökortet studerade han nogsamt och följde med fingret den rutt han hade gjort i somras, på provturen. Hur många gånger han följt färden på kortet, ja se det hade han ingen räkning på längre. Han hade vänt vid Rotholmen, nu såg han mängden av öar framför sig, som var betydligt större.

En hel värld att utforska. Han hade hört hur man börjat bygga bostäder utefter fastlandet vid Mälarhöjden och Sätra.

Byggandet spred sig även ut till de större öarna utanför.

Han såg stora öar med namn som, Kungshatt, Ekerö, Gällstaö, med flera.

Nils räknade på gångtid i sju knop och bränsleåtgång.

Och han räknade igen.

– Vad håller du på med då, undrade Anna?

– Jag måste veta vad jag ska ta vägen på min första utflykt med nya båten. Jag måste ha ett utstakat intressant mål. Inte irra omkring vind för våg. Nä, sätta kurs det är vad jag tänker mig.

– Är det någon speciell kurs kapten tänkt sig, månne?

– Loffe på varvet du vet, Elof Jansson, berättade att man bygger hus ute på en ö som heter Gällstaö. Det är bortanför ön Kungshatt, utåt Mälaröarna till, väster ut. Jag tänkte ta mig en tur utåt de hållet så får vi allt si hur det lämpar sig. Ja, det är inte många som startat byggnationen ännu, men man kan ju se vad det är och vad di kostar.

Så en dag i medio av juni, stod han så i sin nyrustade lilla motorbåt med näsan käckt i vinden och vegamössan lika käckt på svaj, bakom rodret på deras motorbåt. Matsäck hade han stuvat ombord och han var glad ihåg och lät solen steka sina kinder.

Många båtar var i farten denna härliga tisdagsmorgon och det blev ett väldigt vinkande hela tiden åt alla de håll där andra flytetygs kaptener höjde handen till hälsning.

På styrbordssidan passerade han nu ön, Kungshatt. Tänka sig, där låg alltså Kungshatt. Han hade tyckt öns namn var lite lustigt. Och att det skulle finnas en hatt på högsta punkten av ön, kunde han nu även se med egna ögon. Det var ju en gång kung Erik Väderhatts äventyr på ön som fäst dess namn. Kungen hade enligt sägnen, blivit jagad av fiender och tvingats som sista utväg, hoppa med sin häst utför klipporna ner i vattnet, för att undkomma sina förföljare. Hästen kunde simma så därför klarade sig kung Erik Väderhatt denna gång. Hatten hade han tappat i flykten och den satt nu uppe på berget som minne av händelsen.

Idag är den ett perfekt sjömärke.

Nils hade svårt att slita sig från den märkliga synen.

Vilken häst att kunna hoppa, tänkte han? Vilken tur att di klarade sig.

Han gick nu för sju knop över Fiskarfjärden och rakt föröver låg ön, Estbröte. Han skulle därför gå lite åt styrbord där den där Gällstaön skulle ligga. Från fjärden såg det mer ut som fastland.

Det måste vara en ordentligt stor ö, tänkte han när han minskade på gasen då han närmade sig något han ansåg han kunde lägga till vid. Det var en brygga av ålderdomligt slag, inget nybyggt. Han ströp motorn helt och en välkommen tystnad lägrade sig när han gled in den sista biten. Lätt vågskvalp, annars var där helt tyst.

Han såg inte till en endaste människa. Nils tog förtampen och hoppade vigt iland. Slog ett halvslag om en mindre tall och begav sig inåt ön. Barrskog, var det han möttes av och en del ängar, men inga människor.

Längre bort på ön såg han dock en rökpelare. Någon eldade, det var alltså inte helt öde. Det skulle ju finnas en gård på ön, så om det rök var det kanske ifrån den gården. Nåja, trivsamt verkade allt vara. Han skulle då han kom hem igen ta reda på markägaren och höra sig för, det stod nu allt mer klart. Här måste man dock ha båt, tänkte han. Det blir mycket att fundera om. Efter någon timma, vände han så tillbaka till båten. Hoppade i och öppnade matpaketet. Det var gott att få något i magen.

Anna hade stoppat ned en svagdricka också så han lät sig väl smaka. Smörgåsarna slank ner lätt. Sjön suger, tänkte han.

Han skulle få medvind på återresan, såg han för det låg på från västan. Tog en trasa och torkade av motorn lite, mest för att verka van och kunnig. Gjorde loss och knuffade ut så han guppande drev lätt utanför strandremsan.

Han satt fortfarande med blicken in över ön och var nöjd över det han såg. Ön var inte bergig utan det var mera som åsar och hade en fin kupering och härligt läge.

Han böjde sig fram och vred på bränslekranen, drog veven i läge för tändning och drog till. En förgasarknall väckte honom ur hans tankar och knallen rullade förskräckligt över vattnet. Motorn hostade hackande igång och han kände hur hans högra armbåge värkte då motorn först tänt baklänges innan den tog sig och dunkade på och han gled iväg mot hemmahamnen.

Det hade ryckt till i hans arm när veven slog bakut och hans knogar slog i något i bordläggningen. Armen värkte upp till armbågen och han grimaserade illa och svor medan han styrde hemåt igen. Så satte han sig och höll om sin högra armbåge med vänster hand.

Då såg han hur hans högra hand blödde ganska ordentligt och det droppade blod ner på durken. Han hade inte känt av handen så mycket eftersom armbågen, hade gjort så infernaliskt ont.

Nils famlade efter trasan han tidigare använt för att torka av motorn och tryckte den nu över sin söndertrasade blödande högerhand så mycket han vågade. Han kände ingen smärta egentligen, med det blödde.

Hemfärden blev en lång ond tilltagande pina. Han hade inte sett Kungshatt ännu. När han senare såg ön dyka upp, kändes det som hela dagen hade runnit ut. Armbågen var inte längre så besvärlig som i början. Då hade Nils trott att veven slitit armen ur led. Nu var det mest smärtsamt i handen. Det blödde inte längre så som i början, men han var ganska ordentligt nedsölad av blod. Det liksom dunkade i handen.

Nu var det inte längre så viktigt med sjökort, han styrde hemåt mer på känn. På avstånd kunde han nu även se sjömärket på Kungshatt. Så det var bara att hålla kursen.

Tanken var bara om han skulle ta sig in till Serafimerlasarettet borta vid Stadshuset man håller på att bygga, eller gå in till Gröndal? Hemma har jag ju ingen läkare och på Serafimerlasarettet har vi ju varit förr, jag vet var de ligger… aj fan sa han igen och vek sig dubbel över sin onda hand. På lång tid hade han inte sett vart han styrde.

Han tittade upp, som yrvaken och mådde illa. Han undrade om han hade svimmat? Kursen var rätt och skulle han gira in åt styrbord skulle han komma till Gröndal och hemmahamnen, men något sa honom att han skulle fortsätta och så gjorde han. Långholmen låg nu på styrbordsidan och han hade Riddarfjärden framför sig. Skulle bränslet räcka? Utflykten var beräknad från och till Gröndal.

Han vågade inre röra på höger handen, det kändes som något var trasigt där. Han vågade heller inte titta under trasan som utgjorde hans egna bandage. Nils drog av på gasen då han närmade sig Stadshuskajen framför det mäktiga höga hus man höll på att färdigställa. Idag var det dock av föga intresse för honom. Några gubbar som stod och fiskade ifrån bryggan, hjälpte Nils att göra fast då han kom och ströp motorn. Han tog vingliga steg uppför trappen till gatuplanet och såg där, bakom parken, hur Serafimerlasarettet tornade upp sig. Han kände sig genast lugnare och visste att han där skulle få handen omsett och omplåstrad. Det svartnade för ögonen igen, men han stretade på av ren envishet och vilja.

Dagen efter, hade Nils vaknat i en sjuksal. Han hade ingen aning hur han hamnat där. Hans hand hade ett bandage, vitt och rent koncentrerat till höger ringfinger. En läkare hade senare förklarat att han hittats på lasarettets entrégolv. Han hade troligen svimmat och man tog in honom för vård. Nu hade en kirurg lappat ihop honom på bästa sätt, hade läkaren förklarat vidare. Några knogar hade plåstrats om och som skulle läkas fint. En fingertopp hade man dock fått sy ihop eftersom den hade krossats och saknar nu en liten del samt nageln.

Läkaren hade frågat honom om vad han varit utsatt för. Nils hade först sagt att han inte mindes.

Men så kom han ihåg malören med startveven i båten, och berättade.

Jag har nog färdats lite styvt en timma för att komma till sjukhuset, hade han sagt. Läkaren berättade att han skulle få gå hem senare på dagen. Han hade kommit in dagen innan, i tisdags, idag var det onsdag.

Nils mådde riktigt bra och var nu glad han tagit beslutet att åka hela vägen från Gällstaö i sin motorbåt in till Serafimer-lasarettet.

55

Lugnet hade åter lägrat sig hemma hos familjen Nilsson.

Nils själv hade lagt allt bakom sig men kunde känna av sitt nagellösa lite stympade ringfinger. Annars var det inget han gick och ojade sig för om dagarna, nej då. Allt verkade lunka på så som man hoppats i familjen. Hilly hade gått en utbildning inom sömnad och var numera sömmerska och jobbade ibland på samma fabrik som Anna.

Annars arbetade hon som springflicka på en handskaffär inne i stan på Hamngatan, Smith Hansens Handskar. Meningen var att man skulle se och lära samt gå lite ärenden.

Återlämna handskar som varit inne för reparation och ibland hämta handskar hos kunder och prominenta för reparation.

Det var dags att stänga affären för dagen. Men, vilket aber, ett par herrhandskar skulle sändas till en kund! Hilly fick förfrågan om hon kunde åta sig detta? Det var synnerligen angeläget.

Oj, det var nästan i andra ändan av staden, kände hon och fredag kväll dessutom. Hon tänkte att hon skulle bli ganska ordentligt försenad hem och pappa skulle troligen bli ond, funderade hon.

Men, å andra sidan skulle hon ju tjäna en extra slant och kanske få en dricksslant av mottagaren, vilket brukade vara vanligt. Hilly hade nigit och sagt att hon skulle se till att kunden fick sina handskar.

Hon fick en nota med adressen. Hilly läste, Strandvägen 25 högst upp. Det skulle stå Anders de Wahl, på dörren.

Anders de Wahl, sa Hilly för sig själv, men antagligen även högt, för föreståndaren undrade vad hon sa?

– Jag ska skynda mig, hade hon meddelat butiksföreståndaren.

– Bra, Hilly kan väl ta vagnen och får hon dricks, får hon naturligtvis behålla det. Då ses vi i morgon. Adjö, adjö!

– Adjö och tack, hade Hilly svarat och raskat iväg.

Anders de Wahl, det är väl den där skådespelaren? Och, senare fick hon erfara att så var det också. Det var ganska många ute på Strandvägen denna afton. Hilly mötte flera herrar i snygga kläder och storm vid Kungliga Dramatiska Teatern. Dom hade gett Hilly några uppskattande blickar, och det fick henne att öka farten ytterligare. Hon pinnade på över Artillerigatan, och såg den fina allén ta sin början och passerade strax även Skeppargatan. Hon stannade till lite vid Grevgatan som hon sakta gick över för hon letade efter husnummer. Ett kvarter till var det nog, och så satte hon fart igen. Styrmansgatan, och nu var hon vid Strandvägen 23 nästan framme! En spårvagn kom utifrån Djurgårdshållet när hon knuffade upp en sirlig port i en brunlaserad ton. Såg ut som en stor kyrkport, tyckte hon. Innanför porten, hade någon rökt cigarr nyss.

Doften låg kvar liksom en förnimbar strimma av en parfym, var någons avtryck. Huset var stort och pampigt med en hiss med gallergrindar. Hissen förde henne ända upp till högsta våningen. Där fanns bara en dörr på trappavsatsen.

En ringklocka hördes svagt när Hilly tryckte på en vit knapp vid dörren. Det dröjde ganska länge innan en herre öppnade dörren. Han hade haft morgonrock om sig och en käpp i ena handen. Hon hade berättat sitt ärende och överlämnat det lilla paketet med notan och så hade hon nigit.

Han hade tagit emot paketet samt notan och sagt "tack ska fröken ha. Var så god, här är en liten dusör för besväret."

Ja så, hade skådespelaren sagt, och stängt dörren. Han hade haft rosor på kinderna, eller kanske bara var sminkad, hade hon tänkt.

Fort nerför trapporna, för hissen stod på bottenvåningen.

Hon skulle egentligen vara hemma nu, men pappa skulle nog förlåta när han såg hur jag bidragit till försörjningen genom detta skubb.

Från handskaffären hade hon fått två kronor för skubbet plus femtio öre i spårvagnspengar. Hon hade istället sprungit på raska fötter hela vägen till Strandvägen och sparat därmed in det mesta av respengen.

Väl hemma efter en lång spårvagnstur där hon suttit och våndats för vad hennes pappa skulle säga. Det skulle nog bli ett väldigt liv varför hon kom hem så sent. Den långa backen ner för Hornsgatan fram mot Bergsund och Hornsplan, var som en evighet och hon tyckte vagnen bara kröp fram. Raska fötter tog henne sista biten.

– Hilly, du är en och en halv timme senare än vad du skulle vara, hade han rutit. Springa omkring och ränna på stans gator om kvällarna, vill jag inte veta av.

– Men pappa, titta vad jag tjänat, hade hon sagt och redovisat fyra kronor och trettio öre!

– De där vet man nog hur flickor kan tjäna ute på gatan, hade han sagt, till Hillys ledsnad.

Anna hade tittat förvånat på Nils och undrade lite?

– Jamen pappa, jag fick ett skubb när affären skulle stänga och fick två kronor för det, samt spårvagnspengar. Sedan fick jag två kronor i dricks av den där skådespelaren, Anders de Wahl! Det var han som skulle ha sina lagade handskar.

– Jaså, svarar du också, hade Nils bara sagt och sett vredgad ut. Uppstudsigheter tål jag inte. Inte ens av min äldsta dotter som tar sig ton!

Anna hade lagt armen om Hilly som storgråtande fördes in på sitt rum ovan gården.

– Jag som trodde pappa skulle bli glad när jag kunde bidra lite med de få pengar jag tjänat på skubbet, hade hon hulkande sagt. Det var ju nästan fyra kronor och femtio öre. Det var väl bra, undrade hon och tittade på sin mor?

– Det var väldigt bra Hilly. Pappa kanske är ur humör och har ont i sitt finger. Han har varit lite stingslig sedan olyckan var framme. Men, den man älskar, den agar man, heter det. Hur konstigt det nu än låter.

– Men jag var ju så glad för att ha tjänat lite extra och så blir pappa så där arg.

– Nils är nog glad innerst inne ska du se. Han kanske bara var orolig för att du blev så försenad. Nu ska vi se till att du får en trevlig födelsedag, nästa lördag, för då blir du så gammal som jag en gång var nere i Kristianstad och skulle börja på Yllan. De du lilla Hilly.

Den 10 juli 1926 var en strålande sommardag. Hilly skulle bli firad för sina 21 år och alla tyckte ett kalas var på sin plats. Anna hade bakat en gräddtårta och till och med Nils gladdes åt dagen.

Det var ju hans första barn som bar namnet efter den segelskuta han förälskade sig i en gång i den regnvåta engelska hamnen Portsmouth, det var en belgiskflaggad vit slätskonert, vid namn Hilly aus Zeebrugge. Han kunde än idag se bilden framför sig.

Man sjöng, man hurrade och Anna lämnade sedan över ett paket, ett vackert paket med rosetter.

– Hilly sa hon, med djupt rörd stämma. Äsch... Hilly, försökte hon så igen. När jag var så gammal som du nu blivit, började jag skriva på en dagbok. Den har följt mig genom åren och nu vill jag du tar över denna dagbok och om du så vill, fortsätta nedtecknandet av händelser i denna bok. Jag hoppas du vill vårda den ömt och det är också min fulla övertygelse att så kommer att ske.

Det var alldeles tyst i deras finrum. Stämningen var sådan att den faktiskt gick att ta på. Anna snyftade frustande i sin näsduk, och Hillys tårar gick inte att hejda så enkelt som med en näsduk.

– Såja, sa Nils. Nu får våra gamla damer stilla sig. Jag skulle också vilja överräcka en gåva. Ja sir du, att även råbarkade sällar har ett hjärta i kroppen. En adress till fotografen Mimmi Gustavsson på Götgatan. Porträttfotografering, det är betalt. Bara att beställa tid för att bli fotograferad. Väl bekomme! Hoppas mor och jag kan få oss en bild när det är klart, bara?

Det hade blivit ett känslofyllt födelsedagskalas som livades upp av att Ivan och Gunnar hade sjungit en liten glad stump för sin storasyster. Därmed hade det lättat upp en del och Hilly fick torka sina tårar. Anna hade gått ut i köket för att snyta sig. Jag skall väl inte sta å bli förkyld, hade hon undrat?

56

Hilly lade ihop den gamla boken, gammal men så välbevarad, så aktsamt hanterad under alla år. Det var en ädel klenod hon höll i med smått darrande händer. Vilken fin present hon hade fått på sin födelsedag. Hon såg ut genom de gamla fönstren som vette mot gården när hon tänkte tillbaka, som för att försöka finna något svar. Där var inte mycket att se och där fanns inget svar. Gården innanför Hornsgatan där hon hade sitt rum, var ganska liten. Där trängdes en piskställning för mattor, husets soptunnor och en björk med en liten gräsplätt runt, samt några stenar som skulle skärma av mot gruset. Husets väggar var smutsgula med skiftande nyanser. Man kunde se trapphuset som tillhörde nästa hus ringla sig uppåt. Ett fönster stod öppet i trappen mitt emellan första och andra våningen, där hängde en skurtrasa, det var allt.

Ingen påtaglig utsikt att direkt tala om, men man såg alltid om det regnade eller om solen sken eller om det rent av snöade. Björkens grenar gungade i blåsten där ute på gården.

Hon kände sig ensam och liten.

Hilly drog benen upp under sig i soffan som om hon sökte trygghet, och lät blicken vandra runt över de smalrandiga, gråblå tapeterna. Man kunde tydligt se var det hängt tavlor eller något, tidigare. Här var färgerna lite klarare och inte så blekta. Om färger kan bli nötta tänkte hon, så är den gråblå färgen nött. En gammal chiffonjé stod vid kortväggen och dess skrivklaff var utfälld. Hilly förvarade födelsedagspresenten, i chiffonjén där den fick en egen plats i en av lådorna.

Hon lovade sig själv att vara lika aktsam om dagboken, en ganska tjock bok med svarta vaxdukspärmar och ljust blå linjeringar, som användaren bevisligen en gång hade varit. Hennes mor hade skrivit med en behaglig handstil och med svart bläck.

Bläddrade man i boken kändes en svag, lite unken doft som av instängdhet, som från en gammal vind på Heleneborgsgatan, för den doften kände hon väl till. Det var en doft av svunnen tid, med ord av förlidna meningar och tankar. Märkvärdigare än så, var det faktiskt inte. Tillräckligt unikum ändå för Hilly.

Plötsligt ryste hon till och ruskade på sig för att bli av med något hon inte visste vad det var. En obehaglig känsla bara hon försökte skaka av sig. Klockan slog nio, hon vände sig om och drog koftan tätare kring sin späda kropp. Hon visste den slog fel, så mycket var inte klockan redan, men hon reagerade ändå. Det gamla vägguret slog alltid tre slag för mycket varje gång. Det vara dova, tunga slag, som vibrerande fortplantade sig i hela väggen där uret hängde. Från början, när de flyttat dit, vaknade hon varje gång klockan slog. Den väckte henne. Men nu reagerar hon inte... utom nyss.

Hennes blick gled åter mot fönstret och de vajande grenarna i trädet där ute i blåsten. I morgon tänkte hon, i morgon ska jag läsa anteckningarna från början och försöka förstå. Det var ju som en historiebok där hon kunde läsa om sin egen födelse, sina syskon och om mormor och mostrar. En dagbok, var vad det egentligen var, som berättade en historia. Hennes mor hade en gång, den dagen då hon hade sin tjugoförsta födelsedag nere i Kristianstad, köpt denna dagbok för 97 öre samma dag.

Nu satt Hilly i akt och mening att bläddra i den fina klenoden som dagboken nu var för henne.

Hon hade nu fått boken av sin mamma på sin födelsedag, då hon själv fyllde 21 år. Det kändes nästan lite trolskt när hon sträckte handen mot lådan där dagboken ruvade på sina troliga hemligheter. Hon drog ut lådan i chiffonjén, tog upp boken försiktigt, nästan andäktigt och lade den på pulpeten. Vek upp den första sidan i boken och läste...

Anna Erika Maria Westergren Håkansdotter
6 juni anno 1899

... här nedtecknar jag mina första sparade och nedpräntade tankar, de första i denna kostsamma (97 öre) anteckningsbok som kommer bli min dagbok. Här tänker jag spara mina tankar i en som jag hoppas kär dagbok. Förlåt mig dina svarta vaxade pärmar. Hökare Öhman vid Lilla torg, hade ingen annan färg på sina anteckningsböcker som salufördes...

*… jag går just nu i lära hos herr Lindgren på säteriet för att bli vä-
verska. Genom säteriet strax utanför själva Kristianstad har jag kun-
nat hyra mig ett rum i staden för en ganska ringa penning.*

6 juni anno 1900

*Även denna min tjugoandra födelsedag, möter mig med strålande sol
och min andra arbetsdag på Yllan. Mina arbetskamrater är både
glada och trevliga.*

*Kersten heter en kamrat på fabriken som är väldigt trevlig. Hon har
lärt mig skratta redan och är full med sprudlande energi. Ser allting
ljust och glatt, finner på råd och sjuder av livsglädje. Hon hade sett i
anställningslistan som sitter uppnålad på en anslagstavla att jag var
född den 6 juni. I morse gratulerade hon mig på min födelsedag, det
första hon gör då vi möttes på vägen till vårt arbete. Kersten är en fin
människa.*

Hilly bläddrade vidare i dagboken där fanns så mycket skri-
vet så hon visste inte när hon kunde stilla sin iver att läsa
varje rad. Nu blev det mest att hon ögnade igenom. Men det
var väldigt spännande att få läsa vad hon en gång skrivit…

15 juni måndag anno 1903

*Nu satt hon i tåget och väntade på dess avgång. Kära dagbok, jag
lämnar nu Kristianstad för en troligen lång resa ända bort till Norrkö-
ping.*

*Kära dagbok. Jag tror det blir en trevlig tågfärd. Jag har som resesäll-
skap på avstånd, fyra stiliga män i ståtliga uniformer. Det är särskilt
en av dem, som är lite stiligare.*

Naturen jag ser utanför tågvagnens fönster, är bedårande vacker.

Tre timmar senare denna ljuvliga sommardag. Jag fick hjälp med mina koffertar och bagage av den stilige soldaten när jag skulle byta tåg i Hässleholm. Han heter Nils… jag hoppas han kommer till Norrköping en dag som han lovade, Nils…

Med darrande fingrar bläddrade Hillan vidare i dagboken. Det är ju som en kärleksnovell, tänkte hon. Vad spännande.

14 februari anno 1905
Jag är gravid! Han ska heta Nils… om det blir en pojk. Nils vill, om det blir en tösabit, att hon ska heta, Hilly! Nils berättar hela historien om det där segelfartyget som hette, Hilly aus Zeebrugge, han såg i England. Vi får se vad det blir. Lika välkommet vilket.
11 juli
Det blev en flicka! Hon kommer få namnet Hilly, efter Nils önskemål. Hon föddes igår och jag mår bra. Nils är som en tupp! Han skulle gå för att fira med en cigarr, sa han. God natt kära dagbok!
September
Det är med tårfyllda ögon jag skriver dessa rader. Min kamrat Kersten, är död! Kan inte skriva mer än så nu…
December
Mor Amalia söker upp mig! Det blev till slut ett kärt besök. Nu fick Hilly Ulrika, Ulrika efter Kersten, en mormor. Mammas man, Claes, är inte så kry så besöket blev kort.
25 oktober 1906
Den 21 födde jag en son till familjen. Han ska heta Henning Ingvar. Nu har vi två barn redan!

April 1908

*Mor Amalias man Claes Norling är död, Henning ligger på Oskarsro
vilohem i Solna och i Pingst ska vi gifta oss!*

Påskdagen…

*Nils verkar så konstig, som han ruvar på något. Det är inte den Nils
jag första gången träffade på tåget. Nils gick hem till sig.*

*Vad jag saknar dig Kersten, hoppas du har det bra i din himmel. Nils
vill nog så väl och på lördag ska vi vigas, det ser jag fram mot.*

Nyss var Nils här, den Nils jag tidigare saknat på senaste tiden.

Tager du denne Nils Ingvar Nilsson… ja tack!

12 februari 1910

*Vi får besked att vår lille Hening Ingvar inte längre finns ibland oss.
Han hade avlidit i svår lungtuberkulos igår. Ack ja!*

Henning fick aldrig träffa sina syskon. Idag kanske det var lika bra.

Hilly satt som förstummad. Hon sökte åter med blicken ut
genom fönstret på de spretiga grenarna ifrån trädet därutan-
för. Hon hörde bara det eviga tickandet från väggklockan,
annars var det knäpptyst. Hade hon haft en bror?

Det här var något nytt, sa hon sig. Nä, vad ledsamt… en tår
rullade nedför hennes kind och lämnar en droppe på den
uppslagna sidan i dagboken. Tåren löser upp en bokstav i
namnet, Henning. Det ser nu ut som det står, Hennin…
Hon ler, för första gången på en lång stund.

Storasysters hälsning och till minne av sin okände bror,
tänkte hon.

Hon fortsatte lite snörvlande läsandet, medan klockan slog
fem slag, lite ödesmättat.

Hillan bläddrade ett gott stycke i dagboken… oj vad vi har flyttat till olika adresser, såg hon. Jag har inte minne av så många platser, och jag har heller inte hört något om morfar? Det har jag nog egentligen aldrig tänkt på. Bara mormor Amalia och hennes, Claes.

Hon läser också om sina mostrar, Viktoria och Toni.

Hon minns dem ganska lätt för de hade fått karameller av dem redan ifrån den tiden de bodde på Högalidsgatan.

Halvsystrar skulle det vara och här hade hon fått läsa om vad det innebar.

Det hade varit många turer liksom den där fabrikören Westergren, som skulle vara mammas far. Omtumlande läsning i denna dagbok var det hur som helst.

Hon bläddrade vidare i boken. Den var tätskriven och skulle kunna bli en hel bok, tänkte hon.

Dagboken hade egentligen slutat med hennes mammas ord till sin nyblivna 21 åriga dotter Hillan, att hon skulle se anteckningsboken som en historiebok och den skulle bara vara hennes, i privat ägo.

Ville hon fortsätta skriva i den, hade Anna sett det som hedervärt och glädjande.

Hilly skrev redan samma kväll…

Hilly Ulrika Nilsson
10 juli 1926
Vilken fantastisk födelsedag. Jag fick denna fina dagbok av mamma och gratis fotografering hos fotografen på Götgatan, Mimmi Gustavsson. Pappa har redan betalt fotografen. Oj vad skojigt, att bli avbildad.

22 mars 1927

Ett foto av mig finns nu i ett skyltskåp på Götgatan, har jag sett. Fotografen hade frågat mig om tillstånd för att få ha ett av de foton hon tog då jag var i hennes ateljé förra året. Det ska finnas ett skyltskåp på Långholmsgatan också, men det har jag inte sett ännu. Oj, vad mallig jag känner mig.

28 maj 1928

Idag såg jag luftskeppet India över Stockholm på sin färd mot Nordpolen. Jag skulle inte vilja åka däruppe…

1 januari 1931

Jag är inte lika flitig att skriva i denna fina bok som mamma var. Nu måste jag dock avlufta mig i boken för jag är glad över mitt egna lilla krypin här på Tobaksspinnargatan.

3 februari

Mormor är inte så kry och dras med sin sockersjuka. Hon bor numera på ett hem, ålderdomshem tror jag det heter.

23 juni

Mormor Amalia Håkansdotter – Håkansson – Norling, dog idag. Ledsamt när någon dör. Mamma kom och berättade för mig.

12 augusti 1932

Idag ska jag gifta mig. Min syster Ida, hann före. Ida var ju också den som fick mandeln i gröten…

December 1932

Min morfar, Per Magnus Westergren, avlider på Åsö sjukhus och begravs på den stora Skogskyrkogården ute i En-skede den 11 december.

September 1939

Andra Världskriget bryter ut. Vi är neutrala i krig, men man vet ju aldrig vad som händer. Det är olustigt.

7 augusti 1947

Mamma har gått bort nu. Annas hjärta orkade inte mer. Hon fick dö ute i sitt kära hem på Gällstaö.

22 mars 1963

Pappa fyllde 80 år med stort kalas. Alla syskon var där inklusive pappas son, Gösta. Det blev första mötet för oss syskon med vår halvbror, Gösta. Undrar om mamma visste att Nils hade en son med en annan?

8 februari 1977

Pappa är förd till sjukhus. Talade med min syster Astrid om jag kunde åka för att hälsa på honom. Hilly sa hon, det är nog bara en tidsfråga innan han somnar in… Men var beredd på att pappa inte känner igen dig, oss minns han inte längre.

Nästa dag förde ett dämpat korridorsorl, in mig på sjukrummet där pappa låg. Han hade tittat upp på mig en lång stund. Ögonen var som, tomma. Hans blick var outgrundlig, han var någon annanstans. Plötsligt, tändes något i hans blick och han sa på låg skrovlig blekingska, är det Hilly aus Zeebrugge?

Ja, klämde jag fram och nickade medan jag tog hans hand. Det är Hilly! Han log lite svagt. Så sa han i en enda utandning, hans sista medan blicken åter slocknade, min Hilly.